SERGE BRUSSOLO

Le Château des poisons

ÉDITIONS DU MASQUE

ISBN : 978-2-253-17055-6 – 1re publication – LGF

Ils passaient, effrayants, muets, masqués de fer.
Quelques-uns ressemblaient à des larves d'enfer ;
Leurs cimiers se dressaient difformes sur leurs heaumes ;
On ne savait jamais d'où sortaient ces fantômes ;
On disait : Qui sont-ils ? d'où viennent-ils ? Ils sont
Ceux qui punissent, ceux qui jugent, ceux qui vont. –
Tragiques, ils avaient l'attitude du rêve.
Ô les noirs chevaucheurs ! ô les marcheurs sans trêve !

Victor HUGO
Les Chevaliers errants. La Légende des siècles.

« Horreur ! s'écria d'Artagnan. Que me dites-vous là ? »

Alexandre DUMAS
Les Trois Mousquetaires.

1

Où l'on apprend comment Jehan le bûcheron devint Montpéril le chevalier errant

Il rêvait souvent de la bataille. En ces temps-là, il portait un autre nom : Jehan.

Au cœur de la nuit, au cœur de la fièvre, surgissait alors la ligne des chevaux chargeant poitrail contre poitrail, le chanfrein de métal dont leur museau était couvert reflétant douloureusement la lumière du soleil.

Il se revoyait, seul, au milieu de la plaine, les mains crispées sur le manche de la hache.

La peur lui faisait les paumes si moites qu'elles dérapaient sur le bois de la cognée, et il avait dû les frotter avec de la terre pour les assécher. La terre, cette bonne terre pour laquelle tant d'hommes étaient en train de verser leur sang.

Il avait toujours eu peur des chevaux car c'était là bêtes de seigneurs auxquelles, paysan, il n'était pas habitué, et jamais au grand jamais ils ne lui avaient paru aussi grands.

Plus que tout, il entendait le martèlement des sabots sous ses pieds. Le roulement montait dans ses chevilles, ses genoux, explosait dans son ventre comme pour le disloquer, faisant de lui un tambour humain à la peau frémissante. Il savait que ces sabots allaient le piétiner dans quelques instants ; c'était le sort commun des troupes à pied engagées dans une bataille. Piétons, vulgaires piquiers, gros gars plus habiles à manier la houe que l'épieu, à égorger les poulets que les mercenaires ennemis rompus au métier des armes. Il en allait toujours ainsi des paysans, serfs et vilains de toutes espèces, chair sans valeur qu'on jetait sous les chevaux pour ralentir la charge des chevaliers. Obstacles vivants, gesticulants et meurtris où les palefrois se prendraient les pattes et s'abattraient pour écraser leurs cavaliers au terme d'une chute hennissante.

Jehan n'avait jamais tué, il se sentait soudain empêtré, gauche, se demandant comment s'y prendre car jusque-là il ne s'était servi de sa cognée que pour abattre les arbres. Fallait-il frapper les chevaux comme on frappe un chêne ? Leurs pattes semblaient à la fois si menaçantes et si fragiles. Elles le déconcertaient.

C'était le mauvais temps de la bataille. Charges et contre-charges avaient arraché la peau verte de la plaine, dévoilant l'humus noir au fur et à mesure que volaient les touffes d'herbe. Jehan savait que dans un instant les sabots allaient pareillement creuser son corps, dénudant ses os qui luiraient tel du calcaire.

Il avait vu ce qu'il était advenu de Petit Pierre, Gros René, Bernard le grêlé, tous anciens compagnons de moissons et de ripailles. Il les avait vus tomber, le crâne bâillant jusqu'à la cervelle sous les coups des longues épées de fer des chevaliers. Et dire qu'ils s'étaient crus solides, bâtis comme roc. Dans la mêlée le paysan le plus costaud redevenait un enfant malhabile, sans finesse, ignorant tout des parades comme des attaques. C'était là, encore une fois, science de seigneurs élevés dans l'adoration des armes.

Les archers étaient mieux considérés que la piétaille car ils faisaient merveille avec leurs arcs en bois d'if. Ils s'y entendaient à faire siffler la musique mortelle des flèches. Mais lui, Jehan le bûcheron, le fendeur des bûches, que pouvait-il opposer aux hommes de fer qui s'avançaient vers lui en vague grondante ?

Jusqu'à présent, il avait toujours considéré les chevaliers comme une race à peine humaine. Des centaures. Des hommes nés pour détruire, qui ne connaissaient qu'un seul geste : donner la mort. Gens de fer, gens de destruction, hommes couverts de mailles d'airain qui ne savaient que couper bras, têtes... et se seraient trouvés bien en peine de fabriquer une paire de sabots ou un pot de terre.

C'était le mauvais temps de la bataille. Et le pire lieu où se tenir. Le trou punais où le diable s'en vient baisser ses braies pour se soulager. Tout tournait à l'aigre. Les oriflammes déchirées ne servaient plus qu'à panser les plaies. On croyait les étendards « de gueules » alors qu'ils étaient simplement couverts de sang.

Tous étaient tombés, et, lentement, l'armée de Brunoy de Solpierre avait commencé à reculer jusqu'à se retrouver le dos à la colline de Montpéril, cette bosse de terre au sommet de laquelle se dressait la maison forte de Brunoy le Vieil. Une simple forteresse à l'enceinte de troncs écorcés, car Brunoy n'était pas de ces riches seigneurs qui possèdent assez d'or pour se faire construire un château de pierre. Et pourtant Jehan l'aimait cette citadelle. Elle était sienne, il en avait coupé bien des troncs.

Brunoy grimpait le versant de la colline en respirant fort, le haubert tout démaillé, le sang rouillant déjà la cotte de fer. Ses cheveux gris pendaient de dessous son heaume, et l'on prenait soudain conscience qu'il était bien vieux.

Alors la rage s'était emparée de Jehan ; il s'était rué à la rencontre des cavaliers, la hache levée.

Il avait taillé, et taillé, comme lorsqu'on lui ordonnait d'ouvrir une brèche dans la forêt touffue. Pattes, mains, bras, avaient volé dans les airs comme volaient jadis branches et brindilles. Il ne savait plus ce qu'il faisait. Il cognait, cognait, arrachant le fer d'une secousse des épaules lorsqu'il était trop enfoncé. Il avait abattu un cheval, puis deux, puis trois. Il ne voulait pas finir comme un mulot sous la semelle d'un moissonneur.

Il avait découvert que la chair des hommes a beau s'envelopper d'airain, elle reste plus tendre que celle des arbres.

Les cavaliers avaient reflué, surpris de se heurter à un tel rustre. Un vilain au poil noir, courtaud comme un sanglier, un rustre qui, soudain, leur brisait les os, tranchait les jarrets de leurs beaux destriers, et faisait charpie des nobles seigneurs.

Jehan frappait, coupant les lances à gonfanons d'azur ou de sinople, en faisant des boisseaux, des fagots pour l'hiver.

Perdu dans la forêt hurlante de la bataille, au lieu des cris de guerre en latin ou des devises hardies, il proférait de grands « han ! » sans malice mais qui, chaque fois, valaient leur poids de sang.

Oui, il criait « han » et un cheval s'abattait, un écu explosait en gerbes d'échardes, un heaume se fissurait telle une coquille de noix.

Il se vengeait des humiliations, de la morgue, du mépris.

Il leur criait : « En quoi votre sang est-il différent du mien ? Coule-t-il moins vite ? Vous permet-il de mourir moins facilement ? »

Ce n'étaient pas des dieux, rien que des hommes qui crevaient dans la douleur et la peur, comme tous les hommes, comme toutes les bêtes.

Et toute la religion, les prières et les bénédictions du monde n'y pouvaient rien.

À un moment, malgré le bourdonnement du sang en furie dans ses oreilles, il avait entendu Brunoy l'appeler.

Le vieux maître s'était affaissé au flanc de la colline, la barbe rougie, les mains trop faibles pour serrer le pommeau de son épée ; tout navré de trop de coups reçus et déjà presque occis.

– Toi... gémit-il, approche... Tu es des miens mais j'ignore ton nom. Qui es-tu ?

– Jehan, dit Jehan. Le bûcheron, fils de Pierre le porcher et de sa femme Pernelle, tous les deux morts à la dernière épidémie de peste.

– Tu t'es battu avec plus d'ardeur que mes gens d'armes, souffla Brunoy. Avec dix hommes de ta trempe l'issue de la bataille aurait été différente.

Jehan ne répondit pas. Il avait honte de paraître couvert de sang devant son seigneur. Même le fer de la hache était rouge. Il aurait voulu dire qu'il avait eu moins de courage que de fureur.

Il aurait voulu évoquer sa honte quand les alliés de Brunoy l'avaient abandonné en pleine bataille après avoir vainement tenté de renégocier le prix de leur soutien.

– Je n'ai plus d'or ! avait crié le vieux maître.

– Alors nous partons, répliquèrent les chevaliers. Tu n'es pas assez riche pour nous convier à ta boucherie. La peste soit des mendiants trop pauvres pour s'offrir une belle guerre ! Rappelle-nous quand tu auras fait des économies.

Chenaille ! Orde vermine ! Jehan les avait vus tourner bride sans l'ombre d'un remords. Des mercenaires qui fixaient un prix pour chaque coup d'épée, des marchands de mort sans honneur, distribuant leur savoir avec l'avarice d'un colporteur.

– Jehan... balbutia Brunoy. Tu as encore de bons yeux. Regarde si nos morts ont la face tournée vers le ciel. S'ils reposent sur le ventre c'est qu'ils ont été frappés dans le dos alors qu'ils fuyaient. Dis-moi.

– Ils regardent le ciel, maître, mentit Jehan.

Le père Dominique s'agenouilla près du vieux baron pour lui donner les saints sacrements. Jehan n'aimait pas les moines, mais le chapelain était un homme juste. Le crucifix brandi, il avait chanté les actions de grâce au beau milieu des combats, sans chercher à esquiver les coups.

C'était la fin de la bataille, les chevaliers se rassemblaient pour une dernière charge.

– Jehan, murmura Brunoy le Vieil. Je te fais chevalier. Tu n'es pas d'extraction noble, mais j'en ai le droit... N'importe quel chevalier peut accorder la chevalerie sans avoir à s'en justifier. Père Dominique, vous porterez trace du fait sur parchemin.

– Oui, oui, fit le prêtre en épongeant le sang mousseux qui s'échappait de la bouche du baron.

– Dans une heure je n'aurai plus de terre, dit Brunoy. Je ne puis donc te fieffer, mais il ne sera pas dit que je t'aurais laissé partir comme un errant... Voilà mon épée, voilà ton domaine....

Et, crispant les doigts, il enfonça la main dans le sol de la colline, arrachant une motte couronnée d'herbe qu'il déposa dans la paume du bûcheron.

– Ta terre... soupira-t-il. La terre de Montpéril. Emporte-la toujours avec toi, ainsi personne ne pourra te la voler, comme ce fut mon cas. Pars... N'attends pas. Pars. Maintenant tu n'es plus un vilain. Tu es Jehan, chevalier de Montpéril.

Le chapelain fit signe au bûcheron de s'éloigner.

Dans quelques instants, les piétons de l'armée adverse s'avanceraient sur le champ de bataille, le couteau en main pour égorger les blessés. Seuls les nobles, à condition qu'on puisse les identifier, auraient la vie sauve. On les emmènerait pour les soigner dans l'espoir d'en tirer rançon. Les autres seraient achevés et dépouillés de la moindre pièce de vêtement militaire pouvant faire l'objet d'une revente. Tout serait collecté : gilets de cuir, gambisons, broignes, épieux à pointe de fer, casques, écus. C'était la loi commune de la guerre.

Derrière les égorgeurs venait un moine qui distribuait l'extrême-onction en s'assurant qu'on avait bien laissé aux morts une pièce d'étoffe pour dissimuler leurs parties honteuses, la seule règle que les pillards se devaient d'observer. Ils y manquaient rarement, ils n'étaient pas des brutes, n'est-ce pas ?

C'est ainsi que Jehan dut s'enfuir alors que les yeux de Brunoy devenaient vitreux.

Il courut maladroitement, la hache d'une main, l'épée de l'autre, se faisant l'effet d'un voleur, d'un dépouilleur de cadavres, d'un trafiquant de fer...

Il courut longtemps, jusqu'à ce que la nuit tombe et que la forêt se referme sur lui.

Là, enfin, il s'abattit, la poitrine charriant de la limaille, assez de terre dans la bouche pour planter un jeune arbre.

Le souffle lui revint lentement. Pour se garder des loups, il se hissa dans un arbre. Il planta le fer de la hache dans le tronc, se cala à la fourche d'une maîtresse branche et contempla l'épée. Jamais on ne l'avait initié au métier des armes, et cet immense couteau plus long que son bras lui faisait un effet étrange. Il savait que le pommeau se dévissait et qu'il contenait des reliques. Tous les chevaliers sanctifiaient ainsi leur épée. Certains prétendaient y tenir enfermés des morceaux de la Sainte Croix, une épine de la couronne du Christ ou une écharde arrachée à la table de la Cène. Ces débris prodigieux étaient censés donner une force magique à leurs coups.

Jehan s'interrogeait sur la puissance réelle de ces talismans, mais pour rien au monde il n'aurait osé dévisser le pommeau d'acier de l'épée de Brunoy le Vieil. Que contenait-il ? La dent d'un saint ? Une miette d'os sacré ?

Aucune de ces merveilles n'avait protégé le baron assez efficacement pour le préserver de la mort.

Trois jours plus tard, Jehan rencontra le chapelain qui lui tendit un rouleau de parchemin.

– Tiens, dit l'homme de Dieu, c'est l'acte qui t'authentifie chevalier. Je l'ai rédigé en tant qu'unique témoin. Davantage pour obéir à notre défunt maître que parce qu'il possède une réelle valeur.

– Vous voulez dire que je ne suis pas vraiment chevalier ? demanda Jehan.

Le moine grimaça pour masquer sa gêne.

– Si, marmonna-t-il. Tu l'es... du moins par l'esprit. Le baron savait ce qu'il faisait. Il n'a nullement outrepassé ses pouvoirs, mais ne te leurre pas. Dans les faits, tu ne pourras jamais te prévaloir de ce titre. Un chevalier doit connaître le métier des armes. Il doit posséder destrier pour courir à la bataille, sommier pour porter son chargement, haubert, heaume, lance et éperons dorés. Tout équipement qui vaut une fortune. Où trouveras-tu le trésor qui te permettra d'acquérir les insignes de ta charge ? Tu es pauvre, tu n'as pas les façons d'un paladin. Ne te mets pas semblable folie en tête, mon garçon. Reste à ta place, il n'y a pas de honte à être bûcheron.

Mais Jehan ne se laissa pas intimider. Il avait l'épée, il avait la motte de terre arrachée à Montpéril au fond de la poche de son bliaud, et tous les discours du moine n'y changeraient rien. Il prit le parchemin, le déroula pour en contempler les signes bien qu'il ne sût pas lire.

– J'ai peur pour toi, dit le chapelain. Je te sens prêt à commettre une folie. Viens, prions. La mort troublait l'esprit du baron, il se peut qu'il t'ait fait une mauvaise farce à son insu. Il faut y réfléchir. Tu n'as pas de famille. Accompagne-moi. Je rejoins le moutier de Saint-Laurent d'Outremont, tu trouveras à t'employer là-bas. On a toujours besoin d'un bon tailleur de bois.

Mais Jehan n'avait nulle envie de servir les moines. Puisque Brunoy le Vieil en avait décidé ainsi, il deviendrait chevalier errant, paladin sans destrier ni armure.

– Tu vas au-devant de terribles déconvenues ! soupira le chapelain. Mais puisque tu t'obstines, accepte ma bénédiction.

C'est ainsi que Jehan le bûcheron devint Montpéril, le routier sans heaume ni haubert qui, longtemps, ne sut manier une épée, et chevaucha un roncin tout juste digne de tirer une charrette.

2

Le labyrinthe des rêves

Cette nuit-là, il fit un autre rêve.

Il revécut son étrange visite au monastère d'Aigle-vieil-de-Saint-Adour, où on l'avait convoqué cinq ans plus tôt pour effectuer un mystérieux transport.

D'emblée, le moutier lui avait fait une impression funeste avec ses moines aux aguets qui, embusqués dans la découpe des créneaux, semblaient guetter quelque envahisseur à l'horizon de la plaine. Les plus jeunes plissaient les yeux, la main en visière au-dessus des sourcils pour se protéger de l'éblouissement. Les plus vieux s'impatientaient, priant les cadets de décrire ce qu'ils voyaient. Et ils étaient tous là, haletants, sans qu'on sache ce qui leur causait si grande fièvre.

Un instant, Jehan s'était cru l'objet de cette curieuse attention, il en avait éprouvé une gêne réelle, mais, au fur et à mesure qu'il s'approchait, il avait réalisé que les moines guettaient autre chose dans les lointains. Une chose qui ne se décidait pas à apparaître car la plupart secouaient négativement la tête lorsque leurs aînés leur posaient des questions. S'agissait-il d'un présage ? D'une apparition céleste ? Le visage de Dieu allait-il se dessiner dans les nuages comme cela arrivait parfois ?

Jehan ne put rien tirer du frère portier qui fit semblant de ne pas comprendre ce qu'on lui demandait. Partout, dans les galeries, les salles de lecture, régnaient les mêmes chuchotements enfiévrés. Chaque fois que Jehan apparaissait au seuil d'une pièce, on se taisait ; aussi décida-t-il de simuler l'indifférence, car il avait appris au cours de ses pérégrinations que c'est souvent en feignant de se désintéresser qu'on en apprend le plus.

Le frère cellérier le conduisit à la cuisine où il put se restaurer d'un morceau de poisson bouilli sur une tranche de pain noir et d'un gobelet de vin mouillé. Il mangea en silence. Les prieurés du voisinage utilisaient souvent ses services pour véhiculer des messages ou de menues sommes d'argent. Parfois, on lui confiait de mystérieuses cassettes qu'il devait mener à bon port. Ces acheminements lui rapportaient de quoi survivre car il avait bonne réputation, et sa carrure tenait les bandits de grands chemins à distance. Des légendes commençaient à courir sur son compte, on disait qu'il était si fort qu'il pouvait, d'un seul coup d'épée, trancher en deux un cavalier et son cheval, comme les paladins de la *Chanson de Roland* :

Tute la teste li par mi sevree,
Tranchet le cors e la bronie safree
la bone sele, ki est a or gemmee,
E al ceval a l'eschine trenchee
Tut abat mort devant loi en la pree.

Enveloppé dans son manteau, il décida de sommeiller pour se reposer des fatigues de la route. Dormir dans un monastère était chose fort difficile car la cloche des offices ne cessait de retentir au cours de la nuit pour appeler les frères aux différentes messes de complies, matines et laudes, ce qui avait pour effet de vous réveiller en sursaut toutes les trois heures et vous condamnait à vous retourner d'un flanc sur l'autre dans l'attente du prochain appel.

Ce soir-là, Jehan se retrouva seul dans le *scriptorium* en compagnie d'Algernon, un frère copiste d'une étonnante maigreur dont la tâche consistait à polir l'or des enluminures avec une dent de loup bien usée.

S'il ne savait pas lire, Jehan aimait contempler les images illustrant les manuscrits. Il enviait ceux qui possédaient assez d'habileté manuelle pour dessiner ces petits personnages. Ce soir-là, Algernon ne tenait pas en place.

– Vous aimez les images, chevalier ? lança-t-il. Avez-vous admiré celles qui ornent la crypte funéraire du fondateur de notre ordre, le prieur Hilbert ?

Jehan connaissait mal le monastère qui ne comptait pas parmi ses meilleurs employeurs. Jusque-là, il avait rarement dépassé le seuil des cuisines et n'avait eu affaire qu'à des moines subalternes, principalement des convers qui ne recevraient jamais l'ordination.

– Venez ! Venez ! souffla Algernon. Je vais vous montrer cela.

Abandonnant son écritoire, il entraîna Jehan par le dédale des couloirs jusqu'à une crypte basse où trônait un sarcophage à couvercle de cristal. L'étrange cercueil contenait une momie de cuir jaunâtre que la procédure d'embaumement faisait ressembler à une statue de mauvais ivoire. Le mort, simplement vêtu d'une bure, avait les mains jointes et les paupières cousues.

– C'est le prieur Hilbert, murmura Algernon. Il est mort il y a de cela une dizaine d'années, dans des circonstances dramatiques.

– La peste ? interrogea Jehan.

– Non... non, balbutia le copiste d'une voix presque inaudible. On l'a empoisonné.

– Qui ?

– Frère Bazin, le cellérier de l'époque. Il était possédé par le démon. Ce fut une histoire horrible... On ne vous l'a jamais racontée ?

– Jamais.

– Alors vous n'avez jamais vu *la* peinture ?

– Quelle peinture ?

– Venez ! Venez !

Algernon s'agitait comme une souris nerveuse. Après avoir regardé par-dessus son épaule pour vérifier que personne ne se profilait au bout du couloir, il tira une clef de sa manche et ouvrit une porte cloutée.

– Personne ne vient jamais ici, c'est là qu'on tient à l'index les mauvais livres et les images suspectes d'hérésie. Mais il faut que vous voyiez cela. C'est une peinture barbouillée sur un morceau de bois par le valet du cellérier, un novice un peu simplet qui devait mourir d'une fièvre cérébrale peu de temps après. C'est ce tableau qui a permis l'arrestation de Bazin, l'empoisonneur. Vous allez voir, c'est à vous donner la chair de poule.

Il parlait si vite que Jehan avait du mal à comprendre tous les mots qu'il employait. Algernon tâtonnait dans l'obscurité, à la recherche d'une lampe à huile. Enfin, la lumière dansante fit vaciller les ombres sur les parois de la crypte. Jehan plissa les paupières. Au milieu d'un fatras de livres, dont certains étaient tenus fermés par des chaînes cadenassées, se dressait un panneau de bois représentant une scène de cuisine. Jehan identifia sans peine les installations de l'abbaye, un gros homme au nez rubicond s'activait, penché au-dessus d'une marmite. D'une main il agitait une cuillère, de l'autre, il faisait tomber dans le ragoût une poudre blanche qui était sans doute du sel. Il était entouré de chaudrons rutilants, de chapelets de saucisses et de chapons attendant de passer à la broche. Une inscription, dans un bandeau, occupait le bas du tableau.

– Qu'y a-t-il d'inscrit ? demanda-t-il.

– Oh, balbutia Algernon. C'est gribouillé en très mauvais latin. Cela signifie à peu près : *l'empoisonnement de Monseigneur Hilbert, prieur d'Aiglevieil.* C'est le petit commis du cellérier qui a écrit cela, et puis il est mort d'un transport au cerveau, comme si peindre cette accusation avait consumé toutes ses forces vitales.

– Alors ce n'est pas du sel que frère Bazin jette dans la soupe... marmonna Jehan.

– Non, je ne crois pas, dit Algernon. D'abord on a pensé que Don Hilbert était mort d'une mauvaise fièvre ; ce n'est qu'une fois le tableau découvert qu'on a compris qu'il avait été empoisonné. Le coupable y était désigné par le pinceau du peintre. Je pense que le petit commis avait assisté à la scène par hasard, mais qu'il était tellement terrifié par Bazin le cellérier, qu'il n'avait osé dire ce qu'il avait vu, même en confession. Je vous le répète, chevalier, c'était un tout jeune garçon. Il paraissait assez faible d'esprit, et nous ignorions même qu'il avait des talents d'enlumineur. Quand on a découvert le tableau, frère Bazin a été mis sur la sellette... et vigoureusement... *interrogé.* Le commis ne pouvait plus rien dire, lui, il était déjà mort.

– Et frère Bazin a avoué ?

– Oui, il a reconnu avoir agi en état de possession diabolique. On l'a brûlé trois jours après. Satan ne supportait pas la puissance spirituelle du prieur Hilbert, c'est pour cette raison qu'il avait pris possession de l'esprit du cellérier.

– Hum... grogna Jehan en détaillant le tableau.

C'était une peinture à la cire, comme en faisaient jadis les hommes de l'Antiquité, et qui résistait fort bien à l'humidité. Bazin, le cellérier démoniaque, y était représenté avec un grand sens de la caricature. Pourtant, il ne se dégageait de sa personne aucune aura de méchanceté.

– Ce Bazin, grommela Jehan. Il n'a pas l'air bien terrible pour un suppôt de Satan... En fait, il ressemble davantage à un cuisinier qu'à un sorcier.

– Taisez-vous, chevalier ! intima Algernon. Si quelqu'un vous entendait ! Vous parlez d'un criminel qu'on a jugé et brûlé vif. Une canaille qui a provoqué la mort d'un prince de l'Église.

Il se signa.

– Cependant, ajouta-t-il, je dois reconnaître que vous avez raison, le peintre aurait dû lui donner un aspect plus repoussant. Je pense qu'il faut mettre cette erreur sur le compte de son inexpérience. C'est d'ailleurs pour cela qu'on cache cette peinture au sein de ce réduit. Elle n'est pas assez morale.

Il paraissait soudain pressé de quitter les lieux. Soufflant la lampe à huile, il fit sortir Jehan, et referma la lourde serrure.

– Il fait froid ici, dit-il en frissonnant. Remontons à l'office, je nous ferai chauffer une bonne tisane.

Jehan dormit très mal. Il avait compris qu'on ne le convoquerait pas ce soir, et qu'il lui faudrait passer la nuit au moutier. Aussi s'enveloppa-t-il dans son manteau avant de s'allonger sur un banc de bois, à proximité de la cheminée. Des rêves l'assaillirent, dans lesquels il vit frère Bazin jeter de grandes poignées de sel au sein d'une marmite de soupe où cuisait à petit feu la momie du prieur Hilbert... Quelque chose le tracassait, mais il ne savait quoi. Une impression diffuse, presque une prémonition. Une de ces alarmes instinctives qui, au cœur de la forêt, lui faisait deviner l'imminence d'un guet-apens.

Les frères revenaient d'avoir célébré matines quand il décida d'en avoir le cœur net. Il se faufila dans le *scriptorium* où Algernon sommeillait devant son écritoire, la tête dans les bras.

– Réveillez-vous, lui souffla-t-il. Vous gâchez de la chandelle pour rien. Prenez votre clef, je veux revoir le tableau.

– Non... non, il ne faut pas, bégaya le petit enlumineur. Je n'aurais même pas dû vous le montrer, j'ai voulu briller devant vous... j'ai commis un péché d'orgueil.

Jehan le saisit par sa coule et le mit sur pied d'une poigne autoritaire. Un instant plus tard, ils pénétraient dans la crypte de l'index. Avant de quitter le *scriptorium,* Jehan avait emprunté la grosse loupe qui servait aux copistes pour déchiffrer les manuscrits en mauvais état. Il commanda à Algernon de l'éclairer pendant qu'il la promenait à la surface du tableau. Il ne lui fallut pas longtemps pour trouver ce qu'il cherchait.

– Regardez ! siffla-t-il, c'est là... à la surface de ce chaudron.

– Quoi ? coassa l'enlumineur.

– Examinez le chaudron de gauche, expliqua Jehan. Celui qui est en cuivre et brille de tous ses feux. Quand on l'examine de très près, au moyen d'une loupe, on s'aperçoit qu'il a été peint de manière si précise qu'en certains endroits du métal, il reflète les choses comme un miroir.

Jehan se pencha de nouveau. Il ne mentait pas. L'artiste avait peint sur le ventre de l'une des marmites une minuscule image déformée. L'image d'une scène se déroulant *hors du cadre du tableau,* et que le récipient reflétait à la façon d'un miroir. Lorsqu'on plissait les yeux, on finissait par distinguer un moine au long visage en lame de couteau et au nez corbin ; il était en train de tirer une fiole noire de la manche de sa bure, pour en verser le contenu dans un bol placé sur un plateau. Son visage exprimait la tension et la haine. Une tête de mort ornait le ventre de la fiole qu'il tenait entre ses doigts maigres, ne laissant aucun doute sur son contenu.

– Voilà, le véritable assassin, chuchota Jehan. La solution était bien dans le tableau, mais personne n'y a regardé d'assez près pour la découvrir. On s'est contenté d'aller au plus évident : le cuisinier au travail. Vous voyez ? Si l'on enlève la loupe, on n'aperçoit plus rien, on croit à un simple jeu de reflets. Celui qui a peint cela avait tellement peur de l'empoisonneur qu'il n'a pas osé le désigner franchement du doigt. Il a soulagé sa conscience par cet artifice.

Algernon se pencha, l'œil rivé au morceau de verre. Il eut un terrible frisson et se redressa aussitôt, comme s'il venait de voir le diable. Il était livide.

– Vous avez apparemment raison, c'est bien l'écuelle d'argent du prieur qu'on empoisonne, je la reconnais, balbutia-t-il. Pourtant Bazin a avoué...

– Allons, grogna Jehan. Ne jouez pas les naïfs. Vous savez bien que tout le monde avoue n'importe quoi sous la torture.

– Il ne faudra en souffler mot à personne, haleta Algernon. Vous entendez ? Vous seriez en grand péril si vous vous abandonniez au bavardage. Ce drame appartient au passé.

Et, saisissant la grosse clef de fer qui lui avait servi à ouvrir la porte, il se mit à gratter le tableau pour écailler la peinture à l'endroit de l'image révélatrice. Jehan faillit le saisir par le poignet, mais y renonça. Tout cela ne le concernait pas, après tout. Il haussa les épaules et quitta la crypte pour retourner dormir.

Le lendemain, laudes à peine célébrées, Algernon vint réveiller Jehan.

– Ça y est ! lui annonça-t-il. La nouvelle que nous attendions est arrivée. Le prieur Hilbert a été canonisé ! Notre monastère abrite désormais la dépouille d'un saint !

Dans les heures qui suivirent, la frénésie s'empara du moutier, et les galeries s'emplirent d'un bourdonnement de ruche.

– Quels avantages allez-vous en tirer ? interrogea Jehan. Vous pensez qu'on viendra ici en pèlerinage ?

– Bien sûr ! triompha Algernon. Et surtout nous allons pouvoir vendre les reliques de saint Hilbert dans tout le royaume. Les reliques des saints sont très demandées, beaucoup de seigneurs désirent en faire l'acquisition pour les exposer dans la chapelle de leur château. Cela va considérablement améliorer les finances du prieuré qui étaient fort basses ces derniers temps.

Et c'est ainsi que Jehan put assister à la mise en pièces de la dépouille embaumée de l'ancien prieur. On ouvrit le sarcophage, on en tira la momie pour la débiter en menus morceaux – orteils, ongles, phalanges, dents – qui furent tous enchâssés dans des reliquaires d'argent.

– Il y en a pour des années à écouler tout ça ! exultait Algernon. Et si quelque bon miracle vient nous aider, le moutier ne tardera pas à devenir l'un des plus riches de la région. Les premières offres arrivent déjà, et c'est toi qui vas convoyer les reliques jusqu'à leur destinataire. C'est un grand honneur que l'on te fait, j'espère que tu en as conscience ?

Le lendemain, Jehan fut convoqué par le Supérieur du monastère, Don Maurizio, le successeur de Hilbert, qui lui remit solennellement le premier reliquaire : un triptyque d'argent repoussé contenant l'ongle du pouce droit de saint Hilbert, et qu'un comte breton venait d'acheter à grand prix. Durant toute la cérémonie, Jehan garda les yeux baissés pour cacher la pâleur de son visage. En pénétrant dans la cellule du Supérieur il avait failli hoqueter de stupeur. Don Maurizio avait les traits émaciés et le nez corbin. C'était l'assassin dont le novice avait peint l'image dans les reflets de la marmite.

Pendant un an, Jehan convoya les débris du prieur assassiné. Il allait, venait, emportant un doigt, une dent, une mèche de cheveux. Lentement, la dépouille du saint homme s'éparpillait au quatre coins du royaume, enrichissant le monastère d'Aiglevieil.

Jamais Algernon ne fit allusion au secret du tableau accusateur ; tout se passait comme si, en effaçant l'image révélatrice, il avait également effacé ce souvenir de sa mémoire. Jehan, lui, se sentait mal à l'aise. C'est à partir de ce jour qu'il commença à rêver du prieur Hilbert. Le saint lui apparaissait sous la forme d'une grande momie de cuir, et lui disait d'une voix triste : « En te taisant, tu es devenu complice de celui qui m'a tué. Tu devras racheter cette faute en te faisant le champion de la vérité chaque fois que l'occasion t'en sera donnée. N'oublie pas. Tu as une dette à payer. »

Oui, voilà ce que rêva Jehan de Montpéril alors qu'il faisait route vers le château de Kandarec, en cette nuit humide peuplée du glapissement des loups. S'il avait été plus attentif, ou moins fatigué, il y aurait vu un mauvais présage et il aurait peut-être rebroussé chemin. Mais il ne le fit pas ; il n'allait pas tarder à s'en repentir, car les rêves mentent rarement et il ne faut jamais prendre leurs avertissements à la légère.

3

Le secret de l'ermite

Jehan se réveilla brusquement, comme chaque fois que les rêves venaient le tourmenter. L'humidité de la forêt pénétrait la pauvre laine de son mantel. La nuit l'enveloppait. Quelque part on devait sonner matines, mais ici au cœur des bois, loin de toute chandelle, on avait l'illusion que le jour ne se lèverait jamais.

Jehan ouvrit les yeux. Le feu destiné à écarter les méchantes bêtes se réduisait à une poignée de braises rutilant dans la poussière des cendres.

C'était une mauvaise nuit, annonciatrice de pluie et de tempête. Une nuit en forêt, comme personne n'aimait en passer car les bois étaient le domaine des loups, des ours, mais aussi celui des ogres, ces méchants hommes que les famines prolongées avaient poussés à manger de la chair d'enfant, et qui, depuis, en conservaient le goût.

La forêt, c'était la terre gaste où tout pouvait arriver. Le diable s'y esbaudissait à loisir, multipliant ses tours malfaisants. Les sorciers s'y terraient, mais aussi les enfants sauvages, ces survivants des villages massacrés, qui, leurs parents occis, s'enfuyaient dans les bois pour tourner louveteaux et ne plus se nourrir que de viande crue.

Jehan renifla. Il sentait l'odeur du cheval et de la mule, mais également celle – plus forte – de Dorius, le moine qu'il était chargé d'accompagner. Jehan détestait les clercs en robe de bure, tous gras à lard, qui vivaient plus longtemps que le pauvre monde. Des profiteurs monnayant fort cher leur savoir et leurs tours de passe-passe théologiques auprès de tous ceux qui avaient les moyens de s'acheter une conscience de nouveau-né.

Dorius était gras, courtaud comme la plupart de ses semblables. Sa bure amidonnée par la crasse était aussi raide qu'un haubert de grosses mailles. Quand il pleuvait, les gouttes roulaient à la surface de l'étoffe sans la pénétrer tant elle était saturée d'huile corporelle.

Pourquoi s'en étonner ? Les monastères regorgeaient de curieuses recrues, paysans paresseux ou soldats en rupture d'engagement, qui venaient là se faire entretenir et endossaient la robe sans se soucier d'observer aucun principe moral. Il était souvent difficile de faire le tri des bons et des mauvais au milieu de ce fatras.

Jehan se redressa sans bruit. Il grimaça en constatant que ses articulations lui faisaient un peu mal. Diantre ! C'est qu'il allait sur ses trente ans, c'était beaucoup pour un paysan, bientôt il serait presque un vieil homme. Sur cette terre, seuls les riches vivaient vieux ; les pauvres s'en allaient avant d'avoir compté leurs quarante années de présence, et, depuis une décennie qu'il vivait la dure existence des routiers, Jehan avait soumis son corps à rude épreuve.

Il fit quelques pas, encore tout empêtré des brumes du rêve. Il n'aimait pas voir surgir ces images du passé, elles signifiaient généralement qu'il n'était pas en règle avec lui-même.

Et c'était vrai qu'en dix ans, depuis la bataille de Montpéril, il n'avait guère accompli d'exploits dignes d'être narrés par un troubadour.

Il avait travaillé à se dégrossir, mais jamais l'épée du vieux Brunoy n'avait craché d'étincelles en heurtant son fer à celle d'un autre paladin. Elle se couvrait de rouille, Jehan avait beau la frotter avec du sable et du vinaigre, toujours les vilaines taches roussâtres revenaient.

Il y voyait un reproche, une accusation.

« Elle en a assez de tailler dans la chair vile des brigands, des détrousseurs de grands chemins, pensait-il. Elle réclame de plus hauts travaux. Elle ne veut faire couler que du sang bleu. Tu es indigne d'elle, tu l'utilises comme un couteau à saigner les porcs. »

Oui, le temps avait passé, mais Jehan n'avait pas encore réussi à mettre assez d'argent de côté pour s'acheter l'équipement d'un vrai chevalier. Il avait imaginé d'acquérir sa cotte de mailles anneau par anneau. Un bon haubert, bien souple, en comptait 30 000. Dès qu'il avait gagné quelques sols, Jehan courait chez le maréchal-ferrant et faisait l'emplette d'une poignée d'anneaux de fer qu'il frottait à la graisse avant de les enfouir dans un pot.

Il les assemblerait plus tard, quand il en posséderait assez pour se couvrir d'acier de la tête aux pieds comme tout vrai chevalier qui se respecte. Mais le fer coûtait cher, et l'on croisait plus d'un cavalier portant la cotte rouillée héritée de son père, ou le casque mille fois débosselé que tous les mâles de la lignée se transmettaient au fil des générations.

Jehan s'approcha de son cheval pour le caresser. La bête tremblait car elle sentait l'odeur des loups en maraude. La mule du moine se blottissait contre le flanc du gros roncin à robe fauve, pour chercher sa protection.

Jehan détacha le sac accroché au troussequin de la selle et l'ouvrit avec précaution. La motte de terre remise jadis par le baron s'y trouvait toujours. La terre de Montpéril, une boule d'humus noir que Jehan humectait régulièrement et dont il ne parvenait pas à se séparer.

« Mon fief ! » ricanait-il souvent en contemplant la paumée de terreau couronnée d'herbe desséchée.

Il était sûrement le seul chevalier à transporter son domaine dans les fontes de sa selle !

Parfois, il rêvait qu'une fée le transformait en un lutin à peine plus grand que l'ongle du petit doigt, et qu'il trouvait refuge sur la motte de terre devenue bien assez grande pour lui. C'était une rêverie plutôt plaisante, dont, cependant, il ne soufflait mot à personne.

Il referma le sac car il entendait le moine s'agiter dans son sommeil.

Il caressa de nouveau l'encolure du cheval pour le calmer. La bête aurait aimé qu'on la débarrasse de son harnachement, mais c'était imprudent. Jehan avait connu plus d'un routier surpris par les loups pour avoir voulu camper selon les règles.

Il vérifia les courroies de son écu. Le bouclier de forme ovale était presque aussi haut que lui. Il l'avait taillé de ses mains, dans le bois le plus dur. Il en était fier. Les barons, eux, ne savaient que détruire, pas un d'entre eux n'auraient été capable de fabriquer un aussi bel écu.

– Il faut se mettre en marche ? demanda derrière lui la voix apeurée de l'homme d'église.

– Oui, fit Jehan. La tempête approche, vous n'entendez pas le bruit du vent dans les feuilles ?

– Si, on dirait la voix de démons hurlant des blasphèmes.

Jehan haussa les épaules. Comme tous ses semblables, Dorius était affreusement superstitieux et voyait en chaque chose l'œuvre sournoise du diable. Partout, selon lui, le ver était dans le fruit.

Jehan se hissa en selle tandis que Dorius escaladait sa mule avec force ahannements.

– Es-tu bien sûr de la route à suivre ? demanda-t-il pour la dixième fois depuis le début de leur périple.

Jehan se contenta de grogner. C'était son métier de guider les gens à travers le labyrinthe de la forêt. Il connaissait le trajet des routes, et sa présence armée dissuadait les malandrins de s'en prendre aux voyageurs.

Au vrai, la science des chemins n'était point aisée à acquérir car bien peu de routes jouissaient d'un pavage empêchant l'herbe de repousser. Si le pied de l'homme se faisait rare, elles se couvraient d'herbe et disparaissaient à la vue. Seuls les grands axes, les anciennes voies romaines par lesquelles on avait acheminé les pierres des cathédrales et des châteaux forts avaient été soigneusement entretenus pour empêcher que les roues des charrois ne s'y enlisent à la première averse. Si elles attiraient les pèlerins, elles rassemblaient aussi les détrousseurs, et mieux valait les éviter si l'on disposait d'un bon guide pour se risquer dans le labyrinthe de la forêt.

– Il est mauvais de voyager la nuit, grommela le moine. On dit que le diable s'amuse à déplacer le dessin des sentiers à l'insu des hommes. Qu'il réorganise le tracé des chemins comme une pucelle joue à tortiller un ruban sur le sol. On croit se rendre quelque part et l'on arrive en enfer.

Il sortit ses mains des larges manches de son froc de bure et fit courir ses gros doigts sur les grains du chapelet qu'il ne lâchait jamais.

– Il est encore plus dangereux de couper à travers bois aux heures noires, reprit-il, car le démon est expert en ruses et mirages de toutes sortes. Tu as entendu parler de la malédiction de la pièce d'argent ?

– Non, grogna Johan.

– Elle se produit les nuits de pleine lune, haleta Dorius. Quand il a plu. Si tu regardes au fond des flaques à ce moment-là, tu verras scintiller une belle pièce d'argent. C'est le reflet de la lune durci par l'averse comme un fer en fusion solidifié dans une eau glacée. Garde-toi cependant de plonger la main dans la mare pour attraper ce bel écu brillant. Tu finirais par te croire riche. Le problème c'est qu'au moment de payer ta première créance, les pièces d'argent redeviendraient liquides entre les doigts du marchand. On t'accuserait aussitôt d'avoir frappé de la fausse monnaie au moyen de quelque enchantement, cela te vaudrait d'être brûlé vif.

Jehan frissonna. Il n'avait jamais réussi à déterminer si les moines croyaient réellement aux fadaises qu'ils débitaient, ou s'ils se servaient de ces contes à dormir debout pour effrayer les gens crédules et prendre sur eux un ascendant que rien ne pouvait remettre en question.

– Il ne faut pas non plus oublier les garous, murmura Dorius en rentrant la tête dans ses épaules grasses. La forêt est leur lieu d'élection. Beaucoup prennent forme humaine pour mieux nous tromper.

« Tout comme vous, les moines, songea Jehan. Sous prétexte que vous bégayez trois mots de latin vous prétendez détenir tous les secrets du monde ! »

– Les fées des anciennes croyances sont encore ici, insista Dorius. Dans les arbres, la nuit. Elles se glissent dans les pensées des voyageurs pour y faire naître des rêves impurs.

Il se signa car le vent redoublait de violence et les branches remuées menaient grand tapage.

– Est-ce encore loin ? interrogea-t-il.

– Non, fit Jehan. Au bout de ce chemin s'ouvre une clairière. Au milieu de la clairière se dresse la colline de l'ermitage. Je n'y suis jamais entré. Je ne suis même pas certain que ces ruines abritent encore âme qui vive. Qu'allons-nous chercher là-haut ?

– Tu n'as pas à le savoir, caqueta Dorius. Des reliques. Des reliques très précieuses que je dois acheminer au château du baron Ornan de Guy, pour son mariage. Je te paye pour veiller sur moi qui veillerai sur elles, car tu n'ignores pas qu'on en fait grand trafic.

– Je sais que certains moines peu scrupuleux ont vendu assez de dents de Notre Seigneur Jésus pour remplir la bouche de trois crocodiles ! ricana Jehan.

– Tais-toi, malheureux ! s'emporta Dorius. Tu blasphèmes. C'est là commerce impie qui se paye cher.

Il ne put en dire plus car l'orage creva au même moment. Jehan rabattit son capuchon sur son méchant casque bosselé et s'enveloppa dans son mantel. La clairière s'ouvrait devant lui, dominée par une excroissance pierreuse au sommet de laquelle se dressait une chapelle rustique datant des premiers âges de la chrétienté.

La pluie, les éclairs, renforcèrent l'impression de malaise qui n'avait cessé de le harceler depuis qu'il avait accepté cette mission.

Cela avait commencé à l'abbaye d'Obalon, lorsqu'il s'était rendu à la convocation du frère Dorius. Alors qu'il faisait antichambre, au beau milieu de la nuit, deux événements étranges s'étaient produits. Deux phénomènes insolites auxquels un esprit crédule n'aurait pas manqué de donner la valeur d'un mauvais présage.

D'abord, le grand sablier qui servait à mesurer l'écoulement des heures s'était obstrué, et le sable avait cessé de couler. L'espace d'un battement de cœur, Jehan s'était dit que le temps allait peut-être s'arrêter brusquement. Que les gens ne vieilliraient plus, que les enfants ne grandiraient pas davantage, et que les bébés en gestation resteraient à jamais prisonniers du ventre de leur mère.

Le frère copiste lui-même s'était figé, la plume en l'air, l'œil fixé sur le sablier, attendant que la poussière du temps reprenne son écoulement. Et puis, tout à coup, un oiseau s'était fracassé sur le parchemin huilé tendu sur la meurtrière. Ce n'était qu'un moineau, mais il avait fait en se cassant le cou autant de bruit qu'un tambour frappé par un gantelet de fer.

– C'est la lumière qui les attire, avait bégayé le frère copiste avec une grimace d'excuse.

Bien sûr. La lumière de la chandelle avait attiré l'oiseau. Le sable gorgé d'humidité s'était agglutiné dans le goulot d'étranglement des deux bulles de verre superposées... Pourquoi chercher une autre explication ?

Pourtant, Jehan n'avait pu se départir d'un mauvais pressentiment.

– Il s'agit d'escorter une troupe de voyageurs se rendant au mariage du très haut seigneur Ornan de Guy en son château de Kandarec, expliqua Dorius un peu plus tard. Il y aura là des troubadours, des jongleurs, des montreurs de merveilles dont le côtoiement m'est désagréable, mais il est préférable de se déplacer en groupe compact. Je serai bien sûr le seul personnage important de cette troupe, et je serai également le seul sur lequel tu devras veiller nuit et jour. En cas de malencontre, si des brigands venaient à nous assaillir, tu ne devras t'occuper que de mon seul salut. C'est bien compris ?

Jehan avait dit oui, parce que cela représentait quelques poignées d'anneaux supplémentaires pour son haubert, parce qu'il en avait assez de porter cette vieille broigne de cuir renforcée de fer rachetée à un sergent à pied trop âgé pour continuer à servir. Ce n'était pas là un vêtement de chevalier. Il lui fallait aussi des éperons. Des éperons d'or comme dans les contes merveilleux de la Table ronde. Y parviendrait-il un jour ?

Une rafale le cingla au visage, le ramenant à la réalité. La colline de l'ermite se dressait devant lui.

– Tu ne devras jamais rien révéler de ce que tu verras là-haut, dit Dorius en descendant de sa mule. Si tu avais le malheur d'avoir la langue trop longue, le très saint prieur de mon ordre pourrait te corriger plutôt rudement de ce travers.

– Qu'allons-nous chercher ? grogna Jehan. Un trésor ? Si vous comptez transporter des escarboucles je dois le savoir.

– Rien de tout ça, fit précipitamment le moine. Simplement les os d'un saint qui ont la réputation de guérir les hommes de la stérilité. C'est que le baron Ornan de Guy n'est plus si jeune. Il a peur que sa semence ne soit pas assez vivace pour planter la graine de l'engendrement dans le vase naturel de sa jeune épouse. Les reliques les préserveront de cette désolation et lui permettront d'avoir l'héritier mâle qu'il mérite. Le soir des noces, je les glisserai sous le lit.

Jehan détourna la tête pour masquer son dégoût. Ainsi ces deux-là s'uniraient au-dessus de la caisse en bois contenant les os pêle-mêle d'un vieux squelette plus friable que la craie. Jolie perspective !

Il espérait que la jeune épousée ne saurait jamais rien de ces manigances.

– Allez, viens, s'impatienta Dorius. Tu es trop curieux. Sors ton épée et suis-moi comme une ombre, c'est pour ça que je te paye.

Ils se lancèrent à l'assaut du sentier caillouteux menant au sommet. La pluie était si drue qu'elle les faisait presque suffoquer. Jehan avait dégainé son épée. Un geste à éviter par temps d'orage, mais comment faire autrement ?

Combien de fois avait-il entendu mercenaires, routiers et cottereaux, ressasser au fond d'une taverne des histoires d'hommes d'armes dont la cotte de mailles ou l'épée avait attiré la foudre, et qui s'étaient retrouvés tout rôtis par le feu du ciel ?

Les éclairs jetaient de brèves fulgurances, éclairant la chapelle gibbeuse occupant le haut du tertre. Le bâtiment évoquait davantage la tombe d'un géant qu'une église. Une statue grossière se dressait près du porche, mais Jehan ne put identifier de quel saint elle tentait de reproduire les traits.

Dorius donna du poing contre la porte. Il s'écoula un long moment avant qu'on ne daigne ouvrir. Une vilaine tête de vieillard s'encadra dans l'entrebâillement.

– C'est moi, annonça Dorius. Je viens pour emprunter la... *chose.* Tout est prêt ?

– Vous avez amené le prix de la location ? grogna le vieux.

– Oui, oui, fit Dorius pressé d'en finir.

Et, soulevant sa robe de bure, il montra deux sacs d'écus suspendus à la ceinture de cuir faisant le tour de sa bedaine.

– Ça va, grommela l'ancêtre. La chose est préparée, mais c'est bien parce que l'évêque lui-même me l'a demandé. C'est une action très grave que vous me faites accomplir là. Et je ne sais si un miracle peut s'opérer dans de telles conditions...

– Il ne nous appartient pas d'en discuter, coupa Dorius qui s'agitait. Nous sommes, vous et moi, les instruments de la volonté divine, rien de plus.

Jehan eut l'impression que le moine échangeait des signes d'intelligence avec l'ermite pour le supplier d'en dire le moins possible.

Que signifiait cette bouffonnerie ?

L'ermite accepta enfin de se reculer pour leur laisser le passage. Une minuscule lampe à huile éclairait la chapelle, et comme elle brûlait du suif de mouton, la crypte dépourvue de meurtrières s'emplissait d'une curieuse odeur de rôtisserie.

– Reste là, ordonna Dorius. Je vais régler mon affaire et je reviens.

Le moine s'éloigna à la suite du vieillard. Jehan les entendit chuchoter interminablement au pied de l'autel. L'ermite semblait s'accrocher à ses reliques.

– Vous allez faire courir un grand danger à cette enfant, murmura tout à coup l'ancêtre. Si le baron n'a pas la foi, toutes les reliques de l'univers ne sauront le guérir...

– *Chut !* intima Dorius.

Puis le bruit des mots murmurés fut remplacé par celui des pièces d'or comptées une à une. L'homme de prière n'entendait pas se laisser gruger. Dorius réapparut enfin, une grosse caisse cerclée de fer sous le bras.

Jehan s'était attendu à une châsse plus impressionnante. Tant d'or pour cette cassette aux planches disjointes ?

– Ça y est, haleta le moine. On peut partir, ouvre la route.

Il avait l'air presque apeuré. La porte de la chapelle se referma derrière eux, et ils se retrouvèrent une fois de plus sous l'averse.

À chaque pas, les os du saint s'entrechoquaient dans la cassette. La location des reliques était chose courante. Jehan méprisait ces pratiques de basse magie, mais il en avait peur... comme tout le monde. Il lui arrivait de se dire que les cadavres appréciaient peu de se voir louer comme de vulgaires sachets d'herbes médicinales, et qu'un jour ou l'autre ils ne manqueraient pas de se venger. Cependant, il savait que le roi lui-même avait dépensé d'importantes sommes d'argent pour acquérir au nom de la Sainte Chapelle les reliques de la Passion, notamment la Couronne d'épines. Il y avait ajouté peu de temps après le Saint prépuce coupé lors de la circoncision de Notre Seigneur Jésus. Prépuce hautement vénéré par les femmes enceintes qu'il secourait dans les douleurs de l'enfantement.

– Attendez ! fit-il soudain. J'ai entendu un bruit dans ces fourrés. Je vais voir.

– Non ! couina Dorius. Ne me laisse pas seul !

Mais Jehan s'était déjà éloigné. Revenant sur ses pas, il mit la nuit à profit pour s'approcher de la statue du saint et explorer son visage à tâtons. Il voulait savoir à qui il avait affaire. Aucun éclair ne vint jeter sa lumière bleuâtre sur l'image de pierre, et le routier en fut réduit à parcourir en aveugle la face du martyr inconnu. Une méchante image sculptée en dépit du bon sens où rien ne semblait à sa place. À moins que la statue n'ait été mutilée par la foudre, c'était là un bonhomme peu séduisant.

Il se détourna. Il ne pouvait s'attarder davantage sans risquer d'être surpris par Dorius.

« Sangdieu ! jura-t-il dans le secret de son esprit, de quoi te soucies-tu après tout ? On te paye pour accompagner les voyageurs au long des routes peu sûres, pas pour t'interroger sur les motivations qui les ont mis en marche ! »

Pataugeant dans la boue du sentier, il alla rejoindre le moine cramponné à sa châsse comme à une barrique de vin.

4

Silhouette dans la nuit

Tournant le dos à la colline et au moutier solitaire, ils s'enfoncèrent dans la forêt. Presque aussitôt la pluie cessa et il se fit un grand silence que troublaient seulement les sabots des montures foulant la boue.

Une lumière jaune apparut tout à coup à un détour du chemin. C'était inhabituel et le moine sursauta sur sa mule.

« Une lanterne sourde », pensa Jehan.

Et il trouva cela imprudent. Allumer un photophore, c'était signaler sa présence à des lieues à la ronde. Un bon guetteur perché en haut d'un arbre pouvait vous localiser sans peine. Il préférait, quant à lui, avancer en aveugle, se fiant à son seul souvenir de la route.

La lanterne brillait au lieu dit « Les œufs du dragon », un carrefour où se dressaient deux menhirs témoignant des croyances du temps passé. On racontait que les pierres levées étaient en réalité deux œufs gigantesques pétrifiés par les siècles, mais sous la coquille desquels dormaient deux dragonneaux pourvus d'ailes, de griffes, et n'attendant que le bris de l'enveloppe de granit pour prendre leur vol et ravager la contrée.

C'était là vieilles légendes bretonnes apparentées aux merveilles de la Table ronde, et dont les clercs se gaussaient aujourd'hui avec un haussement d'épaules.

Jehan pressa sa monture. Entre les pierres levées se dressait une silhouette encapuchonnée de futaine, un balluchon sur l'épaule.

– Dieu nous garde ! gémit Dorius. La pluie s'arrête d'un coup et voilà que surgit un voyageur. Méfiance, l'ami. Le diable n'aime pas se mouiller. Passons notre chemin en regardant droit devant.

– Du calme, l'abbé, grogna Jehan. C'est simplement un marcheur qui désire se joindre à la troupe et qu'on aura informé de notre prochain départ.

Là-bas la silhouette avait rejeté son capuchon en arrière. La lumière de la lanterne éclaira un visage féminin encadré de tresses blondes. La voyageuse avait la peau pâle et les pommettes saillantes des beautés germaniques. Ses yeux avaient l'assurance de celles qui ont l'habitude de faire toutes seules leur chemin.

– Dieu te garde, dit-elle d'une voix claire et puissante. Tu es Montpéril le routier ? Je suis Irana la trobairitz. Je me rends au château d'Ornan de Guy pour participer aux festivités du mariage. Acceptes-tu que je me joigne à vous ?

– Je te connais, fit Jehan. J'ai entendu parler de toi, tu es paraît-il une grande conteuse. Sois la bienvenue, tu égaieras nos bivouacs par tes chansons.

Il avait lui aussi rejeté son capuchon pour bien montrer qu'il n'était pas quelque diable cheminant en quête de farces. Au vrai, il ne mentait pas, il avait effectivement entendu parler d'Irana. C'était l'une de ces troubadours femelles fort appréciées des nobles dames parce qu'elle supplantait de loin les hommes dans l'évocation des tourments du cœur féminin.

Irana s'était fait une spécialité de ce qu'on appelait les chansons « d'aube », c'est-à-dire celles qui évoquent la séparation des amants à la pointe du jour, quand s'achève la nuit de passion au cours de laquelle les corps se sont donné grande joie. Irana savait jouer avec une science extrême de cette douce tristesse, de cette mélancolie languide qui précède la peur de voir surgir le mari trompé.

Les belles dames ne se lassaient pas de l'écouter et l'accueillaient toujours avec beaucoup d'empressement chaque fois qu'elle se présentait à la porte d'un château.

Pendant que la jeune femme se coulait dans le sillage des montures, Dorius se pencha pour saisir le poignet de Jehan.

– Tu ne vas pas permettre à cette catin de nous emboîter le pas, tout de même ? haleta-t-il dans un chuchotement que la fureur rendait étrangement sonore.

– Et pourquoi ça ? s'étonna Jehan. La route est longue et il est toujours agréable d'avoir un conteur le soir, au coin du feu. Ses histoires finissent par vous faire oublier le hurlement des loups.

– Enfin ! Tu as perdu l'esprit ! renchérit le moine. *Une femme* ! Une de ces filles perdues qui vont seules par les chemins et colportent des chansons où il n'est question que d'attouchements impudiques et d'adultère ! Tu sais bien que l'Église condamne le plaisir des sens. La femme n'a pas assez de cervelle pour se défier des œuvres du malin, elle reste une éternelle enfant et c'est pour ça qu'elle devient très vite l'*instrumentum diaboli* préféré de Satan. C'est l'*infirmitas sexus,* celui qui ne s'améliorera jamais. Seul l'Homme a été fait à l'image de Dieu, la Femme, elle, a été modelée à l'image de l'Homme. Ce n'est qu'une création bâtarde fabriquée d'après un modèle déjà amoindri. On ne peut la tolérer que vierge. Ne t'a-t-on jamais parlé des beaux écrits de saint Ambroise, et de ce qu'il dit à ce propos dans son *De Virginibus ?*

– La paix, l'abbé ! grogna Jehan. Garde ta bile pour défendre tes reliques, tu t'échauffes pour peu de choses.

– Tu ne te rends pas compte ! siffla de plus belle son interlocuteur. As-tu pensé aux garous ? La forêt en est pleine. On croit parler à une femme et c'est en réalité une louve au museau et aux pattes épilées ! Celle-ci a trop d'effronterie dans le regard pour être tout à fait humaine. La femme est trop près des instincts animaux pour ne pas être le jouet des forces mauvaises. N'ayant point d'esprit, le diable a beau jeu de prendre ses pénates dans le logement vide de sa cervelle. Tu nous mets en danger en invitant cette créature à se joindre à nous. Elle a la patte pelue, j'en suis certain. Quand nous serons tous endormis autour du feu, elle reprendra sa forme première et appellera le reste de la meute pour nous offrir en pâture aux crocs des vieux mâles.

Il pérora ainsi un bon moment, sans reprendre son souffle, mais Jehan ne l'écoutait pas. Les moines qui détestaient pourtant les anciennes croyances étaient toujours prodigues en histoires de métamorphose dès qu'il s'agissait d'obtenir ce qu'ils voulaient.

Et Dorius ne voulait pas de la présence d'Irana.

Pour quelle raison ? Jehan n'en avait pas la moindre idée. Il était pourtant normal qu'une trobairitz se rendît à un mariage, c'était là une occasion à ne pas manquer.

Devant le mutisme du routier, le moine finit par renoncer à ses sermons et s'enfonça dans une bouderie hargneuse dont sa mule fit tous les frais car, dès lors, il ne cessa de la bourrer de coups de talon.

L'aube se leva enfin alors qu'on atteignait le carrefour des quatre routes où attendaient les voyageurs que Jehan devait convoyer jusqu'au château. Il y avait là l'habituel assortiment de colporteurs et de baladins que rassemble une telle cérémonie. Ils avaient passé le temps en jouant aux dés. La vue du moine les renfrogna, car gens d'Église et gens du voyage cohabitaient en grande détestation. Jehan mit pied à terre et passa de l'un à l'autre pour collecter le prix de ses services.

Dorius, lui, resta ostensiblement à l'écart, comme si l'odeur de la gueuserie offensait ses narines. Il se cramponnait des deux mains à sa cassette cerclée de fer.

Quand il arriva à la hauteur d'Irana, Jehan éprouva le besoin de s'excuser pour les propos de son compagnon.

– Laisse donc, soupira la jeune femme. J'ai l'habitude. Les tonsurés détestent les chansons « d'aube ». Ils estiment qu'elles éveillent des rêveries coupables chez les nobles dames oisives, et les poussent à fauter.

– Il a sans doute peur que le baron de Guy ne soit cocu avant même d'avoir couché son épouse dans son lit, observa Jehan. Les barbons sont toujours chatouilleux sur ce point.

Irana leva les sourcils.

– Ornan de Guy un barbon ? s'étonna-t-elle. On t'a mal renseigné. C'est un bel homme dans la force de l'âge. Beau corps et belle figure. Du courage à revendre. Un preux qui s'est illustré aux croisades. La petite Aude n'aura pas à fermer les yeux quand il se couchera sur elle, ou alors c'est qu'on l'aura mal préparée aux jouissances du lit.

Elle parlait avec cette effronterie propre aux troubadours pour qui les jeux amoureux sont le sel de la vie. Son visage avait quelque chose de félin. En d'autres temps elle aurait pu porter la couronne de fer des reines guerrières nordiques. Jehan songea qu'elle devait attiser la convoitise chez bien des jeunes seigneurs. Mais cette pensée se délaya, remplacée par une autre, moins agréable : pourquoi Dorius lui avait-il menti en prétendant qu'Ornan de Guy était un vieillard dans l'incapacité d'exercer son métier d'homme ?

Il n'aimait pas ne pas comprendre et les précautions tortueuses du moine commençaient à l'irriter.

Il fallait se mettre en route. Il prit la tête de la colonne et régla le pas de son cheval sur celui des marcheurs. En gens du voyage habitués aux pérégrinations incessantes, ils ne lambinaient pas et avançaient à un rythme régulier.

Jehan sondait du regard les abords de la forêt. A priori sa troupe allait la bourse plate, mais il ne fallait jurer de rien. Parfois les brigands déclenchaient un carnage pour voler trois manteaux. Et puis il y avait la femme, Irana, qui pouvait allumer dans l'esprit des coupe-jarrets bien des idées de viol. Sans compter la macabre cassette de Dorius, qu'un observateur naïf pouvait croire remplie de pièces d'or.

On marcha en silence une bonne partie de la matinée. La forêt noire, tout imprégnée de pluie, n'invitait pas à la liesse. À midi on fit une halte, le temps de réchauffer une soupe de fèves ; puis Irana se mit à chanter. Elle jouait habilement des thèmes chers aux trobairitz : la chanson de travaux d'aiguille que les femmes entonnaient pendant l'absence des époux partis à la croisade, la chanson d'aube, mais également celle de la maumariée, la jouvencelle vendue par ses parents à un barbon aux genoux cagneux et plus édenté qu'un cheval bon pour l'équarrissage.

Sa voix un peu voilée, profonde, semblait promettre mille bonnes choses pour qui saurait tenter sa chance, et les yeux des hommes brillaient malgré la fatigue de la marche.

Jehan aimait beaucoup les troubadours : c'est en les escortant et en les écoutant qu'il s'était lentement dégrossi.

Quand Irana cessa de chanter, elle fit chauffer un gobelet de vin dans lequel elle jeta du miel pour se reposer la voix. Jehan ne put résister au désir de lui parler de nouveau.

– Ce sera un grand mariage ? s'enquit-il.

– Oui, fit la jeune femme en lui jetant un regard moqueur. Il y aura un tournoi. Tu pourrais peut-être y participer ? Il y aura des armes à prendre, et des chevaux. Un bon jouteur peut devenir riche en une seule rencontre.

– Il peut aussi y laisser la vie, grogna Jehan. Parle-moi plutôt de la mariée.

– Aude de Chantrelle ? Elle a quinze ans, c'est une bien jolie pucelle. Des cheveux noirs, d'interminables tresses, une peau comme le lait mais une bouche qui ne demande qu'à apprendre le baiser. Un beau jouet pour un homme fait qui veut se reposer des servantes troussées dans la paille.

– Cet Ornan de Guy, c'est un soudard ?

– Pas plus qu'un autre chevalier. Il doit avoir vingt-sept ou vingt-neuf ans. Jusqu'à l'année dernière il portait la barbe et les cheveux longs, mais s'est rasé depuis l'apparition des nouveaux heaumes qui vous cachent entièrement le visage. Aujourd'hui, il a sur la tête à peine plus de cheveux qu'un enfant de chœur.

Jehan grimaça. Il détestait cette mode guerrière qui imposait désormais aux hommes de se faire un visage de jouvenceau et de se coiffer d'un seau de métal percé d'un trou à la hauteur des yeux. On devait étouffer là-dessous ! De plus il lui déplaisait de devoir se tondre comme un mouton. On lui avait toujours dit que si la barbe représentait la force virile, les cheveux longs, eux, symbolisaient la force sauvage.

Cette nouvelle coutume le désarçonnait. Il y voyait un curieux efféminement.

Il prit conscience qu'Irana, pendant tout l'échange, n'avait pas quitté Dorius des yeux.

– Je n'aime pas cet homme, murmura-t-elle. Il est méchant et faux.

– À quoi vois-tu cela ?

– Il se couvre les cheveux d'une mauvaise teinture pour dissimuler qu'il est roux. Mais la pluie a emporté en partie la couleur... Regarde. C'est sûrement pour cela qu'il est tellement obnubilé par les manifestations sataniques. Les cheveux rouges sont l'indice d'une nature diabolique. Tu ne devrais pas me parler, cela te fera tort.

– Je m'en moque, grogna Jehan. Je ne l'aime pas plus que toi. Il m'assomme de balivernes depuis le début du voyage.

Ils durent se remettre en marche car Dorius donnait des signes d'impatience. Jehan chevauchait en silence, essayant de ne pas penser aux bizarreries de cette étrange pérégrination.

– Tu ne devrais pas parler avec la trobairitz, grommela Dorius, elle va finir par t'enjôler et éveiller le rut en toi. C'est comme cela qu'elle gagne sa vie, en soufflant sur les braises du péché qui couve dans le ventre des hommes et des femmes. Tout raconteur d'histoires parle avec la langue du diable. Un bon chrétien ne devrait pas souffrir qu'on lui fasse d'autres récits que ceux de la vie des saints.

Jehan fit la sourde oreille.

– Arrêtez de me bercer, l'abbé ! fit-il avec humeur. Ou je vais finir par m'endormir et tomber de cheval.

– Tu as tort de railler, siffla Dorius. Je sais que j'ai raison. Et le diable se manifestera avant qu'il soit longtemps.

Jehan étouffa un juron entre ses dents. Il ne se doutait pas encore que les événements de la nuit allaient donner raison au moine.

5

Mauvaise rencontre

Jehan savait la forêt prodigue en mauvaises surprises. La misère était telle en certains lieux qu'elle engendrait parfois les pires aberrations. Il n'était pas rare de se heurter à des barons pauvres devenus brigands ou même à des moines pillards. Les seigneurs multipliaient les droits de passage sur leurs terres, profitant de la fatigue des pèlerins pour exiger des sommes trop élevées. C'était là qu'il entrait en scène, lui, Montpéril le routier connaissant sur le bout du doigt l'itinéraire des routes traversières, des chemins sur lesquels on pouvait circuler sans avoir à ouvrir sa bourse.

Il lui arrivait même de défricher des voies nouvelles, d'ouvrir des sentiers à travers les essarts. Il les empierrait pour retarder la repousse des mauvaises herbes et en dissimulait l'accès au moyen d'épais buissons d'épines.

Quand la nuit tomba, on dressa un nouveau campement sous les arbres bordant la clairière et l'on se dépêcha d'allumer le feu à cause des loups. Jehan prenait toujours la précaution d'emmener avec lui quelques bonnes bûches de bois sec au cas où la pluie rendrait l'approvisionnement difficile.

Il ne craignait pas les loups. Depuis qu'il parcourait la forêt il avait appris qu'on les accusait fort injustement. S'ils attaquaient l'homme, c'était au cœur de l'hiver, quand ils mouraient de faim. Le reste du temps, ils se tenaient prudemment à l'écart des voyageurs. Bien sûr, restait toujours l'éventualité d'une meute menée par un mâle vicieux ou une louve en chaleur...

On fit chauffer de l'eau pour cuire la bouillie d'avoine dans laquelle on émietta quelques lanières de lard.

Jehan redoutait davantage la présence des ours, gloutons, toujours préoccupés de se fourrer quelque chose dans le museau. Tuer un ours était autrement difficile que de venir à bout d'un loup. C'était comme de se battre contre un arbre recouvert de poil, de crocs et de griffes.

Ce soir, les voyageurs étaient las. On ne chanterait pas. Jehan signala la présence d'une mare à proximité pour ceux qui voudraient se livrer à quelques ablutions. Seule Irana lui prêta attention. Les femmes étaient toujours beaucoup plus soucieuses de propreté que les hommes, c'est pour cela qu'on se plaisait à les accuser de coquetterie.

Jehan regarda Irana s'éloigner. C'était une belle femme. Pendant qu'elle marchait, le vent plaquait sa robe contre son corps, moulant son ventre et ses cuisses. Sans doute aurait-elle paru trop grande à la majorité des hommes ; trop sûre d'elle également. On n'aimait guère les femmes qui vivaient seules dès lors qu'elles n'étaient pas moniales, pucelles ou veuves. Hors de ces trois cas, on héritait vite du qualificatif de « putain ». Toute femelle qui se lançait dans une pérégrination sans chaperon se voyait suspectée de chercher la débauche.

Irana n'était sans doute pas son vrai nom. Les troubadours s'inventaient des sobriquets destinés à frapper l'imagination et propices à leur assurer une renommée galopante.

Il en était là de ses réflexions quand le hurlement de la trobairitz traversa les buissons. Tirant son épée, il se rua sous le couvert. Irana se débattait au bord de la mare, encerclée par quatre loups qui montraient les crocs. L'un d'entre eux mordait le bas de sa robe, un autre tournait autour d'elle pour lui sauter sur les omoplates.

C'était la technique habituelle de ces animaux : crocher la nuque de la proie entre leurs mâchoires et se balancer jusqu'à faire craquer les vertèbres.

Irana était si blême qu'elle avait l'air d'une sainte embaumée. Les loups, jeunes, étaient en rut. Jehan put le vérifier aux pénis roides dardant hors du fourreau de poil. Saisissant l'épée à deux mains, il frappa. Les armes des chevaliers n'avaient point été conçues pour décrire de savantes arabesques. Outils de taille, il s'agissait de les manier comme on abat une hache, pour fendre et briser. Jehan n'avait pas grand-chose à apprendre dans ce domaine.

Les loups semblaient hypnotisés par Irana. C'est à peine s'ils daignèrent émettre un grognement à l'adresse de l'intrus.

Celui qui avait entrepris de déchirer la robe de la jeune femme se dressa sur ses pattes de derrière, imprimant la marque boueuse de ses antérieurs sur la poitrine d'Irana qui trébucha.

Jehan ne connaissait rien de plus effrayant que de recevoir au visage l'haleine au relent de viande corrompue d'un loup. Il frappa à la volée. La lame atteignit la bête derrière les oreilles et lui brisa l'échine avec un craquement sec. Saisi par la mort, le mâle urina sur la jeune femme qui perdit l'équilibre et tomba dans la mare. Jehan ne prit pas le temps de retrouver son souffle. L'odeur de la mort et la violence d'un assaut soutenu sans faillir pouvait décontenancer une meute décidée à en découdre.

Il fracassa le crâne d'une deuxième bête alors qu'elle se préparait à bondir. Les autres se débandèrent.

Jehan repoussa les carcasses du pied, et tendit la main à la trobairitz pour l'aider à sortir de l'eau.

Elle grelottait de peur et de froid. Ses yeux égarés avaient une expression bestiale qui mit Jehan mal à l'aise. Un instant, il fut prêt de croire que l'esprit du loup mort s'était infiltré en elle. On disait que les femmes avaient la cervelle tellement vide que c'était possible.

– Irana ! lança-t-il en saisissant la trobairitz par l'épaule. Irana, c'est moi, Montpéril le routier.

Elle parut enfin sortir de sa transe. Ses dents claquaient avec tant de violence qu'elles produisaient autant de bruit que des petits graviers secoués dans une bourse de cuir.

– Viens, ordonna Jehan. Il ne faut pas rester comme ça. Il fait froid, tu vas attraper la mort.

La robe dégoulinante collait au corps d'Irana de manière indécente. Il ne fallait pas que Dorius la voie dans cet état. Arrachant son manteau, il le posa sur les épaules de la jeune femme et l'en enveloppa. Après quoi, il la poussa à travers la clairière en direction du feu.

Le moine se tenait à peu de distance des arbres, sa précieuse cassette sous le bras, le visage crispé par la méfiance. Derrière lui se pressaient les voyageurs peureusement retranchés.

– Les loups, lança Jehan de manière laconique. Elle est trempée, que les femmes se chargent d'elle. Dépêchez-vous. Emmenez-la près du feu.

Deux matrones se précipitèrent, encadrant Irana. La troupe suivit la jeune femme dans l'espoir qu'elle raconterait son aventure et laisserait voir quelques beaux morceaux de son corps alors qu'elle changerait de chemise.

Dorius saisit Jehan par le poignet et le tira à l'écart.

– J'ai tout vu ! haleta-t-il. Cette fois le doute n'est plus permis. Tu ne peux plus la défendre.

– De quoi parlez-vous ? grogna Jehan.

– Les loups, murmura Dorius d'un ton exalté. Ils étaient en rut. *Ils étaient venus pour s'accoupler avec elle !* C'est une louve déguisée en femme, un garou. Tu as surgi au moment où elle allait se métamorphoser, alors elle a feint d'être attaquée... Elle est habile, mais sa ruse ne m'a pas trompé.

– Vous délirez l'abbé, fit Jehan en se dégageant. Elle était seule, à l'écart, et la forêt est pleine de loups.

Il s'efforçait de demeurer rationnel mais les paroles du moine lui étreignaient le cœur. Il se rappela l'expression étrange qu'il avait cru surprendre dans les yeux d'Irana.

– Tu sais ! Tu sais ! s'emporta Dorius, mais tu veux faire comme si rien ne s'était passé. Elle allait se couvrir de poils, se mettre à quatre pattes et offrir sa croupe aux mâles venus la couvrir. Tu ne peux pas la laisser vivre. Cette nuit je bénirai ton épée et tu iras la tuer. Coupe-lui la tête, je témoignerai que tu as agi sur mon ordre, *Ad majorem Dei gloriam !*

– Vous perdez l'esprit, protesta Jehan. Je ne tuerai personne. La frayeur vous égare. Pourquoi avez-vous si peur ? Vos reliques devraient pourtant vous protéger des assauts du malin.

– Tu ne sais ce que tu dis ! hoqueta Dorius. C'est justement parce que je transporte ces reliques que le diable s'acharne contre nous. Il mettra tout en œuvre pour qu'elles ne parviennent pas entre les mains du baron. Irana est l'un de ses agents, elle va chercher à t'embobiner. Qui sait si elle n'a pas déjà réussi ? Je devrais peut-être t'entendre en confession ?

– Ça suffit ! trancha Jehan en nettoyant le fil de son épée avec une poignée d'herbe. Vous vous échauffez, il est temps d'aller dormir ou sinon la route vous paraîtra longue demain.

Dorius se signa.

– Tu t'en repentiras, marmonna-t-il. Le diable se joue des esprits forts. Un vrai chevalier n'aurait pas hésité à m'obéir. Il aurait tranché la tête de cette femelle sans se poser de questions.

Jehan s'éloigna à grands pas car la colère commençait à bouillir en lui. Au moment de s'asseoir près du feu, il eut un regard vers la lune. Elle était pleine. La bonne période pour les garous. Fallait-il prêter crédit aux déclarations du moine ?

Irana s'était changée derrière un drap tendu par deux matrones. Les flammes du bivouac accentuaient les méplats de son visage, soulignant ses traits *félins.* Jehan la détaillait du coin de l'œil, avec angoisse, s'attendant à découvrir des poils noirs sur le dos de ses mains. Il dut faire un effort pour se reprendre. Quand les voyageurs se furent tous roulés dans leurs couvertures, il s'approcha de la trobairitz.

– Merci pour tout à l'heure, lui dit-elle. Sans toi je ne sais pas ce qui se serait passé. (Elle hésita, puis ajouta un ton plus bas :) J'ai vu que le moine te prenait à part. Je suppose qu'il t'a parlé de moi ?

Jehan s'agita, plein de gêne. Il se sentait toujours pataud en face des femmes qui savaient lire et écrire car, à la différence des barons, il ne tenait pas ces connaissances pour négligeables.

– Oui, avoua-t-il. Il ne t'aime pas beaucoup.

Irana eut un petit rire triste.

– Tu veux dire qu'il crèverait de joie s'il pouvait m'expédier au bûcher, oui ! Que t'a-t-il dit exactement ?

– Les loups, chuchota Jehan. Ils étaient en rut.

– Oh ! Je vois, ricana la jeune femme. Il t'a raconté qu'ils voulaient s'accoupler avec moi ?

– Oui, grogna Jehan penaud.

– C'est lui qui a tout combiné, dit Irana dans un souffle. Il a eu toute la journée pour préparer son traquenard. Les loups nous accompagnaient sous le couvert, nous avons tous pu entendre leurs galopades.

– Que racontes-tu ? maugréa Jehan. Tu vas prétendre que Dorius commande aux loups ?

– Bien sûr que non, trancha la jeune femme dont les yeux brillaient de colère. Il a usé d'un tour facile, connu de tous les chasseurs. Quand on veut attirer un loup sur quelqu'un, il suffit d'arroser ses vêtements avec l'urine d'une chienne en chaleur. C'est une odeur que les mâles en rut repèrent à deux lieues à la ronde. Quand les animaux réalisent qu'ils ne pourront pas s'accoupler, ils deviennent fous de déception et déchirent leur proie.

Jehan hocha la tête. Il avait effectivement entendu parler de ce subterfuge.

– Mais pourquoi aurait-il fait cela ? interrogea-t-il. Simplement parce qu'il te déteste ? Cela impliquerait qu'il se promène partout avec un flacon d'urine de chienne dans sa besace. C'est idiot.

– Non ! s'entêta Irana. Il l'avait apporté à dessein. Il savait que j'allais venir. Quand il m'a vue, sur le bord de la route, il est devenu blême.

– Vous vous connaissiez donc ?

– Oui, plus ou moins. Je sais des choses sur lui. Je connais le secret de ses manigances. C'est pour cela qu'il voulait me faire disparaître. C'est un fourbe, un homme dangereux.

Elle se tut, regarda par-dessus son épaule pour s'assurer que le moine ne les écoutait pas.

– Viens, dit-elle en saisissant la main de Jehan. Marchons, ce que j'ai à dire ne souffre pas la présence d'oreilles indiscrètes.

Elle se leva. Le contact de sa main fraîche avait ému Jehan plus qu'il ne l'aurait voulu. Il s'invectiva mentalement. Que lui arrivait-il ? Était-il victime d'un enchantement ? À quoi rimaient ces émois de puceau ? Il n'avait rien d'un beau chevalier pratiquant l'amour courtois et Irana n'était pas une gente dame se languissant au sommet d'un donjon. Il était prêt à parier qu'elle s'entendait fort au travail du lit et n'avait plus grand-chose à apprendre dans ce domaine.

– Écoute, dit-elle alors qu'ils s'éloignaient de la tache lumineuse du bivouac. Es-tu vraiment sûr de vouloir connaître la vérité ? Si je te dis ce que je sais tu seras en danger.

– Parle, fit Jehan. Je n'aime pas avancer dans le brouillard.

– Avant de me rencontrer vous êtes allés chercher des reliques, n'est-ce pas ? dit doucement la trobairitz.

– Oui, avoua Jehan. Les os d'un saint, pour le baron Ornan de Guy qui craint d'être stérile. On les glissera sous la couche nuptiale lors de la nuit d'épousailles. Ainsi, le baron engendrera à coup sûr un héritier.

– La stérilité ? ricana la jeune femme. C'est tout ce qu'a trouvé Dorius ! As-tu pu voir la statue du saint à l'entrée de l'ermitage ?

– Assez mal, il faisait nuit. Elle m'a semblé abîmée par la foudre... ou bien mal taillée. Le visage en était tout cassé.

– Ça n'a rien d'étonnant, souffla Irana. Ce n'est pas la foudre qui a fait ce travail, c'est la lèpre. La statue c'est celle de saint Jôme, le lépreux... Et les reliques que transportent Dorius, ce sont ses os.

Jehan frissonna à l'évocation du terrible mal.

– Saint Jôme passe pour avoir été guéri grâce à un miracle, expliqua Irana. Il est peu connu car les autorités religieuses mettent en doute la réalité de sa guérison. D'autres prétendent qu'il a signé un pacte avec le diable pour se débarrasser du mal. Mais là n'est pas la question.

– Où est-elle alors ?

– Par Dieu ! Sers-toi de ta tête, Montpéril ! Qui selon toi aurait intérêt à réclamer les reliques de saint Jôme ?

Jehan hésita, horrifié par l'énormité de l'hypothèse.

– Un... *un lépreux,* balbutia-t-il. Un lépreux qui espérerait guérir par un miracle ?

– Oui, chuchota la jeune femme. Tu as tout compris. Va donc jusqu'au bout de tes déductions.

– Cela voudrait dire... reprit Jehan. Cela voudrait dire que le baron Ornan de Guy serait malade ?

– Oui, confirma Irana. Il a contracté la lèpre au cours de la croisade mais il tient son mal secret, parce qu'il est amoureux d'Aude et veut à toute force l'épouser.

– Mais c'est un crime horrible ! hoqueta Jehan. Il va transmettre son mal à la pauvre fille le soir même de ses noces !

– Il y a de grands risques, fit sombrement la trobairitz. C'est pourquoi il compte guérir avant que la cérémonie ne soit célébrée.

– Guérir ? Si vite ! Et comment ?

– En touchant les reliques de saint Jôme, tout simplement. Dorius l'en a convaincu. Dorius est terriblement crédule, pourri de superstition comme tous les hommes d'Église. Il a tenu au baron le discours que celui-ci souhaitait entendre. C'est pour cette raison qu'il est allé louer les ossements miraculeux en grand secret. Personne ne doit savoir qu'Ornan de Guy est atteint de la lèpre. Si cela devenait public, il devrait renoncer à tous ses biens, s'exiler dans un lazaret, et son château serait incendié.

– Comment as-tu appris ces choses ?

– J'ai surpris une conversation dans un château. Je n'aurais pas dû me trouver là... J'ai pris la fuite aussitôt, mais Dorius s'est douté de quelque chose. Voilà pourquoi il s'emploie à me faire taire. C'est un complot terrible, comprends-tu ? Ornan de Guy est prêt à tout pour guérir. Il a promis à Dorius de le nommer chapelain si le miracle se produisait, c'est toujours mieux que d'occuper un pauvre poste de cellérier dans un moutier perdu aux confins de la province.

Jehan se dandina d'un pied sur l'autre.

– Et s'il guérissait vraiment ? hasarda-t-il.

– Ne sois pas bête ! siffla la jeune femme. Personne ne croit plus à ces tours de magie exception faite de quelques illuminés comme Dorius. Les ossements de saint Jôme ne guériront personne, et la pauvre Aude se réveillera lépreuse au lendemain de ses noces ! Aucune femme ne peut laisser se perpétuer un tel crime.

– Tu vas là-bas pour l'avertir ?

Oui, du moins je vais essayer d'éveiller sa méfiance. Il me faudra être prudente. Si l'on m'accuse de colporter des calomnies on me tranchera la langue. Ne crois pas que je sois plus brave qu'une autre, mais il m'est impossible de faire comme si je ne savais rien.

Le hurlement d'un loup, par-delà les arbres, les fit sursauter.

– La statue à l'entrée de l'ermitage, ajouta la jeune femme. Si tu avais pu la voir, tu te serais rendu compte qu'elle représentait un homme sans nez au visage dévoré par la maladie, le corps tout emmailloté de bandelettes et qui tient une crécelle dans une main n'ayant plus tous ses doigts. C'est pour cette raison que Dorius tenait à rencontrer l'ermite à la nuit tombée. Il ne voulait pas éveiller tes soupçons. Moi, je savais qu'il viendrait, je vous attendais depuis plusieurs heures.

Jehan ne trouva que dire. Il n'avait rien d'un pleutre mais l'évocation de la lèpre le terrifiait. C'était un fléau avec lequel les autorités ne plaisantaient pas. On avait vu des gens exilés de force dans les léproseries pour des affections de la peau tout à fait bénignes assimilées à tort aux premiers symptômes de la terrible maladie.

– Ça m'a fait du bien de te parler, murmura Irana en cherchant de nouveau le contact de sa main. Mais maintenant tu es en danger, comme moi. C'est un secret très lourd. Ni Dorius ni le baron ne nous laisseront l'occasion de le trahir.

– Comment feras-tu une fois au château ?

– Je chante des chansons de femmes, ce sera facile pour moi d'approcher Aude. À la veille de la nuit de noces les futures épousées sont toujours nerveuses et friandes d'en apprendre plus sur le travail du lit. J'essaierai d'éveiller la méfiance de la jeune fille... Si je ne peux pas parler, j'aurai la possibilité de lui glisser un message, même anonyme. Je risque gros, ne l'oublie pas. Ornan de Guy est un puissant seigneur. Observe la même prudence si tu vas à la taverne. Ne clame pas aux quatre vents ce je viens de te dire dès le troisième gobelet de vin avalé.

– Je saurai me taire, fit Jehan.

Ils regagnèrent le bivouac. Dorius les avait-il vus converser ? Malgré tout l'ascendant qu'Irana exerçait sur lui, Jehan ne parvenait pas à adhérer totalement à ses convictions.

Un vieux reste de superstition paysanne le poussait à faire confiance aux reliques. Il n'ignorait pas que c'était une erreur. La magie n'existait que dans les fables merveilleuses des légendes bretonnes de la Table ronde.

Aujourd'hui le monde était vieux, dégagé de la nuit des anciennes croyances. Sans doute ne parviendrait-on plus à inventer davantage de machines ou de remèdes ? Tout était connu, et les clercs étaient les premiers à proclamer qu'on arrivait au bout du savoir humain. Chercher à comprendre encore plus aurait relevé du péché, car ç'aurait été entrer par effraction dans le domaine du divin.

Jehan se coucha sur le mince matelas bourré de roseau séché qu'il avait disposé sur le sol pour se préserver des douleurs osseuses qui s'emparent de ceux qui ont coutume de dormir à même la terre humide.

Il savait d'ores et déjà qu'il aurait du mal à trouver le sommeil. Il lui déplaisait d'être mêlé à pareille fourberie. Des images affreuses lui traversaient l'esprit. La belle Aude entrant nue dans le lit du baron à la chair corrompue, s'offrant à ses étreintes, recueillant dans son ventre sa semence pestilentielle. Couchée rose et fraîche, elle se réveillerait déjà pourrie... *et n'en saurait rien avant longtemps.*

Pouvait-on laisser une telle horreur se perpétrer ?

6

Ipse venena bibas

Ils arrivèrent au château le lendemain alors que le soleil atteignait le zénith.

La fièvre qui régnait aux alentours insuffla un regain d'ardeur aux marcheurs fourbus. Le castel était beau, et, à n'en pas douter, Ornan de Guy fort riche, car une telle construction réclamait cinq ou six bonnes années de labeur et mobilisait des centaines d'ouvriers bâtisseurs. On avait pavoisé remparts et tours ; des myriades d'oriflammes et de gonfanons claquaient dans le vent, proclamant la gloire des familles bientôt unies.

Autour du château on achevait de dresser l'enceinte du tournoi, les tribunes et les barrières derrière lesquelles s'entasserait la foule. Des hérauts ayant parcouru la campagne pour annoncer l'imminence des joutes, des dizaines de tentes se dressaient déjà, formant un campement bigarré où s'abritaient les futurs combattants.

Jehan se rappela les paroles d'Irana. Pour un chevalier pauvre, un tournoi constituait une bonne occasion de s'enrichir. Si l'on réduisait ses adversaires à merci, on pouvait confisquer leur équipement : casques, cottes de mailles, destriers, mais aussi sommiers et bagages.

La tentation était forte, et Jehan se promit d'y réfléchir, d'autant plus qu'il venait d'apercevoir les couleurs d'Ogier de Bellons, un ancien fidèle du baron Brunoy, qui avait lui aussi combattu à Montpéril lors de la bataille fatidique.

À peine la poterne atteinte, la troupe de voyageurs se débanda. Dorius s'éloigna le premier en direction d'un homme d'armes à qui il chuchota quelques mots. Très vite, une escorte se forma, qui le conduisit dans les profondeurs du castel tel un ambassadeur de grande importance. Jehan et Irana se retrouvèrent seuls.

– Fais bien attention à toi, Montpéril, dit la jeune femme avec un sourire triste. Je n'oublie pas que je te dois la vie.

– Dieu te garde, répondit Jehan. Ne fais pas d'imprudence.

Il aurait voulu dire bien d'autres choses mais les mots s'emmêlaient dans sa gorge. Il n'était pas comme ces chevaliers des légendes qui peuvent chanter d'interminables poèmes à leur dame.

– Tu peux venir au château, ajouta Irana en ajustant sa besace sur son épaule. Quand c'est jour de fête on ouvre les portes à la populace. Personne ne te dira rien, et on te nourrira sans doute gracieusement.

Jehan dit qu'il y réfléchirait et la regarda s'éloigner en songeant qu'elle courait au-devant d'un bien grand danger. « Tout cela ne te regarde pas, se dit-il en se détournant. On ne gagne rien à se mêler des affaires d'autrui. »

Mais, à l'instant même où il pensait cela, il crut entendre la voix de saint Hilbert lui répéter d'une voix triste : « Rappelle-toi le tableau révélateur dans la crypte du monastère d'Aiglevieil. Ce jour-là, en te taisant, tu es devenu complice de celui qui m'a tué. Je t'ai toujours répété que tu devrais racheter cette faute en te faisant le champion de la vérité chaque fois que l'occasion t'en sera donnée. *N'oublie pas.* Tu as une dette à payer. Le moment est peut-être venu de t'en souvenir. »

Jehan s'ébroua.

Il se souvenait brusquement de cette époque, fort brève, où, cédant à la lassitude, il avait tenté de reprendre son ancienne vie de paysan. Il s'était retiré en une chaumière, en compagnie d'une gentille fille nommée Perrette, avec l'ambition vague de devenir charbonnier. Un jour qu'il était allé couper du bois, une compagnie de soudards avait déferlé sur sa masure, saccageant tout. Au retour, il avait trouvé Perrette fendue en deux par le bas-ventre. Non contents de l'avoir violée à outrance, les soldats lui avaient enfoncé toute la longueur d'une épée dans la matrice. Jehan n'avait ni pleuré ni gémi. Tout était de sa faute, sur cette terre on ne possédait les choses qu'à condition de conserver la main sur le pommeau de son arme, il avait été naïf de vouloir croire qu'il en allait autrement. C'est ainsi qu'il avait repris la route. Plus tard, il s'était surpris à penser qu'il s'agissait là d'une punition envoyée par saint Hilbert. Le prieur assassiné l'avait vu bien près de renoncer à sa mission et avait décidé de le remettre en selle, d'une manière ou d'une autre. Depuis cette aventure, Jehan s'était juré de ne plus jamais vivre en ménage et de se consacrer tout entier à sa quête.

Soudain tout décontenancé par ces tristes souvenirs, il prit parti d'aller rendre visite à Ogier de Bellons dont la tente paraissait quelque peu défraîchie au milieu des chapiteaux rutilants des jeunes coureurs de tournois, accourus des quatre coins de la province. À la vue de toutes ces armes bien frottées qui scintillaient sous le soleil, Jehan sentit la honte le gagner. De quoi avait-il l'air avec sa vieille broigne de cuir et son cheval de labour ? D'un écuyer cherchant de l'embauche ?

Ogier fut heureux de le voir. Il avait vieilli. Contrairement aux jeunes paladins des tentes voisines, tous rasés et tondus de près, il s'obstinait à porter la barbe et les cheveux longs des temps jadis, lorsqu'on combattait encore à visage découvert, l'arête du nez à peine protégée par un nasal de fer. Sa barbe, autrefois noire, avait viré au gris comme ses cheveux, bien dégarnis, et qui laissaient voir les cicatrices sillonnant son crâne. Les deux hommes s'étreignirent. À la différence de la plupart des barons, Ogier n'avait jamais traité Jehan avec dédain. Sans doute parce qu'il l'avait vu à l'œuvre sur le champ de bataille et le savait habile à abattre sa moisson de cadavres.

– Je n'ai que de la piquette de pomme à t'offrir, compagnon, grommela-t-il en tendant à l'arrivant un gobelet de bois empli de cidre. La bourse est vide et le bras se rouille. Je n'ai plus l'âge de mener la sarabande avec les jeunes loups. Je n'ai même pas de quoi entretenir un écuyer. On se moque parce que je ravaude moi-même mon haubert.

Les deux hommes s'assirent et parlèrent du bon temps. Ogier, une fois de plus, raconta la croisade.

– J'étais allé là-bas pour tanner le cuir à une bande de sauvages, grommela-t-il. Les moines nous avaient brossé d'eux un tel portrait que je me les représentais comme des loups-garous rongeant des os. En fait, quand je suis arrivé à Jérusalem, j'ai découvert qu'ils nous supplantaient en tout... Ils sont meilleurs bâtisseurs, meilleurs artistes, meilleurs cavaliers, meilleurs médecins. Ils ne cherchent pas à refréner leur sensualité, ils ne se mortifient pas chaque fois qu'ils pensent à l'amour... Tu sais que ce sont les Arabes qui m'ont appris à me laver ? Avant de les connaître j'étais fier de ma crasse et ne me trempais les pieds qu'à Pâques pour la grand-messe. Ah ! comme la vie est douce là-bas. Plus d'une fois j'ai été tenté de me faire renégat.

– Si un prêtre t'entendait ! s'esclaffa Jehan.

– Foutus ratichons, grogna Ogier. Je déteste cette meute de mal-vivants qui voudraient gâcher la vie des gens normaux sous prétexte qu'ils ont renoncé une fois pour toutes aux plaisirs du lit !

Pour souligner son mépris il vida son gobelet d'un trait et rota.

Il prit le temps de se verser une nouvelle rasade.

– Je te choque ? s'enquit-il. Tu vis trop dans les légendes, Montpéril. Lancelot et Gauvin n'existent que dans les chansons des ménestrels. Lorsque nous sommes allés chez les Infidèles c'était avant tout pour amasser du butin. Beaucoup d'entre nous se sont d'ailleurs croisés pour bénéficier de la protection de l'Église qui leur permettait d'échapper à quelque procès. J'étais de ceux-là. Je suis parti parce qu'une menace d'emprisonnement pour brigandage planait au-dessus de ma tête. Dès lors que j'affirmais vouloir partir en Terre Sainte je devenais intouchable. Commode, non ?

– Tu as approché Ornan de Guy ?

– Oui. Farouche guerrier aimant le sang et la bataille. Il avait dix-sept ans à l'époque et était déjà assez riche pour entretenir une armée. Il n'était pas de ceux qui monnayent leur appui avec usure. Il me faisait peur par moments. Trop de sauvagerie, pas assez de réflexion. Les Maures sont rusés, ils ont inventé le jeu d'échecs, ne l'oublie pas.

Jehan hésitait à poser la question qui lui brûlait les lèvres.

– Quand tu étais là-bas, dit-il enfin. Avez-vous eu des cas de lèpre ?

– Oui, c'est une maladie fréquente en ces pays, mais ceux qui ont eu le malheur de l'attraper sont restés dans le désert.

– Se déclare-t-elle rapidement ?

– C'est selon la constitution de chacun. Certains deviennent hideux en quelques mois, d'autres traînent des symptômes sournois des années durant. Il en est qui ont si peur d'être mis au ban de l'humanité qu'ils gardent le secret. C'est là un mensonge criminel car il suffit dès lors de mêler son sang au leur au cours d'une bataille pour être infecté à son tour. Mais pourquoi me parles-tu de cela ?

– On m'a proposé d'escorter une troupe de ladres jusqu'au lazaret, mentit Jehan. Ils ont peur d'être lapidés en chemin.

– Garde-t'en bien ! murmura Ogier. Il ne faut pas s'approcher de ces gens. L'Église les considère comme des morts-vivants. Lorsqu'ils quittent le monde normal elle fait dire à leur intention la messe des défunts. Certains se tiennent à leur place, et n'avancent que couverts de voiles noirs en agitant une crécelle pour signaler leur arrivée, mais d'autres crèvent de l'envie de se venger de ce coup du sort. On en a vu qui s'appliquaient à saigner dans l'eau des fontaines pour corrompre les honnêtes gens.

Ils burent pour atténuer la gêne qu'avait installée cette lugubre conversation. Jehan évoqua son envie de participer au tournoi. Ogier fit la grimace.

– Je ne peux pas t'en empêcher, dit-il, mais tu risques de t'en repentir. Tu n'es pas bien équipé. Tu as jeté un coup d'œil aux armes des jouvenceaux qui nous entourent ? Ils ont tous maintenant ces foutus casques qui vous couvrent le visage et vous évitent d'avoir le nez et le menton emportés. Je trouve ces précautions indignes d'un vrai guerrier, ce sont là afféteries de puceaux désireux de conserver belle figure pour charmer les dames. De mon temps un chevalier était fier d'exhiber les cicatrices gagnées à la bataille. De plus, je n'ai pas la bourse assez garnie pour me cacher la caboche sous un seau retourné... et toi non plus, je pense. Cela signifie qu'ils nous frapperont de préférence à la face dès que nous entrerons en lice.

– Ils ferissent avec de vraies épées ?

– Bien sûr. L'Église a bien essayé d'imposer les armes de bois pour les combats courtois ; personne n'a suivi ces préceptes. Aujourd'hui la seule règle est de retenir ses coups, mais aucun combattant ne l'observe. Ne te fais pas d'illusions, le tournoi est une vraie bataille où plus d'un laisse la vie.

Il eut un geste de gêne et ajouta :

– En outre beaucoup ne t'aiment pas, ils contestent ta qualité de chevalier, et si tu essayais de les affronter ils s'acharneraient sur toi pour te donner une leçon. As-tu seulement un bon haubert ?

– Non, je ne suis pas assez riche pour acheter une cotte de mailles.

– Je puis t'en prêter une, en mauvais état et un peu rouillée, mais qui sera plus efficace que ton gilet de cuir cousu d'écailles de fer. Réfléchis tout de même, ce sera un dur combat. Ils te casseront bras et côtes, et tu finiras à l'hospice.

– Mais toi, objecta Jehan. Tu comptes bien y participer ?

– Moi c'est différent, grogna Ogier. Je ne sais rien faire d'autre à part boire et faire l'amour. Toi, tu as la science des routes, des raccourcis. Tu as la réputation d'être un bon guide et les brigands ont suffisamment peur de toi pour ne pas t'attaquer. Si j'étais à ta place je m'en contenterais.

Ils se séparèrent sur ces réflexions. Jehan traversa le camp sous l'œil insolent des jeunes chevaliers et de leurs écuyers. C'étaient tous de rudes jouteurs passant le temps à des jeux dangereux en attendant qu'éclate enfin une bonne et vraie guerre qui leur permettrait de s'enrichir. L'ennui faisait d'eux des chiens toujours prêts à mordre. Jehan se sentit misérable dans son vieil équipement. Son cheval attirait mille quolibets. On le qualifiait de « sac à crottin », de « carne enflée par les pets ».

– Au premier coup d'éperon elle explosera et nous submergera de ses pestilences tripales ! ricana un jeune homme de belle allure.

Jehan tourna le dos au champ clos et entra dans la ville pour trouver une auberge où l'on s'occuperait de sa monture. Dans l'écurie il brossa son mantel et passa un bliaud propre, puis il prit la direction du château.

Irana n'avait pas menti. En ces jours de festivités on menait grand feu et l'accès à la demeure fortifiée n'était point aussi sévèrement gardé qu'à l'ordinaire. Dans une grande salle, tout en bas, il assista à une distribution de darioles au beurre par une jeune fille ravissante en robe blanche à longues manches. On lui dit que c'était Aude, la future mariée. Elle avait tant de fraîcheur qu'elle semblait encore dans l'enfance. Le peuple se pressait autour de la damoiselle et multipliait les révérences.

Aude riait, dévoilant ses dents minuscules. Ses tresses noires nouées par des rubans cramoisis faisaient ressortir la pâleur de son visage qui contrastait avec les faces rougeaudes des paysannes massées autour d'elle.

Jehan nota la présence derrière un pilier d'un jeune homme enveloppé dans un manteau couleur de sinople. Sa figure livide reflétait une telle expression de tristesse qu'il était difficile de ne pas la remarquer au milieu des explosions de joie bruyante qui peuplaient la salle. Il paraissait fixer la belle Aude avec une intensité douloureuse, comme s'il allait fondre en larmes. D'un seul coup il dissimula son visage dans son mantel et s'enfuit, bousculant le routier qui n'avait pas eu le temps de s'écarter.

« Curieux chrétien, songea Jehan. Le voilà qui pleure quand les autres rient, et fait figure de cire quand les autres ont les joues plus rouges que des pommes bien mûres... »

Il n'eut pas le temps d'approfondir ce mystère, car déjà paraissait Ornan de Guy en tunique « échiquetée », jetant des pièces d'or à la volée. On cria « Noël ! » devant tant de générosité. Jehan s'appliqua à étudier le baron. Il était grand, les cheveux et le poil très noirs. Contrairement à ce qu'avait prétendu Irana, il n'était pas rasé mais exhibait une barbe très fournie qui lui montait haut sur les joues et une chevelure épaisse dissimulant ses oreilles et son front. Jehan se demanda s'il ne s'agissait pas là d'un artifice destiné à cacher quelque plaie gênante ou quelque irritation de la peau susceptible d'attirer le regard. C'était sans doute la raison de son renoncement aux nouvelles façons du temps ?

Ornan de Guy était grand et beau ; si le mal le travaillait, c'était secrètement, sous l'épaisseur des vêtements. Il avait le nez corbin, ce qui lui donnait l'air cruel d'un faucon, et s'il riait, c'était en montrant les dents pendant que ses yeux restaient de cendre. On se prosternait devant lui.

Dorius venait derrière, marchant dans son ombre. Il avait changé de froc et arborait une bure de cérémonie nouée d'une cordelière tressée de fils d'or. Il marchait avec la gravité dédaigneuse d'un prélat s'apprêtant à bénir la foule. On le reconnaissait à peine, tant sa nouvelle mise le transformait, et Jehan avait bien failli ne pas faire le rapprochement entre ce prince de l'Église et le petit ratichon crasseux auprès duquel il avait chevauché. Le regard de Dorius glissa sur le routier sans le voir comme s'il voulait lui signifier qu'ils n'avaient plus rien à faire ensemble. Quoi qu'il en soit, la soudaine transformation du gros moine aux mollets crottés avait quelque chose de stupéfiant.

Une main effleura celle du routier, qui tressaillit.

– Ne te retourne pas, chuchota la voix d'Irana à son oreille. Regarde le baron... Tu vois comme il a le sang aux joues ? C'est la fièvre. Tout à l'heure Dorius lui a fait toucher les ossements de saint Jôme, et il se croit déjà guéri. C'est sans remords qu'il dépucellera Aude. Regarde le moine ! il joue les évêques.

Un page passa devant Jehan, tenant un perchoir sur lequel était juché un curieux oiseau livré à la stupeur de la foule et que le routier prit d'abord pour un faucon dont on aurait colorié les plumes.

La bestiole, mécontente d'être ainsi transportée battait des ailes et poussait des cris étranges d'une voix horriblement caverneuse.

– C'est un papegaut, expliqua Irana. On dit aussi un « perroquet ». C'est un volatile oriental qui parle comme un homme. Ornan l'a ramené de la croisade.

Jehan crut qu'elle se moquait de lui, mais au même moment l'oiseau ouvrit le bec et se mit à crier : *Ipse venena bibas... Vade retro, ipse venena bibas...*

Il « parlait » d'une voix de vieillard grincheux et du ton impérieux d'un prophète jetant l'anathème avec une noire jubilation.

– Que dit-il ? s'enquit Jehan.

– C'est du latin, chuchota la trobairitz. *Arrière, bois toi-même tes poisons.* C'est une formule d'exorcisme qu'on adresse généralement au diable ou à ses suppôts.

Jehan frissonna. Comment Ornan de Guy pouvait-il supporter qu'on lui hurle tout le jour aux oreilles cette phrase accusatrice ? N'était-il pas lui-même un poison pour tous ceux qui subissaient ses approches ?

Vêtu de noir et d'argent venait enfin un homme chauve à la mine avantageuse. Bien que très pâle, il montrait une bouche rouge aux lèvres fort développées et un nez proéminent sillonné de veinules bleuâtres.

– C'est Gomelot, fit Irana. Le goûteur du baron, celui qui mange une bouchée de chaque plat avant lui pour s'assurer qu'on n'y a point mis de poison. C'est un imbécile vaniteux qui tire profit de sa position pour jouer les seigneurs.

Gomelot avançait avec la morgue d'un grand capitaine passant ses troupes en revue. La lumière tombant des meurtrières faisait briller son crâne chauve comme de l'ivoire.

Le perroquet continuait à hurler ses injonctions caverneuses, provoquant le recul des paysans.

Jehan haussa les épaules. Les seigneurs avaient pris l'habitude de ramener force bestioles insolites des croisades, des singes notamment, sorte d'hommes primitifs et grotesques qu'on exhibait pour leur bêtise et leur propension à faire des grimaces. Les prêtres voyaient en eux des créatures auxquelles on avait retiré l'âme, à cause de leurs grands péchés, et qui, depuis, croupissaient dans l'état de nature. Les prêcheurs affirmaient haut et fort qu'il en serait de même pour la race humaine si elle ne corrigeait pas bien vite ses travers en renonçant à la copulation et à la sodomie.

« Voilà ce qui arrive quand on se laisse mener par l'animalité », disaient-ils en désignant les malheureuses bestioles.

Le vacarme devenait effroyable. Des acrobates et des joueurs de tambourin se donnaient en spectacle pour la plus grande joie des croquants venus se goinfrer au banquet des pauvres.

– As-tu pu approcher Aude ? demanda Jehan.

– Non, fit Irana. Elle n'est jamais seule. Le mariage sera célébré dans quelques jours. J'essaierai d'attirer son attention au cours du repas de ce soir.

En guise d'adieu, elle serra la main du routier et se fondit dans la foule. Les hommes profitaient de l'affluence pour frotter leur ventre contre le sien. Elle n'y prêtait pas attention, son visage reflétait la peur et l'appréhension. On courait toujours de grands risques en accusant sans preuve un seigneur aussi puissant qu'Ornan de Guy.

Jehan sortit du bâtiment. La plus élémentaire prudence lui conseillait de reprendre la route sans attendre mais il répugnait à laisser Irana se débrouiller toute seule. Un chevalier ne devait-il pas s'appliquer à faire triompher le bien et la vérité en toute circonstance ?

On avait dressé des tréteaux dans la cour du château, et des conteurs en costumes bigarrés récitaient des fabliaux obscènes fort prisés de la populace. Pendant qu'il se frayait un chemin au milieu des odeurs grasses, Jehan entendit des extraits du *Cul qui parlait au con* et du *Vit qui éternuait,* grosses farces qui faisaient les délices des places de village et qu'on ne se lassait pas de réentendre.

Un gros homme vêtu d'un maillot rayé rouge fit la roue, secoua sa bedaine, et entama *La trique du moine* en mimant les gestes des différents protagonistes. Les rires résonnèrent de plus belle. L'odeur du poisson frit ou tout juste sorti de la saumure planait sur la foire.

Dans les rues de la ville, un homme poussait un troupeau de cochons qui dévoraient les ordures encombrant le passage. Un montreur d'ours faisait se pavaner sa bête pendant que des garnements la bombardaient de petits cailloux.

Jehan se laissa porter par la cohue. À plusieurs reprises il eut l'impression d'être suivi – ce qui ne signifiait pas grand-chose au milieu d'une telle foule, mais il faisait confiance à son instinct de coureur des bois.

Il se retourna sans rien remarquer de particulier. De toute manière il y avait trop de monde pour prétendre isoler un visage.

Il alla déjeuner dans une taverne à l'enseigne de la *Pouliche noire.* La salle basse était pleine de ces femmes aux visages peints que les pères de l'Église désignaient sous le nom d'*immundae meretrices,* et que Jehan appelait tout simplement des ribaudes. En vérité, la *Pouliche noire* était un bourdeau, dirigé par un *pornothropos* fort civil avec les gens de la route. Barbier de formation, il avait installé des étuves où l'on pouvait se délasser des fatigues du voyage. Depuis quelque temps cependant, il était inquiet, car le bon roi, qu'on disait un peu trop versé en religion, envisageait de faire fermer les maisons d'iniquité et d'envoyer toutes les filles dans des hôpitaux où on les rééduquerait à la vie honnête.

Jehan mangea du hareng fumé, un bol de bouillie de seigle adoucie au miel et un pichet de vin suret qui agaçait les gencives. Sa bourse ne lui permettait pas d'autres agapes.

Une femme aux cheveux jaunes vint s'asseoir à ses côtés et but dans son gobelet. Sa chemise délacée laissait deviner ses seins. Elle se fit câline et débita les sottises habituelles que les catins récitent aux hommes. Puis elle glissa la main dans les chausses du routier.

– Tu as là un fameux escargot qui ne demande qu'à sortir de sa coquille, roucoula-t-elle. Je le sens déjà qui dresse ses cornes.

Elle disait s'appeler Livie, elle parlait avec un accent indéfinissable, peut-être germain. Comme beaucoup de putains elle avait probablement quitté son pays d'origine avec une troupe de mercenaires saxons. Une grossesse l'avait arrêtée là, au bord des chemins, tandis que la compagnie poursuivait sa marche.

– Viens, dit-elle. J'ai envie, et tu es le seul bel homme à être entré ici aujourd'hui. Tout le monde est parti assister à la fête de présentation, mais les ribaudes n'y étaient pas admises.

Jehan se laissa entraîner par lassitude, et aussi pour tenter d'oublier le malaise qu'avaient installé en lui les révélations d'Irana.

Livie le conduisit dans une salle voûtée au dallage couvert de paille. Des paillasses avaient été jetées sur le sol, des draps tendus sur des tringles isolaient sommairement chacun des lits. Selon que l'on était pudique ou « partageux », on pouvait les tirer ou les ouvrir.

Des ombres s'agitaient dans un concert de gros rires et de cris d'amour plus ou moins bien imités.

Livie avait emporté un nouveau pichet de vin, mais Jehan voulait se garder de trop boire. Son instinct lui soufflait qu'il était en danger.

Il laissa toute l'initiative à la fille.

Un peu plus tard, alors qu'ils reposaient flanc contre flanc, il eut la surprise de voir passer Gomelot. Le goûteur du baron était tout nu, offrant au regard un corps d'une blancheur maladive. Il riait, et les catins l'entouraient comme un vrai seigneur. Il leur pétrissait les seins et la croupe tel un boulanger malaxant sa pâte.

– Ah ! s'écria-t-il d'une curieuse voix de fausset. On ne vantera jamais assez les *turpia lascivarum incesta feminarum !*

– Qu'est-ce que tu racontes ? gloussèrent les filles.

– C'est de Térence, expliqua Gomelot. C'est lui qui parle des *obscènes turpitudes des femmes lascives.*

– Hé ! protestèrent les ribaudes. Il ne nous a pas semblé que tu crachais sur la lascivité jusqu'à maintenant !

Jehan se donna le temps de tremper ses lèvres dans le vin, puis, jouant les naïfs, demanda à sa compagne :

– Qui est cette grande anguille, il m'a tout l'air d'un sacré jacques !

Livie lui mit la main sur la bouche.

– Moins fort, souffla-t-elle. Le limaçon à l'air, tout le monde se ressemble, mais c'est un puissant notable. C'est le goûteur du baron Ornan de Guy. C'est à lui que revient le privilège de goûter tous les plats qu'on pose sur la table de son maître. Si un jour quelqu'un essaye d'empoisonner notre seigneur, Gomelot tombera raide mort à sa place. C'est une charge qui vaut son poids d'or. Gomelot dit qu'il a fait sienne la devise des gladiateurs de jadis : vivre peu mais vivre bien.

– On en veut donc à la vie du baron ? s'enquit Jehan.

Livie haussa les épaules.

– Quel seigneur n'a pas d'ennemis ?

– Je croyais que des bézoards comme les pierres de crapaudine et la corne de licorne suffisaient à détecter la présence des poisons ?

– C'est ce qu'on dit, bâilla la fille. Mais rien ne vaut un bon goûteur, surtout quelqu'un comme Gomelot qu'un rien rend malade.

– C'est pour cela qu'il a le teint d'un navet ?

– Oui, réfléchis un peu : à quoi bon se faire protéger par un goûteur qui digérerait sans mal tous les venins de l'enfer ? Il faut au contraire en choisir un à l'estomac fragile.

– C'est tout de même un drôle de métier, grogna Jehan. Accepter de mourir à la place de quelqu'un d'autre.

– Et alors ! s'esclaffa Livie. N'est-ce pas ce que font tous les chevaliers ?

– Ce n'est pas pareil, protesta Jehan. Un chevalier défend sa vie l'épée à la main. Le goûteur, lui, s'en remet à la chance.

– Peut-être, fit pensivement Livie. Mais Gomelot prétend que la menace constante de la mort décuple son appétit de vie, et qu'il n'a jamais aussi bien baisé que depuis qu'il est goûteur.

– Drôle de bonhomme, soupira le routier.

– Il est riche et considéré, souligna la catin. Et toujours gentil avec nous. Lorsqu'il vient, il n'oublie jamais de faire un petit cadeau à chacune d'entre nous : un ruban, une écharpe, un petit livre rempli de vilaines images...

Elle pouffa de rire. Gomelot avait disparu à l'autre bout de la salle, suivi de son bataillon de putains. Jehan l'entendait rire et proférer des plaisanteries stupides que les filles feignaient de trouver drôles.

Oui, curieux bonhomme... et curieux choix d'existence, mais chacun gagnait sa vie comme il pouvait. Jehan aurait été incapable quant à lui d'affronter la mort sous une forme aussi sournoise. Les brigands et les loups, oui, le poison ou la lèpre, non !

Il en eut brusquement assez d'être là, vautré sur cette paillasse douteuse où tant d'autres s'étaient couchés avant lui. Il avait eu envie d'une présence féminine, mais pas de celle de Livie.

Il se leva, enfila ses chausses et sa chemise tandis que la fille le suppliait de rester et cherchait à lui agacer les couilles d'une main savante.

Comme il mettait le pied dans la travée séparant les deux rangées de paillasses une voix familière le héla.

C'était Ogier. Le vieux chevalier se tenait allongé sur un matelas de roseau. Son corps nu, tout zébré de cicatrices cautérisées au fer rouge, faisait peine à voir.

– Alors, compagnon, lança-t-il. On est venu accomplir une dernière fois son travail d'homme avant de se faire casser la tête ?

– Comme toi, fit Jehan.

– Oh ! Moi, soupira tristement Ogier. C'est le corps qui me traîne ici, la carcasse qui veut tirer son coup de peur de ce qui l'attend, mais la tête n'y est plus. Tous les soldats connaissent ça. Et puis, qui d'autre qu'une ribaude serait capable de contempler autant de vilaines plaies sans aussitôt tourner de l'œil ? Tu m'imagines dans le lit d'une jouvencelle, lui jetant soudain à la figure mon cuir tout rafistolé ?

Jehan s'assit au bout du matelas. Ogier lui tendit un pichet de vin. Une grosse fille toute tachetée de son ronflotait à ses côtés, assommée par la piquette. Jehan contempla la chair ravaudée du vieux chevalier. Il songea à ce qu'on racontait à propos d'Ogier, qu'il n'aimait pas les femmes et, qu'en réalité, il était sodomite. Un péché dangereux qui – assuraient les bons moines – faisait honte à Satan lui-même. Ogier, chuchotait-on, fréquentait les bordels pour donner le change et dissiper l'équivoque d'une accusation qui aurait pu le conduire au bûcher.

Jehan, quant à lui, n'avait pas d'idée bien arrêtée sur la question, mais il n'ignorait pas que ce genre de relations étaient fréquentes dans les monastères et les camps militaires, partout où l'on était privé de femmes.

– Tu participeras au tournoi ? demanda Ogier.

– Oui, décida Jehan. Je tenterai ma chance au moins une fois.

– Dieu te garde, soupira le vieux chevalier. Passe me voir demain matin, je te donnerai de quoi t'équiper. Ce sera un combat à pied autour d'un castel de bois. Une équipe de défenseurs, une d'attaquants, mais ne te fais pas d'illusions, tout le monde nous tombera dessus. On ne t'aime pas, et on me jalouse alors même que je n'ai jamais cherché à tirer profit de mes chevauchées en Terre Sainte avec Ornan de Guy. J'aurais d'ailleurs été mal avisé de le faire...

– Pourquoi ?

– Ornan me trouvait trop... *accommodant* avec les Arabes. Il a eu un jour l'impression que je ne mettais pas assez de cœur à happer, efforcer. Il m'en a toujours tenu rigueur. J'ai été comme lui, jadis, un loup, mais aujourd'hui mordre me fait mal aux dents. (Il parut réfléchir, puis ajouta en détournant les yeux :) Tu ne devrais pas t'afficher avec moi. Ça finira par te donner mauvaise réputation.

Un nouvel éclat de rire de Gomelot noya la fin de la phrase.

7

Bavardages sanglants

Tout de suite le combat tourna à la confusion. Le fragile castel de planches érigé au milieu du champ clos fut taillé en pièces à coups d'épée. Les adversaires ne formèrent bientôt plus qu'une masse compacte frappant à la volée dans un grand fracas de fer.

Personne ne retenait ses coups et il aurait été bien difficile pour un observateur de faire la différence entre cet affrontement « courtois » et une vraie bataille.

La poussière formait un brouillard âcre qui desséchait les bouches et réduisait la visibilité à presque rien.

Les casaques colorées, les beaux blasons de soie avaient été arrachés dès les premiers chocs et il était à présent bien difficile de savoir contre qui l'on se battait. Seuls Jehan et Ogier s'étaient présentés dans l'arène à visage découvert. Tous les autres avaient posé sur leur tête les nouveaux heaumes cylindriques percés d'une simple fente à la hauteur des yeux, si bien que Jehan avait l'illusion de toujours se heurter au même adversaire.

Comme l'avait prévu Ogier, les jouteurs essayaient tous de l'atteindre au visage. S'il était moins entraîné qu'eux aux finesses de l'épée, il avait pour lui la force du bûcheron et ses coups bosselaient les heaumes plus sûrement qu'une masse de fer. Trois avaient déjà plié les genoux, mais leurs féaux s'étaient portés en hâte à leur secours, empêchant Jehan de leur faire crier merci.

À travers le brouillard de fureur, le routier entr'apercevait parfois la tribune d'honneur où trônaient Ornan de Guy, Aude, sa promise aux rubans cramoisis, et Dorius qui jouait toujours les princes de l'Église et mourait d'envie de distribuer des bénédictions comme un prélat un jour de grand pardon.

Ogier souffrait. Sa connaissance du corps à corps ne parvenait pas à faire oublier qu'il était désormais trop âgé pour jouer les coureurs de tournois. Au fil des minutes ses coups s'amortissaient et les jeunes paladins n'avaient aucun mal à les éviter.

Jehan avait bien essayé de ne pas s'éloigner de lui, mais le tumulte de la rencontre l'avait vite entraîné à l'écart. En ce moment, il frappait à coups redoublés sur l'écu d'un chevalier anonyme dont le haubert ne présentait plus aucune couleur distinctive.

Brusquement il se sentit encerclé. Trois hommes casqués, sans visage, l'entouraient et l'attaquaient de tous les côtés à la fois. Leurs coups n'avaient aucune retenue, ils cherchaient à tuer. Jehan para de l'écu. Les chocs furent si rudes qu'il crut que son bras se désarticulait. Il vit le bois du bouclier se fendre tout près de ses yeux. Une lame le frappa dans le dos, mais comme l'assaut avait été de taille et non d'estoc, le fer ne pénétra pas l'obstacle du haubert.

Jehan entendit ses côtes craquer et rugit de douleur. Déjà, les trois hommes revenaient à la charge, essayant de lui trancher les jarrets ou de lui briser les genoux pour le faire tomber.

– Ferez, ne esparignez ! ordonna quelqu'un.

Le routier comprit que s'il commettait l'erreur de plier les jambes, on lui arracherait son casque pour lui fendre les os du crâne. Il encaissa un nouveau coup sur la hanche. Ce fut comme si les anneaux d'acier de la cotte de mailles traversaient les gambisons fourrés d'étoupe pour s'incruster dans sa peau.

Cette fois il tomba. Au moment où la poussière lui emplissait la bouche, il entendit le cri de guerre d'Ogier – « Dehet ait ki s'en fuit ! » – courant sus aux trois assassins. Car Jehan n'en doutait plus, on venait bel et bien d'essayer de l'assassiner.

Il fit des rêves étranges. Il vit Ornan de Guy se transformer en faucon et prendre son vol. Il planait au-dessus du château et de la campagne, scrutant le sol à la recherche d'une proie. Dès qu'il avait repéré une jouvencelle, il piquait, les ailes collées au corps, le bec tendu tel la pointe d'un glaive.

Il rêva de Gomelot. L'homme à la chair pâle s'endormait au coin du feu, il se mettait alors à fondre et l'on découvrait qu'il était en réalité fait de cire, comme une vulgaire chandelle.

Il s'éveilla en criant. Il était couché sur un lit de sangles sous la tente rapiécée d'Ogier. Le vieux chevalier et la trobairitz s'affairaient sur son corps nu.

– Ne gigote pas, grogna Ogier. Nous sommes en train de t'emmailloter à la façon des nouveau-nés. Je crois que tu as plusieurs côtes fêlées.

– Je pensais que j'étais mort, murmura Jehan. C'est toi qui les as empêchés de m'achever. Qui étaient-ils ?

– Je ne sais pas. Impossible de se faire une idée avec ces foutus casques. Ils ne portaient plus aucune couleur.

Le vieux chevalier eut un ricanement et désigna un tas de boucliers et d'épées entassés dans un coin de la tente. Ironie du sort, un heaume fermé au cimier en forme de volatile à bec crochu trônait sur le tas, exemple même des heaumes modernes qu'Ogier tenait en si grand mépris.

– J'ai au moins gagné un peu de fer, dit-il avec satisfaction.

– Bien sûr qu'ils ne portaient plus de couleurs ! dit Irana d'un ton nerveux. Comme vous êtes naïfs ! Ils s'en étaient débarrassé dans la confusion de la mêlée car ils agissaient sur l'ordre du baron, j'en suis certaine. Ornan sait que tu sais, Jehan... Et cela suffit à faire de toi un témoin dangereux. Dorius n'a sûrement pas manqué de le prévenir de notre amitié.

– De quoi parlez-vous ? demanda Ogier. Êtes-vous mêlés à quelque complot ?

– Il vaut mieux que tu n'en saches rien, souffla le routier.

– Tu te trompes, lança Irana. C'est trop tard maintenant. Ogier t'a aidé, il est donc lui aussi compromis. Il faut lui dire. Je t'avais prévenu que ce secret était comme une maladie. Il va tous nous contaminer peu à peu.

– Si je dois me faire tailler en pièces, intervint Ogier, j'aimerais savoir pourquoi.

Irana lui répéta ce qu'elle avait déjà expliqué à Jehan dans la forêt, après l'attaque des loups.

– Voilà, conclut-elle. Dorius se doute que nous avons percé le secret de ses manigances. C'est pourquoi il va pousser Ornan à nous supprimer. Le temps joue contre nous. Je n'ai toujours pas pu approcher Aude. Le moine ne la quitte pas d'une semelle, probablement parce qu'il a compris ce que j'ai l'intention de faire. J'ai peur. Hier, j'ai eu l'impression qu'on me suivait dans les couloirs du château, je me suis dépêchée de me mêler à la foule... Il serait si facile de nous faire disparaître. Qui sommes-nous ? Qui s'inquiéterait de notre absence ?

Ogier fourragea nerveusement dans sa barbe.

– Vous vous alarmez peut-être pour rien, fit-il observer. Ces reliques peuvent avoir guéri le baron à l'heure qu'il est. J'ai vu de semblables prodiges quand j'étais à Jérusalem. Il ne faut pas nier d'emblée le pouvoir miraculeux des saints débris. Je suis ce que je suis, mais ma foi reste intacte. Ce n'est pas parce que je détestais casser la tête des Sarrasins que je suis forcément un mauvais chrétien.

Irana eut une mimique d'exaspération.

– Oh ! siffla-t-elle. Vous les hommes ! Vous vous enveloppez de fer, vous faites profession d'ôter la vie comme le vent éparpille les feuilles des arbres à l'automne... et vous êtes plus naïfs que des enfants au maillot !

– Tout doux, la belle, fit le vieux chevalier. Tu t'emportes comme une chatte à qui on enlève ses petits. Je dis simplement que j'ai beaucoup voyagé et vu bien des choses étranges. Il ne me paraît pas impossible que ces reliques aient pu guérir Ornan de Guy.

Jehan grogna. Les propos échangés lui entraient dans la cervelle telles des pointes de flèches chauffées au rouge. Il ne savait à qui se rallier. Enfant, on l'avait élevé dans l'adoration des saintes reliques, et sa mère lui avait souvent raconté comment elle avait été guérie d'un début de peste par l'application d'une épine de la Sainte-Croix achetée fort cher à un colporteur.

La position d'Irana l'effrayait car elle impliquait un point de vue frôlant l'hérésie. En bon paysan, Jehan pensait que les miracles constituaient les plus sûrs fondements de l'Église.

– Oh ! renchérit la jeune femme. Vous êtes deux idiots. Vous ne vous rendez pas compte que les prêtres vous ont passé dans le nez l'anneau de la superstition et qu'ils vous mènent comme des ours de foire !

– Ce sont des problèmes difficiles, plaida Ogier. Et nous sommes, Jehan et moi, de pauvres hommes d'armes. Il faudrait la cervelle d'un clerc pour les résoudre.

– Un clerc ferait confiance aux reliques, fit la jeune femme dont le découragement devenait visible. Je sais, moi, que c'est une erreur.

– Quelle est la solution, si tu ne peux approcher Aude ? demanda Jehan. Lui passer un billet ? Tu sais écrire, tu pourrais...

– Non, murmura la trobairitz. C'est trop dangereux. Il ne faut pas laisser de traces. Un billet c'est une preuve.

– Aude est-elle seulement disposée à entendre ce que tu veux lui dire ? fit Ogier. Ce n'est qu'une enfant. Elle vit en ce moment le plus beau jour de sa vie, elle rayonne. Elle regarde Ornan de Guy comme si c'était Lancelot lui-même. Si tu lui parles, elle risque fort de t'accuser de calomnie et de te faire fouetter jusqu'à te mettre les os à nu. Je me méfie grandement de ces petites pucelles aux joues roses. On les imagine fragiles jusqu'à ce qu'elles montrent leur vrai visage de despote.

– Il y aurait peut-être un moyen, fit Irana. Obtenir une entrevue avec la famille d'Aude. Son père, sa mère, ne resteraient sans doute pas insensibles à ce que nous avons à leur apprendre.

– Une audience ? Rien que ça ! ricana Ogier. Et tu crois vraiment qu'on accordera un quelconque crédit aux bavardages d'une vagabonde qui gagne sa vie à coups de chansons égrillardes ? Tu auras l'air d'une folle. On demandera au bourreau de te coudre la bouche avec une lanière de cuir. Ou on te fera avaler de l'huile bouillante pour te purifier de tes mensonges. Les puissants détestent les porteurs de mauvaises nouvelles.

– J'irai, moi, lança Jehan. Je suis chevalier. Ils ne pourront pas refuser de me recevoir. Les lois de l'hospitalité le leur interdisent.

Ogier grimaça.

– Vous m'avez l'air de deux fols, soupira-t-il. Et j'ai peur que cette entreprise ne tourne mal, mais je ne ferai rien pour vous en dissuader.

Jehan s'assit avec un gémissement. On lui avait bandé le torse pour consolider ses côtes mises à mal par les coups des jouteurs.

– Aidez-moi à m'habiller, dit-il. Ogier, prête-moi un cheval qui n'ait pas trop mauvaise figure et un manteau propre. Après quoi j'irai chez les parents d'Aude.

On fit ce qu'il désirait. Il fut décidé qu'Irana l'accompagnerait sur le roncin pour lui faire réciter le discours qu'il devrait tenir. Ogier les regarda s'éloigner, une expression de tristesse résignée sur le visage.

Jehan était nerveux. Il n'avait jamais frappé à la poterne d'une maison forte pour réclamer l'hospitalité, comme le faisaient d'ordinaire les chevaliers errants lorsque la nuit les surprenait au beau milieu de la campagne, et il doutait d'être à son aise en compagnie des parents d'Aude de Chantrelle.

– Essaye d'être diplomate, lui serinait Irana. Ne lâche la vérité qu'en t'entourant de mille précautions. Dis que tu regrettes d'avoir à mentionner une telle vilenie. Prétends avoir entendu cette rumeur dans une auberge...

Elle se tut, soudain gagnée par le découragement.

– Oh ! fit-elle en baissant la tête. Je sens que tu ne sauras pas t'y prendre. Si seulement j'avais pu y aller à ta place.

– Il est vrai que je n'ai pas ta science du langage, admit Jehan. Mais je ne suis pas aussi lourdaud que j'en ai l'air. Fais-moi un tout petit peu confiance.

– Pardonne-moi, murmura la jeune femme. Je sais que tu vas courir de grands risques par ma faute... Je ne devrais pas t'accabler de reproches.

– Qui sont ces gens, les Chantrelle ? Les as-tu approchés ?

– Non, jamais. Je sais seulement que le mariage de leur fille va leur apporter beaucoup de terres. Ornan a pratiquement acheté Aude, et il désirait tellement cette enfant qu'il n'a pas lésiné sur le prix.

Ils se séparèrent à l'orée de la forêt, et Jehan continua seul en direction du manoir des Chantrelle. C'était une maison forte de moindre allure, où le bois dominait largement sur la pierre. On était loin de l'admirable castel d'Ornan de Guy avec ses mâchicoulis et sa belle enceinte de granit rose. Ici, seul le donjon était en pierre ; partout ailleurs on avait eu recours à des troncs écorcés durcis au feu.

Des troupeaux de moutons paissaient aux alentours. Jehan se présenta à la poterne. On lui fit bonne figure car l'imminence du mariage réjouissait tout le monde. Son cheval fut conduit aux écuries et des valets lui tendirent une cuvette d'eau claire où il put se laver le visage et les mains. On le débarrassa de son manteau de chevauchée couvert de poussière, et on lui remit une cape légère de tissu chatoyant du plus bel effet.

L'atmosphère était à la fête et le pavé jonché de fleurs fraîchement coupées. Pour l'occasion, on avait tiré des coffres les grandes tapisseries d'apparat pour les tendre sur la muraille nue.

Un homme maigre aux cheveux gris vint au-devant du routier. Une femme sèche, à la bouche filiforme déjà scarifiée par la vieillesse le suivait, l'œil acéré.

– Je suis Hugues de Chantrelle, annonça l'homme, et voici mon épouse, Dame Mahaut. Dieu te garde chevalier.

On s'installa devant la cheminée, car il faisait humide à l'intérieur du donjon où les rayons du soleil avaient grand mal à s'infiltrer.

Des serviteurs apportèrent du vin, des confitures et des galettes chaudes dont la dame de Chantrelle s'empara aussitôt, enfournant la pâte brûlante dans sa bouche ridée avec des gestes rapaces, comme si elle n'avait pas mangé depuis plusieurs jours.

– Je viens de chez le baron de Guy, annonça Jehan. Les préparatifs vont bon train, et je puis vous assurer que la noce aura bel aspect.

Il récitait de son mieux le discours préparé par Irana. En règle générale les châtelains s'ennuyaient à mourir en temps de paix et accueillaient avec chaleur tout étranger susceptible de leur raconter ce qui se passait au-delà des bornes du monde connu, c'est-à-dire les limites de leur fief.

Pendant un moment Jehan réussit à faire illusion. Il décrivit le perroquet, le papegaut, l'oiseau parleur oriental et s'attira un froncement de sourcils de Dame Mahaut qui crut à une plaisanterie. Pour se faire pardonner, il vanta la beauté d'Aude aux rubans cramoisis, en se demandant intérieurement comment une aussi belle enfant avait pu naître de l'étreinte de ces deux épouvantails desséchés.

Puis vint le moment fatidique, l'instant où tout risquait de basculer. Sa gêne dut être visible car Hugues se pencha vers lui pour murmurer :

– Vous avez l'air contrarié, mon ami, et je devine en vous un trouble que vous hésitez à partager. Avez-vous une mauvaise nouvelle à me communiquer ? Ma fille vous a-t-elle fait part de quelque doléance ?

– J'hésite à mentionner une vilenie qui m'a été rapportée, attaqua Jehan l'estomac noué. Il s'agit probablement du propos fielleux d'un jaloux, mais je commettrais une erreur en le passant sous silence. Mon cœur est dans l'embarras. Vous m'avez accueilli avec chaleur, et voilà que je me prépare à troubler votre quiétude. C'est bien indigne de la part d'un invité.

– Allez au fait, chevalier ! lança Dame Mahaut d'un ton tranchant.

Il sembla à Jehan qu'elle avait appuyé curieusement sur le mot « chevalier » ; comme si elle entendait mettre en doute la justesse de son emploi dans ces circonstances précises.

Jehan rassembla son courage et entreprit de narrer l'aventure comme Irana l'avait assemblée. Mais il n'avait pas la maîtrise de la trobairitz, et, très vite, son récit s'embrouilla. Il commençait à balbutier quand Dame Mahaut leva la main pour l'interrompre.

– Ça suffit, lança-t-elle. Je n'entendrai pas un mot de plus de ces calomnies sans fondement. Ce sont là propos de jaloux, et je m'étonne que vous ayez été assez niais pour leur prêter l'oreille. Le seigneur Ornan a beaucoup d'ennemis car il est beau, riche et puissant, toutes choses qui éveillent l'envie et poussent les malveillants à propager les rumeurs.

Hugues hésitait à parler. Jehan le devinait troublé, inquiet du danger encouru par sa fille. Il avait pâli et ses mains étreignaient depuis un moment les accoudoirs de son fauteuil.

– J'ai vu le baron tout récemment, bégaya-t-il. Il ne m'a pas paru malade. Un fisicien pourrait peut-être confirmer sa bonne santé, mais une telle requête aurait quelque chose de terriblement insultant...

– Il n'en est pas question ! siffla Mahaut. L'offense serait ineffaçable. La parole d'un tel prince ne peut être mise en doute. Et puis même en admettant...

Elle s'interrompit pour reprendre son souffle. Son œil brillait d'une lueur rusée qui n'annonçait rien de bon.

– En admettant que le baron ait effectivement contracté la lèpre, reprit-elle, ce serait se comporter en bien mauvais chrétien que de mettre en doute le pouvoir purificateur des reliques saintes. Quant à moi, je suis certaine, en mon âme de croyante, que les dépouilles de saint Jôme ont déjà guéri Ornan de son mal à l'heure où nous parlons. Prétendre le contraire serait de la pure hérésie. Dieu ne peut abandonner un homme qui a combattu pour la reconquête du tombeau du Christ en Terre Sainte.

Elle se dressa pour signifier que l'entretien était terminé.

– Allons, fit timidement Hugues. Ne nous emportons pas. Il conviendrait peut-être d'étudier calmement le problème, comme lorsqu'on joue aux tables ou aux échecs. La précipitation est mauvaise conseillère.

– Mon bon ami, gronda Mahaut. Vous vous laissez aveugler par la trop grande affection que vous portez à Aude. Vous savez bien qu'il n'est pas bon de trop aimer ses enfants, l'Église le déconseille. Le véritable amour ne doit s'adresser qu'à Dieu. Comment pouvez-vous accorder quelque crédit aux propos d'un inconnu crotté dont l'équipement est davantage celui d'un palefrenier que d'un véritable paladin ? Vous ne voyez donc pas que vous parlez à un valet de chiens qu'on a payé pour venir jeter le trouble dans votre esprit ? (Se tournant vers Jehan, elle hurla :) Qui t'a soudoyé pour répandre ton fiel ? Parle ! Tu fais partie des gens de Robert de Saint-Rémy, n'est-ce pas ? Lui seul aurait intérêt à souiller la réputation du baron de Guy !

Jehan tenta de se défendre. Les hurlements de Dame Mahaut avaient attiré la garde, et trois hommes d'armes attendaient déjà au seuil de la salle.

– Je puis prouver ce que j'avance, lança le routier. Si vous le désirez, je vous conduirai chez l'ermite, à moins d'une journée de cheval. Vous pourrez vérifier la véracité de mes propos. Et j'ignore tout de ce Robert de Saint-Rémy. Je ne suis à personne, et j'essaye simplement de protéger votre fille d'un sort atroce.

– Hugues ! vociféra Mahaut. Son insolence est insupportable, faites-le rouer de coups par vos valets et jetez-le dans le fossé.

– Attendez ! intervint Hugues de Chantrelle alors que les gardes s'avançaient déjà. Je veux lui accorder une chance. Qu'on selle nos meilleurs chevaux et qu'une escorte de six hommes se tienne le pied à l'étrier. Nous courrons la campagne à bride abattue pour visiter cet ermitage. Je désire en avoir le cœur net.

– Vous perdez votre temps, cracha Dame Mahaut. Et si cela se sait, vous courroucerez grandement le sire de Guy. Sans parler des princes de l'Église qui nous accuseront de nourrir peu de foi envers les miracles du Christ. Cela se retournera contre nous.

Hugues courba la tête mais résista à l'orage. Les hommes d'armes encadrèrent Jehan et lui ôtèrent son épée.

Hugues de Chantrelle alla s'équiper pour la route. Il paraissait en proie à des sentiments contraires et ne savait quelle attitude adopter vis-à-vis de son invité. Quand il réapparut, les éperons aux talons, il fit signe à Jehan de grimper sur l'un des destriers qu'un valet d'écurie avait amenés dans la cour du château.

– Je prie pour que vous ayez été abusé par un jaloux, grogna-t-il. Bien que bon chrétien, je n'ai pas la foi aveugle de ma femme dans la puissance des reliques. C'est pour cela que je ne veux rien laisser au hasard. Si vous avez essayé de salir l'honneur du baron de Guy, il vous en cuira, soyez-en sûr. Maintenant, montrez-nous le chemin de cet ermitage. Et n'essayez pas de fuir, ou bien mes hommes vous coucheraient dans l'herbe, une flèche entre les épaules.

Ils quittèrent l'enceinte de la maison forte au milieu des saluts joyeux des paysans. Jehan jeta un bref coup d'œil en direction du boqueteau où il avait laissé Irana. Il ne put la voir et s'en réjouit. Sa présence aurait pu éveiller la méfiance du baron de Chantrelle.

Ils galopèrent sans prendre de repos. Les chevaux étaient bons, et ils atteignirent la colline de l'ermite avant la tombée du jour.

Depuis le départ, Jehan et Hugues n'avaient eu qu'un bref échange, lorsqu'il avait fallu faire boire les montures. Le routier s'était alors appliqué à décrire ce qui les attendait là-bas.

– L'ermite aura sans doute quelques réticences à vous confier la vérité, expliqua-t-il. Mais la statue vous prouvera que je dis vrai.

– J'aime beaucoup ma fille, avoua Hugues. Mon épouse m'en a toujours tenu grief. Elles se supportaient assez mal toutes les deux, et je crois qu'Aude aspirait depuis longtemps à s'éloigner de notre demeure. Le baron de Guy est grand seigneur, mais il y a en lui trop de passion. J'ai peur que ma fille ne se brûle à ce sombre feu.

Il monologuait sans attendre de réponse, et Jehan comprit qu'il avait en face de lui un homme troublé, partagé entre le désir d'assurer l'avenir de son enfant et le regret de devoir la céder à un inconnu plus riche que lui.

Dame Mahaut était plus facile à saisir. Tout en elle respirait l'avarice et l'amour du lucre. Le départ d'Aude lui rapportait gros et elle ne tenait nullement à renoncer aux avantages que lui prodiguait déjà une alliance avec Ornan de Guy.

– Je n'ai jamais ressenti de véritable élan confraternel pour le baron, avoua Hugues de Chantrelle au moment d'enfourcher sa monture. Celui qui vous envoie a pu miser sur ce défaut. Ce serait là un bien vilain calcul.

– Personne ne m'envoie, protesta Jehan. Je ne connais pas ce sire Robert à qui vous avez plusieurs fois fait allusion.

– Robert de Saint-Rémy ? grommela Hugues. C'était le petit amoureux transi de ma fille. Le fils unique d'un chevalier sans fortune. Un compagnon d'enfance, rien de plus. Il n'a jamais été question qu'il obtienne la main d'Aude, même s'il l'a un temps imaginé. L'annonce du mariage l'a rendu fou. Votre démarche pourrait bien faire partie d'un plan visant à empêcher l'hymen. Robert est un brave garçon mais qui restera à jamais un pauvre bachelier incapable de lever compagnie. Il vit comme un gueux, dans une ruine, partageant des pommes avec ses serfs.

Sur ce, il se mit en selle et donna le signal du départ. Jehan se demanda si Robert de Saint-Rémy n'était pas ce jouvenceau pâle et frémissant entr'aperçu dans la grande salle du château de Kandarec.

Arrivé au pied de la colline, il s'inquiéta de savoir si l'ermite accepterait de parler. Après tout Dorius avait payé fort cher le prêt de la relique, et avait sûrement exigé le secret le plus absolu quant à l'usage qu'il comptait en faire.

Ses pensées se brouillèrent au seuil de l'ermitage.

La statue de saint Jôme avait disparu.

Hugues de Chantrelle descendit de sa monture, imité par Jehan et la moitié des hommes d'armes. D'un pas décidé, il marcha vers l'entrée du sanctuaire dont la porte était béante. Jehan dut se retenir pour ne pas le précéder. Il n'aimait guère la façon dont les choses se présentaient.

Dès qu'il fut sur le seuil, l'accablement le saisit. La chapelle était déserte, l'autel abandonné. Le sol, couvert de poussière et de feuilles mortes datant du dernier hiver, semblait n'avoir pas été foulé depuis des années. Il ne subsistait plus nulle part une seule statue de saint.

– C'est bien ce que je pensais, gronda Hugues de Chantrelle. Il n'y a jamais eu d'ermite ici... ou du moins pas récemment. On vous a abusé mon pauvre ami. Vous n'avez guère de cervelle. Des reliques aussi puissantes ne se seraient pas trouvé reléguées ici, dans un pauvre ermitage de campagne. Un riche monastère en aurait fait l'acquisition. Si vous ne mentez pas, c'est qu'on vous a joué une mauvaise sottie que vous avez prise pour argent comptant. Comme je ne suis pas méchant homme, je préfère croire à votre innocence. Toutefois, il est bon que vous receviez une leçon. Si je vous ramenais chez moi, ma femme vous ferait bastonner à mort... ou jeter aux chiens. Moi, je me contenterai de vous faire clouer la langue sur la porte de cette chapelle pour vous apprendre à parler inconsidérément. J'ai fait apporter votre épée que je poserai sur cette pierre. Elle vous sera utile pour repousser les loups... si vous parvenez à vous détacher.

Il avait à peine fini de parler que trois soldats se jetèrent sur Jehan pour le maîtriser. Un quatrième le força à ouvrir la bouche en lui glissant une dague entre les dents, et lui saisit la langue au moyen d'une pince d'ordinaire utilisée par les bourreaux.

– Il faut châtier les menteurs, proclama doctement Hugues tandis qu'on traînait le routier vers la porte de la chapelle. Cette petite mésaventure vous dissuadera à l'avenir de prêter l'oreille aux contes à dormir debout qui circulent dans les tavernes. Ne me croyez pas cruel : mon épouse, Dame Mahaut, ne vous aurait pas laissé la vie. Avec moi, si vous avez quelque courage, il vous reste une chance d'échapper aux loups.

Jehan ne perçut pas la suite de son sermon car les hommes du baron lui fichèrent un gros clou à tête octogonale dans la langue, et l'enfoncèrent dans les planches de l'huis en trois coups de marteau.

La douleur fut telle que le routier faillit perdre connaissance.

– Un conseil, lui cria le baron en mettant le pied à l'étrier. Ne tournez pas de l'œil, la traction exercée par le poids de votre corps vous arracherait la langue à la racine. Si la perte de sang ne vous tuait pas, vous resteriez alors muet pour le restant de votre vie.

En écoutant ces mots, Jehan se cramponna au gros anneau fixé dans la porte. Le sang lui emplissait la bouche et il devait l'avaler pour ne pas s'étouffer. Toutes choses qui décuplaient sa souffrance.

– Je vous laisse méditer sur les dangers de la médisance, lança Hugues de Chantrelle en s'éloignant. C'est un défaut féminin qui sied mal aux hommes.

Jehan l'entendit à peine. Les larmes de douleur l'aveuglaient et il poussait des grognements de porc qui n'auraient pas manqué d'offusquer Lancelot ou Gauvain.

La troupe descendit le versant de la colline. Jehan colla son visage contre le battant pour diminuer la traction qui s'exerçait sur sa langue percée.

« Ne t'évanouis pas, se répétait-il. Surtout ne t'évanouis pas. » Mais la faiblesse gagnait ses genoux et un voile noir obscurcissait progressivement ses yeux. Il se raidit. Le sang lui coulait le long du menton, du cou, et mouillait le devant de sa broigne. Dans la forêt, les loups devaient déjà lever le museau afin de renifler ce fumet. Dès que le soleil serait couché ils sortiraient à la queue leu leu pour se rassembler au pied de la colline. L'odeur de l'homme les tiendrait un temps à distance, mais la gourmandise serait la plus forte. L'un d'eux finirait par escalader le sentier, les autres suivraient aussitôt.

Jehan songea à l'épée posée sur la pierre, quelque part derrière lui. S'il avait été plus courageux, il aurait tenté de se déchirer le bout de la langue pour se libérer du clou, mais, pour l'heure, cet exploit lui paraissait hors de portée. Peut-être changerait-il d'avis lorsqu'il sentirait le souffle des loups sur ses mollets ?

Du bout des doigts il explora les contours du clou pour voir s'il ne pourrait pas l'arracher. Cela lui sembla impossible car c'était l'une de ces énormes pointes qu'on utilise pour renforcer les portes ou les ponts-levis. Sans tenaille il ne parviendrait à rien.

Tirer d'un coup sec... ou se laisser tomber en arrière risquait fort de lui sectionner la langue à la racine, comme l'avait prédit Hugues de Chantrelle. Réduit à l'impuissance, il avala son sang. Hélas, il n'avait rien d'un saint martyr et la souffrance restait intolérable.

En dépit de ce qu'il endurait, il songea au mystère de la statue disparue, de l'ermite envolé. Il croyait comprendre ce qui s'était passé...

Contrairement à ce que pensait Hugues de Chantrelle, ce n'était pas lui qu'on avait essayé de berner. Pourquoi l'aurait-on fait, du reste ? Quelle importance avait un simple routier dans un complot de cette envergure ?

Non, s'il y avait eu une dupe, *c'était Dorius*. On lui avait cédé les os d'un vulgaire squelette en lui faisant croire qu'il s'agissait de saintes reliques. Le gros moine avait été victime de trafiquants sans scrupules qui avaient profité de sa crédulité.

Cela signifiait qu'il avait présenté à Ornan de Guy des débris dépourvus du moindre pouvoir salvateur. *Si le baron les avait touchés, son mal ne pouvait en aucun cas avoir été guéri.*

Cette fois, le terrible danger menaçant Aude ne faisait plus de doute. Le baron lui donnerait la lèpre dès qu'ils s'uniraient. Il serait alors trop tard pour faire quoi que ce soit. Devenus ladres, ils n'auraient plus qu'à se retirer en un quelconque lazaret pour y finir leurs jours au milieu des morts-vivants.

Le jour baissait. Jehan avait perdu beaucoup de sang et la faiblesse le gagnait. Quand il entendrait les griffes des loups sur les cailloux du sentier il devrait tenter le tout pour le tout. Se rejeter en arrière en priant pour que seul le bout de sa langue soit arraché et, s'il ne s'évanouissait pas sous l'effet de la douleur, bondir sur l'épée tachée de rouille du Vieux Brunoy de Solpierre.

Du coin de l'œil, il vit le soleil disparaître derrière la ligne de faîte des arbres. Une lueur rouge s'installait, baignant le paysage de son éclat irréel.

Les loups allaient venir, ce n'était plus qu'une question de temps. L'odeur du sang devait déjà les rendre fous. Jehan défit son ceinturon à tâtons. Il pourrait toujours s'en servir pour fouetter l'air derrière son dos. Cela tiendrait les fauves à l'écart pendant un moment...

Il se surprit à maudire sa lâcheté et son peu de résistance à la douleur. Les chansons de geste étaient pleines d'histoires de chevaliers préférant se faire couper le poing par les Sarrasins plutôt que d'abjurer leur foi. Pourquoi n'était-il pas aussi décidé ? Son ascendance paysanne lui interdisait-elle d'accéder à un aussi noble comportement ?

Le bruit qu'il redoutait par-dessus tout lui emplit soudain les oreilles. Les griffes... le cliquetis des griffes des loups sur les cailloux du chemin. Ils montaient à l'assaut de la colline...

Ils attaquaient rarement l'homme en cette saison clémente, mais le fumet du sang avait eu raison de leur prudence coutumière. Le sang c'était la blessure, c'était aussi une proie facile qu'on pourrait égorger sans avoir à livrer bataille.

Jehan les devinait tout près, hésitant encore.

Il agita le ceinturon, faisant tinter la boucle de métal contre la porte. Ce simple mouvement lui arracha un borborygme de douleur.

Un souffle chaud vint lui caresser les mollets. Le mâle dominant s'était enhardi jusqu'à venir le flairer. Jehan lui expédia une ruade et le toucha au museau. Le chef de meute s'écarta avec un couinement de surprise.

« Il faut te décider ! songea le routier. Tu ne peux plus attendre. Jette-toi en arrière en priant pour que tu puisses résister à l'évanouissement. Si tu perds conscience, ils te sauteront aussitôt dessus pour te déchirer la gorge... »

L'odeur fauve des loups le submergeait.

Alors qu'il rassemblait ses forces, un galop lointain lui parvint. La meute grogna, décontenancée. Une voix de femme hurla « Au large ! Au large ! ».

Il reconnut celle d'Irana et comprit qu'elle avait dû suivre la troupe du seigneur de Chantrelle lorsque celle-ci avait quitté la maison forte. La lenteur du roncin ne lui avait toutefois pas permis de marcher au même rythme que les hommes d'armes.

Les loups hurlèrent, furieux. Ils ne dédaignaient pas de s'attaquer à un cheval et il fallait plus qu'une paire de sabots fouettant l'air pour les faire reculer.

« Au large ! » répéta la jeune femme. L'odeur du feu parvint aux narines de Jehan. Il devina qu'elle avait pris la précaution d'allumer une torche de résine et la brandissait au nez des prédateurs.

Une grande confusion s'installa dans son dos, et, durant un long moment il ne sut quelle tournure prenait la bataille. Des étincelles volaient dans la nuit, lucioles crépitantes qui venaient mourir en charbonnant sur le bois de la porte.

– Ils sont partis ! haleta Irana. Je vais dresser un feu pour les tenir à l'écart sinon ils ne vont pas tarder à revenir. Je te supplie de résister encore un moment.

Elle s'agita, fourrageant dans les broussailles pour ramasser de quoi improviser un bivouac. Enfin le feu ronfla dans le vent.

Irana s'approcha du routier pour se rendre compte de la situation.

– Par Dieu, soupira-t-elle. Il va te falloir du courage. Il y a des outils dans le bagage attaché à ta selle. Je vais essayer d'arracher le clou avec une tenaille mais je doute d'être assez forte pour réussir du premier coup, cela risque de t'occasionner de grandes souffrances. Le mieux serait que j'essaye d'insensibiliser la plaie au moyen d'une décoction. J'ai du pavot dans ma besace, une plante que m'a donnée un mire de ma connaissance. Je peux en faire une infusion qui t'engourdira les chairs. Auras-tu la patience d'attendre ?

Jehan lui fit signe que oui d'un battement de paupières. Irana s'éloigna, et, durant un temps infini, il n'entendit plus que le pétillement du feu. La jeune femme réapparut, tenant une écuelle.

– Je vais humecter goutte à goutte la blessure, expliqua-t-elle. L'engourdissement devrait te gagner très vite. C'est là un remède très prisé en Orient, mais il faut s'en défier car un trop long usage vous fait perdre l'esprit.

Jehan enfonça ses ongles dans le bois de la porte, mais la trobairitz n'avait pas menti. Sa langue lui parut se pétrifier et perdit toute sensibilité.

– Il faut faire vite, haleta Irana. Le prodige n'est que passager. Je vais prendre la tenaille et tenter d'arracher le clou. Pardonne-moi ma maladresse par avance. Il t'aurait fallu quelqu'un ayant beaucoup plus de force...

Elle fit du mieux qu'elle put, tirant et s'arc-boutant aux branches de l'instrument. Quand le clou sortit enfin du bois, elle heurta violemment le routier au visage, le faisant saigner du nez. Jehan tomba à genoux, la langue lui pendant hors de la bouche telle celle d'un chien assoiffé. Il lui semblait qu'elle avait doublé de longueur et de volume, au point qu'il doutait de pouvoir la rentrer un jour dans sa bouche. Il s'aperçut alors qu'il tremblait de fièvre. Les bras d'Irana lui enveloppèrent les épaules.

– Viens près du feu, dit la trobairitz. Je vais te soigner. Il faut purifier la plaie avant que la vermine ne s'y mette. J'ai mis la lame d'un couteau à rougir. Ce sera ta dernière épreuve.

Jehan rampa vers les flammes. Il se rendait à peine compte de ce qu'il faisait et n'agissait plus que par instinct.

Quand Irana approcha le fer rouge pour cautériser la plaie, il perdit connaissance.

8

Mauvais présages

Quand il se réveilla le jour était levé. Il grelottait de fièvre et ruisselait de sueur sous son manteau. Le feu charbonnait en répandant une fumée grise. Irana somnolait, enveloppée dans une méchante couverture.

Jehan avait l'illusion d'abriter un crapaud vivant dans sa bouche tant sa langue était enflée. Il avait la barbe et les vêtements raidis de sang séché. La douleur était supportable pourvu qu'il ne cherchât pas à avaler sa salive. Il se demanda avec angoisse s'il allait rester muet.

La jeune femme s'ébroua.

– Tu es réveillé ? interrogea-t-elle. Ouvre doucement la bouche et laisse-moi voir comment se comporte ta blessure. Le mieux est que tu n'essayes pas de parler. Je vais te donner des feuilles détrempées que tu garderas sur la langue comme un emplâtre, elles devraient engourdir la douleur. Pour te nourrir nous nous contenterons de soupe froide et de brouet.

Jehan se laissa faire. Il aurait voulu raconter à la trobairitz ce qu'il avait appris la veille au sujet de la duperie dont Dorius avait été victime, mais, ne sachant écrire, il ne pouvait se faire entendre. À tout hasard, il désigna l'emplacement où s'était dressée la statue de saint Jôme.

– Ne t'agite pas, fit la jeune femme. Je vois ce que tu essayes de me dire. Je m'en suis rendu compte. On a enlevé l'image du saint lépreux. J'ai fait le tour de la chapelle. Il semblerait qu'on ait récemment creusé là derrière, au milieu des buissons. Quand tu iras mieux nous irons voir. (Elle eut une moue de désespoir et ajouta en baissant les yeux :) Je regrette de t'avoir expédié dans un tel traquenard. Je pensais sincèrement que ta qualité de chevalier te protégerait. Ils t'ont traité comme un serf. Ce sont des porcs. Je suppose qu'ils ont refusé d'entendre la vérité ? Mahaut de Chantrelle aime l'or, l'annulation du mariage lui ferait perdre une fortune. De plus, elle se proclame fort croyante et s'est toujours vantée d'aimer Dieu plus que sa famille, conformément aux préceptes de l'Église.

Quand Jehan eut recouvré quelque force il se mit debout et prit la direction indiquée par Irana. Au passage, il ramassa l'épée et constata que son sang avait laissé une longue traînée noire sur la porte de la chapelle.

La jeune femme le conduisit au travers des broussailles vers l'espace de terre remuée repéré la veille. Jehan utilisa la pointe de son arme pour creuser dans cet amas qu'on ne s'était pas donné la peine de tasser.

Il lui fallut peu de temps pour dégager les contours de deux formes humaines couchées côte à côte. La première était la statue de saint Jôme, la seconde appartenait à un petit vieillard tout nu, dont le cou s'ornait d'un scapulaire et les reins d'un cilice à épines qui lui avait profondément balafré les flancs. Jehan ne l'avait jamais vu auparavant. Il supposa qu'il s'agissait du véritable ermite que les trafiquants de reliques avaient assassiné pour mieux rouler Dorius dans la farine.

L'ermitage n'avait jamais été consacré à saint Jôme, tout n'avait été que mise en scène. On avait profiter de la crédulité du gros moine pour lui soutirer une importante somme en or ; quant à la châsse, elle ne contenait sans doute que quelques os récupérés sans discernement dans une fosse commune.

– Il faut te reposer, dit doucement Irana en posant la main sur le bras tremblant du routier. Je vais essayer de te ramener en ville. Il ne faut pas s'attarder ici. Les loups n'ont pas cessé de tourner autour de la colline toute la nuit. Nous n'avons qu'un cheval mais il est assez fort pour nous porter tous les deux. Je le guiderai, tu monteras derrière moi et tu passeras les bras autour de ma taille. Une fois en ville, Ogier nous aidera à nous cacher. À partir de maintenant nous avons un nouvel ennemi : Mahaut de Chantrelle.

Le retour fut long et pénible. Si Jehan n'avait pas été si malade il aurait apprécié de voyager ainsi, les bras noués autour des hanches d'Irana, les mains posées sur le ventre chaud de la jeune femme. Ces émois de puceau lui faisaient honte, et il s'empressait de les mettre sur le compte de la fièvre.

Il sombra bientôt dans une sorte de rêve éveillé peuplé d'images absurdes et eut à peine conscience de sortir de la forêt pour entrer dans la ville.

Ogier les conduisit au cabaret de la *Pouliche noire* où il avait ses habitudes, et surtout du crédit. On coucha Jehan à l'écart sur une grande paillasse où dormaient d'habitude six voyageurs, et qu'Ogier paya au prix fort. Il aida la jeune femme à déshabiller le routier. Quand Jehan fut nu, ils le lavèrent avec une éponge pour le débarrasser du sang séché dont il était couvert et lui firent absorber force tisanes calmantes.

Irana s'opposait à ce qu'on aille quérir un mire. Les médecins étaient toujours trop bavards, et elle ne tenait pas à ce que Mahaut de Chantrelle apprenne trop tôt la survie de celui qu'elle avait décidé de considérer comme un calomniateur.

Grâce à sa robuste constitution, Jehan triompha rapidement de la fièvre et sa langue désenfla. Il s'alimentait de soupe et de bouillie dont il ne percevait pas la saveur. Irana dormait à ses côtés, tout habillée sur la couverture. La nuit, le silence s'emplissait des ahanements des ribaudes au travail dans la salle voisine.

Pour passer le temps la trobairitz récitait des fabliaux auxquels Jehan finissait par se laisser prendre. Il appréciait le charme de cette fausse intimité et aurait donné cher pour pouvoir poser sa tête sur la poitrine d'Irana. Il essayait cependant de juguler ses sentiments, sachant qu'il n'est jamais bon pour un homme de s'attacher à une femme supérieure. S'il avait su lire et écrire, les choses auraient peut-être été différentes, qui sait ? Mais il ne savait que compter, « le seul art véritablement utile dans la vie », comme disait souvent son père. Irana lui faisait absorber des infusions de mauve et lui assouplissait la langue avec un onguent fait de beurre et de miel malaxés.

Le soir, très souvent, Gomelot arrivait, sa figure de carême fendue jusqu'aux oreilles par un sourire satisfait. Les filles lui sautaient au cou, surtout l'une d'elles, Jacotte, qui le cajolait en lui susurrant des mots doux en patois. Au reste, le goûteur n'était pas mauvais compagnon, et ne lésinait pas à payer à boire à toute l'assemblée. Ayant invité Ogier, Jehan et Irana à sa table, il leur confia :

– Je sais bien que je suis un objet de stupeur pour tout le monde, mais pour comprendre mon état actuel il faut savoir ma vie antérieure. Mon père était drapier. Plus précisément teinturier. C'était là sa folie, fixer sur le drap les couleurs qui ne résistent pas à plus de deux lavages. J'ai passé mon enfance dans la puanteur des racines de garance qu'on fait bouillir... J'écrasais le kermès pour obtenir un beau rouge éclatant. Vous savez ce qu'est le kermès ? Des blocs gluants faits de millions d'insectes morts agglutinés qu'il faut réduire en poudre et faire bouillir en une soupe infâme... Mon père s'était mis dans la tête de réussir à percer le secret du bleu. À cette époque on ne parvenait pas à le fixer de manière durable. Il tournait vite au gris, et même les rayons du soleil le brûlait. On n'avait pas encore trouvé la guède qui a permis d'atteindre ce beau bleu profond que notre bon roi a rendu célèbre et mis à la mode. Mon père passait sa vie à essayer de nouvelles recettes. Il foulait lui-même l'étoffe dans sa cour, de peur qu'on ne lui vole le secret de ses formules. Il a fini par s'empoisonner le sang. Quand il est mort il avait les pieds teints en bleu, et l'imbécile de prêtre qu'on était allé chercher refusait de lui donner l'absolution parce qu'il croyait que c'était là signe de possession diabolique !

Gomelot s'interrompit pour s'humecter la gorge. Il but une gorgée de vin et fit claquer sa langue.

– Je ne voulais pas de cette existence-là, reprit-il. C'était une condition étriquée qui m'ennuyait. Je n'avais de goût à rien, je dépérissais. J'aurais voulu mener la vie passionnante d'un chevalier mais ma constitution physique m'interdisait la pratique des armes et je n'aurais pu à aucun prix devenir mercenaire. Un rien me rendait malade : une nourriture trop épicée, une viande faisandée... C'est à ce moment-là que le hasard m'a fait asseoir à la table d'un grand seigneur, dans une auberge alors que je revenais d'aller chercher une provision de drap de Flandres. Nous partagions la même assiette, le même gobelet, ce qui est signe de grand honneur, et j'ai vite remarqué qu'il ne mangeait qu'après que j'eusse porté les premiers morceaux à ma bouche. Il m'observait alors avec pénétration, attendait le temps de dire un *ave*, et se décidait enfin à m'imiter. « Est-ce trop chaud pour vous ? » lui demandais-je. Il a ri et m'a expliqué sans gêne aucune qu'il avait beaucoup d'ennemis et se défiait du poison car il n'accordait aucun crédit à la pierre de crapaudine ou à la corne d'unicorne qui sont censées changer de couleur ou se mettre à bouillir au contact des venins. Curieusement, la perspective de tomber soudain foudroyé le nez dans notre assiette commune m'a excité. D'un seul coup, le lourd ennui qui pesait sur mes épaules depuis des années s'est envolé. Le danger m'avait guéri de mon dégoût de la vie... C'est ainsi que je suis devenu goûteur pour ce seigneur d'abord, puis pour le baron de Guy. Je sais bien que personne ne veut me croire, mais je ne retournerais en arrière pour rien au monde. Aujourd'hui tout ce qui m'entoure a plus d'éclat, les nourritures plus de goût, le plaisir plus d'intensité. On s'attache à profiter de chaque instant quand on sait qu'on peut mourir foudroyé d'un jour à l'autre. Et ce serait mon cas, car mon estomac fragile ne me permettrait pas de résister au poison. Je suis un être aux humeurs corporelles dominées par le flegme, nonchalant et de peu de résistance, comme le disent les médecins. Selon Hippocrate, le flegme est l'humeur qui domine chez les vieillards, de là sans doute le peu de goût que j'avais jadis pour la vie. La peur, de toute évidence, a fortifié chez moi la production de sang chaud, ce qui a fini par équilibrer mon *temperamentum*. Je suis passé des signes d'eau et de terre aux signes de soleil et d'air, et cela sans avaler la moindre médecine.

Il aurait pu parler ainsi une nuit durant, et il devenait parfois pénible de l'entendre radoter sa satisfaction de vivre avec une épée de Damoclès suspendue au-dessus de la tête. Une telle profession de foi n'étonnait nullement Jehan. La paix durable installée par le roi avait généré une épidémie d'ennui dont les barons souffraient plus que tous les autres. Pour beaucoup, les croisades avaient constitué l'unique remède contre la montée de cette bile noire qui les poussait à se morfondre.

Quand le routier fut capable de tenir sur ses jambes, Irana lui fit part de sa décision d'approcher Aude par tous les moyens. À force de questions, elle avait fini par apprendre que la demoiselle se retirait chaque matin dans le jardin de roses qu'avait fait installé Ornan de Guy à son intention.

– Son chaperon l'accompagne, dit Irana, mais c'est une vieille cousine devenue dame de parage pour survivre, et elle finit toujours par s'assoupir dans un rayon de soleil. Il faudrait en profiter. C'est notre dernière chance. Le mariage se rapproche. Si nous ne parvenons pas à éveiller sa méfiance, Aude est condamnée. Tu feras le guet, je lui parlerai et j'essaierai de me montrer éloquente. Je suis femme, je sais parler aux femmes, j'ai peut-être une chance de faire naître le doute en elle.

Ils firent comme ils l'avaient décidé. Jehan ne parvenait pas encore à parler de façon intelligible mais il tenait sur ses jambes. Enveloppés dans leurs manteaux, le capuchon sur la tête, ils se coulèrent dans le jardin de roses dont les haies bien taillées dessinaient une sorte de labyrinthe. Le temps pressait, Ornan de Guy ou Dorius pouvaient surgir à tout instant, et les gardes n'étaient pas loin. Au moindre appel proféré par Aude, ils accourraient.

Irana tremblait d'appréhension car elle savait qu'elle n'aurait plus d'autre occasion pour enrayer l'avance de l'horrible machine qui se mettait en place. Le chaperon dormait dans un fauteuil de fer forgé, un gobelet de vin cuit à portée de la main. C'était une grosse dame flétrie qui souriait au soleil et somnolait, une profonde expression de contentement sur le visage.

Aude jouait au milieu des roses, avec un faon apprivoisé qui mangeait dans sa main. La roseraie était peuplée d'animaux bizarres qui lui donnait l'allure d'une arche de Noé envahie par les fleurs et les buissons d'épines.

Le perroquet entr'aperçu par Jehan se trouvait là lui aussi. Accroché à son perchoir, il se livrait à d'étranges acrobaties. Mais il y avait également des petits chiens affublés de rubans, une chevrette portant clochette autour du col, et des paons qui faisaient la roue.

Malgré ses quinze ans, Aude de Chantrelle paraissait encore une enfant. Cela tenait moins à son allure qu'à l'expression d'émerveillement peinte sur son visage. Les nœuds cramoisis de ses tresses lui donnaient l'allure d'une vierge peinte.

Irana plia le genou devant elle et la supplia de l'entendre. La demoiselle, croyant à quelque requête sans importance, la pria de se relever avec le plus charmant des sourires.

Jehan était fasciné par ses doigts roses qu'aucun travail n'avait jamais endurcis ou déformés. Jamais il n'avait jusqu'alors contemplé de telles mains chez une femme, surtout pas chez sa mère.

– Ce que j'ai à vous dire est très grave, murmura la trobairitz. C'est un bien vilain secret qui vous fera mal à l'âme mais vous comprendrez que je ne pouvais garder bouche close en semblable péril.

– Parlez, je vous en prie, dit Aude sans cesser de caresser le faon blotti dans les replis de sa robe. Je vous connais de réputation et vous sais fort habile dans votre art. J'ai d'ailleurs grande hâte de vous entendre chanter.

– Il ne s'agit pas de chansons pour l'heure, souffla Irana, mais de votre futur époux, le très haut et très puissant seigneur Ornan de Guy... Laissez-moi parler sans m'interrompre, car il y va de votre vie.

Et elle se mit à narrer les événements des derniers jours. Jehan fut ébloui par la justesse de ses formules. Chacun de ses mots faisait mouche. Si Aude ne se laissait pas convaincre par une telle éloquence, personne ne parviendrait à ébranler ses convictions.

D'abord, la jeune fille cessa peu à peu de sourire, et ses jolis sourcils se froncèrent tandis qu'une ride verticale se creusait au-dessus de son adorable nez.

« C'est le moment crucial, songea Jehan. Ou elle se met à pleurer ou elle appelle la garde... »

Et il posa la main sur le pommeau de son épée. Contrairement à ce qu'il croyait, la demoiselle ne fondit pas en sanglots et, très vite, la sérénité se réinstalla sur ses traits. Elle recommença même à sourire de cet air incroyablement doux qu'elle avait tout à l'heure en caressant le faon.

– Arrêtez, Madame, dit-elle d'une voix calme mais décidée. Je comprends ce que vous essayez de faire, et veux vous dire plusieurs choses. D'abord sachez que j'ai haute confiance en Ornan de Guy, mon futur époux. Je le sais trop grand chevalier pour taire à une femme un mal aussi vilain. S'il était ladre, pensez-vous vraiment qu'il se moquerait de m'infecter au premier jeu d'engendrement qui nous réunirait sur la couche nuptiale ? Ce serait lui attribuer une âme bien noire.

– Pas s'il se croit guéri par le pouvoir des reliques, Madame, plaida Irana. Pas si Dorius, le moine, l'a convaincu que les ossements de saint Jôme ont pris son mal.

– J'ai confiance en l'abbé Dorius, reprit Aude. Parce qu'Ornan a confiance en lui. De plus je ne partage pas votre scepticisme quant au pouvoir des reliques. Si Ornan s'estime guéri, c'est qu'il l'est. Une femme ne doit point contester le jugement de son mari, les hommes ont des lumières que ne possèdent pas les femmes. Les Pères de l'Église l'ont souvent répété. Nous ne devons pas nous mêler de réfléchir car notre esprit n'y entend rien. La femme est de sentiment, de compassion. Ses domaines sont l'enfantement et la charité, elle ne doit point vouloir jouer les grands esprits.

Irana tressaillit. Elle avait du mal à dissimuler son irritation mais s'efforçait de conserver une mine humble.

– Je suis bonne chrétienne, répéta Aude. Et Ornan a longtemps bataillé en Terre Sainte. S'il avait eu la malchance d'y contracter quelque mauvais mal, croyez-vous vraiment que Dieu le laisserait sans secours ? C'est impensable. (Elle eut un petit rire très doux, comme s'il s'agissait là d'une plaisanterie.) Allons ! dit-elle. Tombez le masque. J'ai tout compris. *C'est Robert qui vous envoie !* Je reconnais bien là son imagination fantasque. Ce mariage lui fait horreur et je le sais prêt à tout pour l'empêcher. Avouez qu'il vous a engagée pour me tenir ce petit sermon, je ne vous en tiendrai pas rigueur.

Irana ne sut que dire. Son expression décontenancée fit de nouveau rire la belle Aude.

– Pauvre Robert, murmura la demoiselle. Il est si touchant dans son désarroi, mais je ne suis que pour moitié responsable de ses tourments. Son cœur a fait le reste. Je ne lui ai jamais rien promis. C'était un charmant compagnon d'enfance, le fils d'un baron ruiné qui vit aussi pauvrement que ses serfs. Nous avons joué bien des fois aux épousailles, c'est vrai, mais nous étions à peine âgés de 10 ans ! Il était Lancelot, moi Guenièvre. Il était Merlin, moi Mélusine. Il prenait son épée de bois et s'en allait poursuivre un mouton promu dragon pour la circonstance... Nous avions la tête remplie de contes bretons. Nous échangions des serments. Tout cela n'était qu'amusements de gamins. J'ai grandi, mais Robert de Saint-Rémy est resté prisonnier de ces fables. La *fin'amor* n'existe que dans les chansons des troubadours. Je ne veux pas d'un jouvenceau pour époux. Mon pauvre Robert n'aurait sûrement pas assez de force dans les deux bras pour soulever une épée. J'aime Ornan parce que c'est un vrai paladin, un seigneur qui saura m'honorer et me défendre. Je ne me marie pas contre mon gré, je ne suis pas la pucelle des fabliaux que ses parents vendent à un barbon scrofuleux. Je suis très heureuse d'avoir été choisie par le baron de Guy, c'est plus de bonheur que j'en espérais. (Elle eut un geste gracieux de la main pour signifier leur congé aux deux intrus.) Allez, dit-elle. Je ne vous en veux point pour cette méchante farce. Dites à Robert de ne pas recommencer. Ornan est impétueux et pourrait se fâcher. Ce conseil vaut également pour vous. Partez vite avant qu'on ne remarque votre présence ici. Je ne soufflerai mot à personne de votre tentative. Dites bien à Robert que le temps arrange les choses et qu'il est inutile de se « croiser » comme il m'en a menacée si je l'abandonnais. S'il veut mourir en Terre Sainte que ce soit pour la plus grande gloire du Christ et non pour la mienne ! Je ne mérite point un tel sacrifice.

Irana et Jehan battirent en retraite, vaincus par le sourire lumineux de l'adolescente au faon.

Alors qu'ils sortaient du jardin, Irana fondit en larmes.

– Maintenant tout est perdu, sanglota-t-elle en se cachant le visage dans les mains.

Le routier n'était pas loin de le penser. Ils rentrèrent à l'auberge, en grand désarroi. Jehan restait terriblement impressionné par la sérénité lumineuse de la belle Aude.

Alors qu'ils étaient attablés devant une écuelle de soupe, Ogier dit avec humeur :

– Ça suffit, compères, vous avez tenté le diable autant que faire se peut. Il vous arrivera malheur si vous vous obstinez. Plions bagage avant qu'on ne se mette dans la tête de nous envoyer la garde.

– Pas encore, lança Irana d'un ton têtu. Il y a encore une possibilité : Dorius. Si nous parvenons à lui faire admettre son erreur, il se sentira forcé d'intervenir. Après tout c'est un homme d'Église.

– Dorius ? ricana Ogier. Il aurait trop à perdre dans l'affaire. Et qui sait si les autorités religieuses ne l'obligeraient pas à accompagner Ornan de Guy chez les lépreux pour sa pénitence ?

– Il faut essayer, s'obstina la trobairitz. Je sais qu'il baptise un enfant cet après-midi. Allons à la cérémonie, nous essaierons de lui parler.

– Je n'aime pas ça, grommela Ogier. J'ai déjà perdu un cheval dans l'affaire, celui que je t'ai prêté pour aller chez les Chantrelle. Il me serait désagréable de perdre en plus deux amis.

Il eut beau argumenter, rien ne put fléchir la jeune femme. Jehan décida de l'accompagner à la chapelle du château. C'était une construction à l'ancienne où l'on pratiquait encore le baptême par immersion à la mode des premiers chrétiens. Bien que cette façon ne fût plus en usage, Dorius, séduit par son aspect ostentatoire, avait décidé de s'y conformer.

La cuve de pierre avait été creusée sous une galerie bordée d'arcades de pierre ouvragée. La famille du nouveau-né se pressait déjà au bord du bassin quand Jehan et Irana arrivèrent sur les lieux.

Dorius retroussa son froc de bure, coinça le bas du vêtement dans la cordelière qui lui servait de ceinture et descendit dans la cuve.

L'eau était glacée, et bien qu'il s'efforçât de jouer au prélat, il ne put retenir une grimace.

Les parents s'approchèrent. La mère tenait contre son sein un bébé enveloppé d'un drap de coton.

– Nous l'appellerons Ornan, dit-elle avec un tremblement dans la voix. En l'honneur de notre seigneur qui va prendre femme et à qui nous souhaitons un héritier aussi bien constitué que l'est notre petit.

– Ainsi sera-t-il fait ! lança Dorius en remontant ses manches sur ses bras dodus.

Il tendit les mains pour qu'on y dépose l'enfant nu, puis, murmurant les paroles sacramentelles, plongea le bébé dans l'eau de la cuve de pierre. L'enfant, surpris par le froid, se débattit vigoureusement et se mit à pousser des cris de terreur.

Dorius le brandit au-dessus de sa tête, dégoulinant, et le remit à sa mère déjà tout alarmée pour qu'elle l'enveloppe dans un linge. Brusquement, alors qu'il changeait de mains, le bébé poussa un cri rauque de chiot à l'agonie et se contracta en un spasme terrible. La seconde d'après, sa tête tomba en arrière, laissant voir sa bouche béante et ses yeux vitreux.

Il était mort.

La mère hurla et l'attira contre elle pour tenter de le réchauffer, de lui redonner vie, mais rien n'y fit. Attirés par les cris de désespoir des parents, un grand nombre de badauds s'étaient rués dans l'église.

– Mauvais présage ! chuchotaient-ils lorsqu'on leur apprenait ce qui venait d'arriver. Mauvais présage !

Dorius dut faire appel à la garde pour quitter le sanctuaire indemne, car la mère du petit malheureux voulait lui arracher les yeux et l'accusait d'avoir noyé son enfant, ce qui était absurde.

Un mire dépêché par Ornan de Guy confirma qu'on était en présence d'un cas de mort brutale et inexplicable, comme cela se produit parfois avec les nourrissons dont l'âme est encore mal attachée au corps et peut être emportée par un simple courant d'air, ou un sommeil trop profond.

Dorius ne pouvait en aucun cas être tenu pour responsable de ce malheur. Il n'en demeura pas moins que la nouvelle se répandit par toute la ville et que chacun y vit un présage de mauvais augure. Irana elle-même en fut épouvantée car elle y trouvait la confirmation de ses pires craintes.

– C'est mauvais, dit Ogier en se signant. Cela signifie que le ciel désapprouve ce qui se prépare ici, et nous pourrions être bientôt tous changés en statues de sel pour avoir laissé s'accomplir ce forfait.

On cessa de chanter et de danser. Les tréteaux se vidèrent et les baladins eux-mêmes renoncèrent à débiter les contes scabreux dont ils avaient régalé la populace au cours des jours précédents. On en vit même qui pliaient bagage et reprenaient la route sans attendre.

– C'est mauvais, répétait Ogier. De terribles choses se préparent, et il aurait mieux valu qu'aucun d'entre nous n'y soit mêlé.

Bien qu'il ne fût pas trop superstitieux, Johan éprouva un horrible serrement de cœur à la vue du champ de foire déserté et de l'arène vide au milieu de laquelle trois corbeaux picoraient du crottin. Pour la première fois depuis longtemps, il éprouva le besoin de se signer et d'entrer à l'église pour dire une prière.

9

Le banquet du diable

Le soir même, Gomelot invita ses nouveaux amis à venir le voir officier au château. En raison des festivités, déjeuners et dîners étaient publics, et le bon peuple pouvait défiler derrière une barrière de bois pour admirer son seigneur et sa future femme. Dorius participerait aux agapes et Irana vit là l'occasion de l'approcher.

– Le baptême aura peut-être eu raison de sa superbe, murmura-t-elle. À nous d'user de son tempérament superstitieux pour ébranler ses convictions.

Ils prirent donc le chemin du castel. Dans les rangs des curieux, les commères ne parlaient que du mauvais présage de l'après-midi. On entremêlait ces propos sinistres de cris d'extase devant les tapisseries pendues sur les murailles ; on s'interrogeait pour savoir ce qu'elles représentaient. Les gardes canalisaient la troupe des badauds du mieux possible, veillant à l'empêcher de se répandre dans les chambres annexes ; car, si certaines villageoises devenaient muettes de stupeur devant tant de beauté, d'autres s'enhardissaient au point de vouloir tout toucher.

– Si on vous prend à voler quelque chose, on vous coupera la main, répétaient les hommes d'armes.

Après avoir interminablement serpenté à travers les galeries et les escaliers, Irana et Jehan débouchèrent enfin dans la grande salle du banquet. On brûlait la moitié d'un jeune chêne dans la cheminée et l'on avait allumé des dizaines de grosses chandelles à mèche de roseau pour tenter d'éclairer l'endroit jusque dans ses moindres recoins. Une longue table avait été placée devant le foyer. Ornan de Guy, qui tenait à faire preuve de magnificence, avait ordonné qu'on place une assiette en face de chaque convive, ce qui était fort rare car on mangeait généralement à deux dans le même plat – quand ce n'était pas sur une simple tranche de pain ! – et l'on avait depuis longtemps l'habitude de partager le même gobelet sans faire de manière, mais Ornan tenait à éblouir sa future épouse en lui prouvant qu'il était capable de vivre sur un grand pied.

Le maître de Kandarec trônait sur un fauteuil à haut dossier qui signalait sans équivoque sa position supérieure. Jehan devina, à des gestes esquissés, qu'il faisait de gros efforts pour ne pas essuyer ses doigts tachés de graisse sur sa barbe, à la manière des guerriers. Gomelot officiait au milieu de la salle, debout, en grande livrée, le cou ceint d'un pectoral d'argent. Il avait fière allure et s'enivrait d'être le point central vers lequel convergeaient tous les regards quand il s'approchait d'un plat.

D'un geste plein d'autorité, il ordonnait aux serviteurs de le déposer sur une table prévue à cet effet, le considérait longuement tel un haruspice étudiant les entrailles d'un animal sacrifié, puis tendait la main pour en prélever un morceau qu'il choisissait adroitement.

Il l'élevait alors jusqu'à sa bouche et le mastiquait avec lenteur tandis que son visage de navet s'éclairait de lueurs savantes. Quand il avait laissé passer une minute, il soulevait lui-même le plat d'argent pour le porter sur la table du banquet, devant le baron de Guy. De cette manière, *personne* ne pouvait plus s'en approcher pour y verser quelque poudre vénéneuse. Ornan se servait le premier, goûtait à son tour la nourriture et, si elle était à sa convenance, commandait qu'on la distribue au reste des invités. Il prenait toujours le meilleur morceau car c'était là son privilège de maître absolu, et il n'entendait pas s'en laisser distraire.

On attendait qu'il ait donné le signal de la ripaille pour mettre les doigts dans le plat. Jehan songea que tout ce cérémonial ne visait qu'à impressionner Aude et à la convaincre qu'elle allait épouser le plus gentil des paladins.

Dorius ne semblait pas déborder d'appétit, comme si sa mésaventure de l'après-midi lui avait noué l'estomac. Le perroquet s'agitait sur son perchoir et, de temps à autre, le baron lui tendait une lanière de viande, comme s'il se fut agi d'un faucon.

Les plats défilaient, chaque fois goûtés par Gomelot qui, entre chaque bouchée, s'essuyait les doigts à un linge accroché à son ceinturon. Quand une saveur lui semblait suspecte ou inadéquate il renvoyait la nourriture aux cuisines.

Jehan et Irana cherchaient à attirer l'attention de Dorius quand le drame se produisit.

Gomelot venait de goûter un rôti de marcassin. En grand cérémonial, il était allé déposer le plat d'argent devant le baron et attendait que celui-ci se serve. Ornan de Guy parlait haut et fort, les joues empourprées par le vin à peine coupé d'eau et de miel dont il emplissait son gobelet. À l'aide de son couteau il découpa une cuisse de marcassin et mordit à belles dents dans la chair dorée.

Il avait à peine dégluti qu'il se dressa en poussant un cri rauque. Il semblait suffoquer et crachait des morceaux de viande qui restaient accrochés aux poils de sa barbe. Ses doigts gluants de sauce griffaient le bliaud de cérémonie brodé à ses armes.

On crut d'abord qu'il avait avalé un os. Accident que la gloutonnerie des seigneurs rendait fréquent. Dorius s'était levé, Aude demeurait pétrifiée, encore plus pâle que d'habitude. Ornan poussa un râle affreux et se mit à déchirer ses vêtements comme s'il voulait se donner de l'air.

– Poi... *poison !* hurla-t-il d'une voix que la terreur de la mort rendait effrayante. Poison ! (En disant cela il fixait Gomelot d'un air accusateur et brandit le poing dans sa direction.) Traître ! grogna-t-il encore avant de s'effondrer en travers de la table, renversant pichets de vin et plats de viande.

– Ne touchez à rien ! vociféra Dorius. Il y a grand danger d'empoisonnement !

Tous les convives se dressèrent en désordre, faisant tomber leurs sièges. Terrifiés par l'avertissement du moine ils crachaient au hasard ce qu'ils étaient en train de mâcher la seconde précédente.

Les femmes hurlaient, les hommes se nettoyaient la langue et les lèvres sur la manche de leur habit. Le tumulte était abominable. On appelait à l'aide, on réclamait le secours d'un mire ou d'un apothicaire.

Dorius clama qu'il était *Tanquam Magister,* et qu'il pouvait faire face sans l'aide d'un docteur de l'université. Il se pencha sur le baron qui, pris de convulsions, expédiait des ruades en tous sens. Le seigneur de Kandarec ne se résignait pas à mourir en vaincu. Les membres déjà gourds, il avait tiré sa dague et rampait à présent sur le sol avec l'intention d'en frapper Gomelot. Il avait le visage bleu comme un pendu, et sa langue gonflée sortait presque de sa bouche. Malgré cela il frappait à l'aveuglette, essayant d'atteindre les pieds ou les jambes du goûteur que la stupeur avait changé en statue.

Dorius parut enfin comprendre ce que signifiait l'acharnement du baron. Gomelot avait goûté le marcassin devant tout le monde et n'était pas mort. Cela ne pouvait signifier qu'une chose : il avait introduit le poison dans le plat pendant qu'il allait lui-même déposer la nourriture devant Ornan de Guy !

– Saisissez-vous de cet homme ! cria Dorius. C'est lui l'empoisonneur !

Il y eut un moment de stupeur, puis les gens d'armes se précipitèrent sur Gomelot qu'ils empoignèrent sans ménagement.

– Vous vous trompez ! balbutia l'ancien drapier. Je suis innocent ! J'ai mangé la même viande que le baron, si elle avait été empoisonnée je devrais être mort !

– Vérifiez ses bagues ! ordonna Dorius. Je suis sûr qu'elles sont creuses et contiennent des poudres vénéneuses.

On examina sans douceur les mains de Gomelot. Il avait effectivement à l'index droit un gros cabochon dont la pierre se soulevait sur simple pression du pouce.

– Là ! triompha Dorius. Regardez. Une poudre ! Vous êtes tous témoins...

– C'est un simple digestif, protesta Gomelot. Je le prends à la fin de mon service pour me débarbouiller l'estomac de toutes les sauces qu'il m'a fallu avaler.

– Emmenez-le ! gronda le moine. Montrez cet anneau à un apothicaire, je suis sûr qu'il nous confirmera la présence d'un poison. Cette charogne a empoisonné la viande après l'avoir goûtée... mais il a eu la main trop lourde. Il ne pensait pas que le venin agirait aussi vite, ne lui laissant pas le temps de s'enfuir. Celui qui t'a payé pour accomplir cette vilenie t'a roulé, pauvre imbécile !

Le bruit de la dague lâchée par le baron ramena Dorius à la réalité. Ornan de Guy n'était pas encore mort. Il râlait, les yeux révulsés. L'abbé le fit porter dans ses appartements par trois serviteurs affolés. Aude se débattait dans les bras de sa nourrice, en proie à une attaque nerveuse. Les convives se débandaient, le visage si pâle qu'ils semblaient tous saignés à blanc.

Jehan s'aperçut brusquement qu'Irana lui serrait si fort le poignet que ses ongles lui étaient entrés dans la peau. Il regarda la trobairitz, elle était livide et se mordait les lèvres.

– Viens, dit le routier. Il ne faut pas rester là. Dorius a l'air parti pour prendre les choses en main et je ne tiens pas à ce qu'il remarque ta présence.

Il l'entraîna ; la foule des curieux battait en retraite dans un désordre encore accentué par les coups de lance des gardes impatients de libérer les couloirs.

Jehan et Irana s'arrêtèrent au pied de la seconde enceinte, à bout de souffle. Déjà, les commères se répandaient dans la ville en criant la terrible nouvelle. Le mot « poison » courait sur toutes les lèvres. Des badauds envahirent les rues en s'arrachant les cheveux et en se frappant la poitrine. Ceux qui possédaient des figurines saintes en pierre ou en bois les posèrent sur le rebord des fenêtres. On se massa sur le parvis de l'église pour prier, les genoux sur les dalles. Certains avaient apporté de la cendre pour s'en couvrir la tête ou les épaules.

Tous avaient grand-peur des événements à venir.

– Gomelot est innocent, balbutia Irana. Il ne peut avoir sciemment introduit le poison.

– Je le pense également, fit Jehan. Mais sa culpabilité semble évidente. Si le plat avait été empoisonné en cuisine, Gomelot devrait être en ce moment dans le même état que le baron.

– On a dû l'abuser, dit Irana. On lui aura fait croire que la poudre contenue dans la bague avait une autre fonction... Que c'était un aphrodisiaque, qui sait ? Il en a saupoudré les viandes en toute innocence.

Jehan haussa les épaules.

– En attendant, marmonna-t-il, une chose est sûre : le mariage n'aura pas lieu et la belle Aude est sauvée.

– Cela ne me réjouit pas si Gomelot doit payer cette bonne nouvelle de sa vie, siffla Irana qui semblait à bout de nerfs.

Ils se sentirent incapables de rentrer à la taverne et demeurèrent mêlés à la foule, sur le parvis de l'église, dans l'attente des nouvelles que voudrait bien délivrer le chapelain. On n'entendait plus que le bourdonnement des prières. L'abbé invita les villageois à se mortifier et à offrir leurs souffrances à Dieu. Hommes et femmes se dévêtirent pour se flageller le dos et les flancs à l'aide de verges de roseau distribuées par le sacristain.

Cette affliction n'était pas feinte. Si Ornan de Guy rendait son âme à Dieu, le fief devenait vacant car le mariage n'avait point été célébré. Le roi offrirait donc terres et château à l'un de ses vassaux non encore fieffé, ou trop chichement doté. On verrait donc débarquer un étranger dont il faudrait apprendre à connaître les caprices... et peut-être la méchanceté.

Dorius fit son apparition alors qu'on allumait les premières torches car la nuit tombait. Il expliqua que le baron luttait contre la mort mais que les remèdes administrés étaient pour l'heure sans effet. Alors qu'il se préparait à tourner les talons, il repéra Jehan dans la cohue des fidèles et lui fit signe d'avancer.

– J'ai besoin de toi, fit-il quand Jehan l'eut rejoint. Tu possèdes la science des routes et des raccourcis, un bon guide nous sera nécessaire si nous devons aller chercher de l'aide.

– Comment va-t-il ? s'enquit le routier.

– Mal, maugréa le moine. Trois mires sont à son chevet. Ils ont examiné les urines. Le baron est jeune, son *temperamentum* devrait donc être gouverné par le sang chaud du printemps, or c'est le flegme qui l'emplit tout entier. L'élément humoral des vieillards. C'est comme si le poison avait rompu tout équilibre. La *materia peccans* s'est installée en lui avec une rare hostilité. Je compulse depuis tout à l'heure le *De Aegritudinum curatione* qui est construit selon les principes de Galien, mais je n'y ai découvert aucun remède efficace. Le baron recrache tout ce qu'on tente de lui faire avaler.

Tout en parlant, il avait pris le chemin des appartements seigneuriaux.

– Et le goûteur ? demanda prudemment Jehan. A-t-on fait la preuve de son crime ?

– L'apothicaire a confirmé que la bague ne contenait qu'un vulgaire électuaire digestif. On l'a administré à différents animaux sans troubler leur santé. Cela n'a guère d'importance, le bourreau se chargera de lui faire avouer son crime. S'il a agi par ordre du malin, je demanderai à l'évêque de me conférer les pouvoirs d'exorcisme afin de purifier le château et ses habitants.

Jehan étreignit le pommeau de son épée. Les moines aimaient le diable bien plus qu'ils ne le prétendaient car c'était sur sa présence, supposée permanente, que reposait tout leur pouvoir.

Ils entrèrent dans la chambre du baron qui empestait l'urine et les déjections. Ornan de Guy reposait nu sur son lit, le corps si noir et si gonflé qu'on eût cru être en présence d'un cadavre. L'état de dégradation charnel était si avancé qu'il devenait impossible de savoir si le seigneur de Kandarec avait été ou non atteint un jour de la lèpre...

– Il se décompose, murmura Dorius en se signant. Mais il a encore sa connaissance, même s'il ne peut plus parler. Nous avons essayé de lui faire absorber un émétique à base de fiente de poule, mais s'il a été empoisonné au mercure, ses poumons et son estomac doivent déjà être en train de se transformer en argent. Sa suffocation m'amènerait à penser qu'il a été intoxiqué au plomb brûlé, sublimé, ce qui serait terrible car il pourrait bientôt s'enflammer de l'intérieur, comme si on lui allumait une torche dans le ventre. Le seul moyen de le sauver est de lui faire vomir ce venin ; nous allons essayer de lui faire prendre toutes sortes de potages à base d'excréments variés, matières qui provoquent toujours un soubresaut de l'estomac. Cependant, comme le dit Hippocrate dans la première section des Prénotions coaques de son *Art Médical*, dans un état déjà dramatique, les tremblements, un vomissement érugineux, la déglutition bruyante des liquides, des borborygmes après celle des solides, une respiration toussante sont des symptômes des plus funestes.

Jehan éprouvait une réelle répugnance à s'approcher du lit. La crainte de la lèpre le tenait cloué sur le seuil. Il remarqua d'ailleurs bien vite que le moine s'abstenait de porter les mains sur le baron et laissait ce travail aux trois médecins postés au chevet du moribond.

Ceux-ci se disputaient sur la nécessité de faire couler le sang corrompu pour libérer le seigneur de Kandarec du trop plein de flegme qui le précipitait vers le trépas.

Ornan avait le visage boursouflé et noir, les yeux révulsés. Il ne cessait de rejeter par la bouche une écume mousseuse qui s'accrochait à sa barbe, à la façon des chevaux qu'on a menés grand train.

On avait posé sur sa poitrine un cataplasme de mauve broyée qui ne semblait guère le soulager.

« Il est perdu », songea Jehan. Et il pensa que c'était là une fin bien indigne d'un puissant seigneur ayant traversé les mers et guerroyé pour la reconquête du tombeau du Christ.

– Si Gomelot se décide à avouer la nature du poison, nous saurons peut-être comment le combattre, marmonna Dorius. Viens, j'aurai peut-être besoin de toi pour guider l'apothicaire s'il s'avère nécessaire de cueillir certaines herbes. Tu connais la forêt mieux que ta bourse.

Ils descendirent par d'interminables escaliers en vrille jusqu'à la crypte où était interrogé Gomelot depuis son arrestation.

Le spectacle était pitoyable. L'air empestait la chair brûlée car le bourreau avait percé les oreilles du goûteur avec un tisonnier chauffé à blanc. Le pauvre Gomelot, plus blême que jamais, était garrotté sur un fauteuil de chêne, bras et jambes immobilisés par des bracelets de fer. Il avait perdu connaissance, et on était en train de le ranimer à coups de seaux d'eau glacée. La douleur lui avait fait perdre le contrôle de ses fonctions corporelles et il grelottait dans sa chemise toute souillée d'urine et d'excréments.

– Le bourrel n'en est encore qu'aux agaceries, fit Dorius avec impatience. S'il le ménage trop, le baron sera mort avant l'aube. Il faut presser les choses.

Les questions reprirent, mais le goûteur tremblait tant, et ses dents s'entrechoquaient avec un tel fracas que ses paroles de protestation devenaient incompréhensibles.

– Vous entendez ! cria Dorius. Il parle le sabir des Babyloniens ! Une langue de démon oubliée depuis des millénaires. C'est preuve qu'il a signé un pacte avec le malin. Bourreau, presse-toi un peu ou je finirai par croire que tu éprouves de la sympathie pour le crime de cette orde vermine !

Ce sous-entendu dangereux eut pour effet de décupler le zèle du praticien, et, dès lors, les hurlements du goûteur ne cessèrent de résonner sous les voûtes.

– Ne touchez pas à sa langue, conseilla Dorius. Je veux qu'il puisse parler distinctement. Dès qu'il aura donné la composition du poison, notez-la fort proprement et faites-la moi porter.

Le clerc livide qui se tenait près du bourreau acquiesça d'un mouvement de tête.

– Viens, ordonna Dorius en entraînant Jehan vers l'escalier. J'ai trop de cœur pour supporter le travail du chevalet ; je ne suis pas comme toi, endurci par la guerre et insensible à ce genre de spectacle.

Ornan de Guy lutta contre la mort jusqu'aux alentours de minuit. Dorius lui administra alors les saintes huiles et le supplia de se confesser, mais le baron ne pouvait plus parler depuis longtemps. Sa langue était si enflée que ses dents l'entaillaient, faisant couler un sang noir à la commissure des lèvres. Toutefois, le moribond parut reconnaître les paroles de la prière des morts et esquissa un geste pour faire son signe de croix. Sa main retomba sans force. Une odeur atroce régnait dans la chambre, les médecins faisaient brûler de l'encens pour rendre l'atmosphère supportable.

Dans les couloirs, les rumeurs allaient bon train. Des servantes prétendaient que la belle Aude était tombée en léthargie, les yeux grands ouverts telle une princesse de légende et que rien ne parvenait à lui faire reprendre conscience. Des palefreniers racontaient que la lune avait cette nuit la couleur du sang et qu'elle ressemblait à une tête de diable ricanant.

On disait que cent loups étaient sortis de la forêt pour hurler au pied des remparts et que leur chef avait une étoile blanche entre les oreilles.

On disait que des milliers de grenouilles avaient soudain jailli du puits de la grand-place et qu'elles sautaient sur le parvis de l'église en criant « Abjure ! Abjure ! » d'une horrible voix coassante.

On disait qu'une vache venait de mettre bas un veau à deux têtes qui était mort en chantant le *Credo* à l'envers...

On disait n'importe quoi.

Ornan de Guy rendit l'âme alors que s'éteignait la première chandelle de la nuit. Et la chambre mortuaire se trouva plongée dans les ténèbres à l'instant même où il poussait le dernier soupir. On y vit également un signe néfaste de la colère de Dieu.

– Le très haut et très puissant seigneur Ornan de Guy, baron de la Marche de Kandarec, est mort ! cria Dorius.

Et l'annonce fut reprise au long des corridors en une litanie lugubre et terrifiée.

Dorius s'isola pour dire une messe et demander à Dieu d'accueillir l'âme d'un preux mort sans confession mais dont la conduite jadis exemplaire méritait de bénéficier de l'indulgence plénière accordée en temps de guerre aux soldats du Christ.

Peu de temps après la mort du baron, le clerc qui officiait dans la salle des interrogatoires accourut en haletant. Gomelot avait avoué, il avait confessé le caractère diabolique de son acte.

– Un crapaud géant portant ruban de soie rouge au cou et clochette d'argent à la patte droite lui est apparu une nuit de pleine lune, récita le clerc en consultant ses tablettes. La bête lui a dit se nommer Jophramadet, a prétendu être un démon de troisième grandeur des cohortes lucifériennes jaillies des ruines de Babylone. Après avoir demandé à Gomelot de lui baiser le cul, selon le rite habituel du sabbat institué par le diable Léonard – qui a le derrière comme il a la face –, il a ordonné à l'accusé de recueillir sa bave, de la laisser sécher pour en faire une poudre avec laquelle il empoisonnerait le baron et toute sa maison. Tout cela *Ad majorem Satanae Gloriam,* pour punir le sire de Guy d'avoir combattu les Sarrasins, qui sont tous fils du démon et fort chéris du malin.

– Cette fois le complot diabolique ne fait plus de doute, triompha Dorius. Il y a *vere crimen ecclesiasticum.* Le procès sera rapide selon la procédure exceptionnelle du *Oyer et Terminer* ; nous l'instruirons à huis clos car il n'est pas bon que la populace se mêle des affaires des princes.

Jehan dissimula son scepticisme. Sous la torture n'importe qui avouait n'importe quoi. Une nonne vertueuse se disait fornicatrice, et un Breton aurait fini par reconnaître qu'il était maure pourvu que ses aveux provoquent l'arrêt immédiat de ses souffrances. Les jambes broyées par les brodequins, les os éclatés laissant fuir leur moelle, il était compréhensible que Gomelot ait souhaité en finir avant qu'on ne s'acharne davantage sur sa pauvre carcasse.

– Autre chose, annonça le clerc. L'apothicaire a examiné le plat de marcassin. Toute la viande en était vénéneuse et le poison si concentré qu'il suffisait de quelques grains pour provoquer la mort immédiate. Si son effet n'avait pas été si violent, toute la tablée aurait pu être occise.

– La bave du démon était trop corrosive, dit doctement Dorius. Gomelot n'avait pas prévu cela. Il aurait dû affaiblir le poison en y mêlant un peu de cendre ou de farine, ainsi le venin aurait agi à retardement et il aurait pu s'enfuir.

Jehan se sentit forcé d'intervenir.

– Mais comment Gomelot a-t-il eu le temps de saupoudrer la totalité du plat ? interrogea-t-il en s'appliquant à jouer les niais. S'il avait fait un geste aussi large, il me semble que nous l'aurions tous vu... Une telle préparation indiquerait plutôt que le marcassin a été empoisonné au cours du transport, entre la cuisine et la table du banquet. À mon avis c'est là que quelqu'un a arrêté l'un des serviteurs, a soulevé l'étoffe posée sur la nourriture et l'a recouverte de poudre...

– C'est stupide, laissa tomber Dorius. Dans ce cas Gomelot serait mort foudroyé au moment où il a goûté la viande devant tout le monde. Je te rappelle que nous l'avons tous vu découper le marcassin, en porter un morceau à sa bouche et le mâcher longuement.

– Il aurait bien sûr pu convenir avec son complice d'un morceau laissé intact, proposa le clerc se mêlant au jeu des suppositions. Mais ç'aurait été courir un risque terrible. Le poison est si concentré et si volatil qu'un seul grain aurait suffi à le jeter écumant sur le sol. Et d'après ce qu'en a dit l'apothicaire, l'endroit où Gomelot a prélevé la bouchée était bien, lui aussi, saturé de venin. Il ne peut donc s'agir que d'une aspersion *a posteriori* survenue *après* le goûtage public, mais *avant* que le plat n'arrive sur la table du baron. C'est-à-dire dans un intervalle d'une trentaine de battements de cœur. Mais cela n'a rien d'étonnant, les magiciens qui officient dans les foires sont capables de tours analogues. Ils ont des gestes si rapides et si enveloppants que personne ne les remarque. À mon avis, Gomelot a saupoudré le poison à notre nez et à notre barbe sans que nous remarquions son mouvement. Il a pu feindre, par exemple, de disperser la fumée montant du plat d'un revers de main...

Jehan n'y croyait guère. Il lui était toutefois difficile d'insister sans provoquer la colère de Dorius que les aveux du goûteur satisfaisaient pleinement.

– Allons, mes compères, lança d'ailleurs le moine qui s'impatientait. Ce sont là arguties de philosophes menés par le péché de connaissance. Le criminel a avoué, c'est tout ce qui compte. Le moyen utilisé importe peu puisque nous sommes en présence d'une diablerie. (Sur ce, il congédia le routier.) Je te ferai quérir pour porter un message à l'archevêché, dit-il. Une enquête en satanisme se révélera peut-être nécessaire. Gomelot a pu profiter de complicités parmi la valetaille. On raconte qu'il prisait fort le commerce des femmes. Certaines d'entre elles sont sans doute des sorcières. Elles ont pu l'envoûter à son insu. Il est important que je le sache. Si je parviens à lui faire renoncer à Satan et à ses pompes, je sauverai son âme et notre Seigneur Jésus lui accordera son pardon lorsqu'il brûlera sur le bûcher d'expiation. La mort du corps n'est rien, un détail sans importance, seule compte l'âme ! N'oubliez jamais cela. L'âme !

Jehan quitta le château alors qu'on prenait déjà des mesures pour embaumer la dépouille d'Ornan de Guy qui se corrompait à vive allure et dont on craignait qu'elle ne tourne charogne avant le lever du soleil.

Sur le parvis de l'église on avait recouvert les saints de pierre d'un voile noir. Des groupes de flagellants parcouraient les rues, les épaules en sang. De vieilles pleureuses s'arrachaient les cheveux en poussant des cris lamentables.

Jehan se dépêcha de regagner la taverne de la *Pouliche noire* pour fuir ce spectacle de désolation, mais là encore l'attendait un attroupement à la mine lugubre. Ogier, qui repoussait les badauds, le renseigna en quelques mots.

– C'est Jacotte, l'une des filles du bordel, la préférée de Gomelot. Un illuminé lui a donné un coup de couteau dans la gorge, elle est en train d'expirer dans la chambre du haut.

Cela n'avait rien d'étonnant, et il y avait fort à parier que dans les heures à venir la vindicte populaire s'en prendrait à tous ceux qui, de près ou de loin, avaient approché Gomelot l'empoisonneur.

Jehan se hissa à l'étage. La salle des paillasses était encombrée par toutes les filles de l'établissement, la plupart en larmes. Jacotte reposait sur un matelas qu'elle avait teint de son sang. Irana, agenouillée auprès d'elle, maintenait sur sa gorge entaillée une boule de charpie gluante et rouge.

– On l'a attaquée dans la ruelle, derrière l'auberge, murmura la trobairitz. Personne n'a rien vu. C'est sans doute un habitué, quelqu'un qui savait qu'elle jouissait des faveurs de Gomelot.

– Elle a dit quelque chose ? demanda Jehan.

– Elle délire. Elle a perdu beaucoup de sang avant qu'on la trouve. J'ai envoyé chercher un mire, mais je ne suis pas sûre qu'il accepte de se déplacer vu les circonstances.

Jehan se pencha sur la pauvre fille. Quand Irana remplaça le linge détrempé par une compresse sèche, il put apercevoir la blessure qui faisait l'effet d'un coup de pointe assené de haut en bas. Jacotte était une belle fille de la campagne à la chair blanche de Normande, mais en ce moment sa peau avait la teinte grise d'une mauvaise chandelle.

– Elle essaye de dire quelque chose ! glapit Livie la Saxonne en désignant la bouche de la malheureuse.

Jehan approcha son oreille des lèvres décolorées. Jacotte prononça quelques mots puis ferma les yeux et mourut.

– Qu'a-t-elle dit ? interrogea Irana.

– Je ne suis pas sûr d'avoir bien compris, souffla le routier. Elle a murmuré : « C'est le perroquet qui m'a tuée... »

– Quoi ?

– « C'est le perroquet qui m'a tuée... »

La phrase terrible fit passer un frisson de superstition dans l'assemblée. Tous connaissaient la passion du baron pour l'étrange oiseau ramené d'Orient qui l'accompagnait dans tous ses déplacements.

Jehan se rappela soudain le cri terrible du volatile lorsque le seigneur de Kandarec l'avait exhibé à la curiosité de la populace quelques jours plus tôt : « *Ipse venena bibas...* » Bois toi-même tes poisons !

À qui la bête s'adressait-elle ? À Gomelot ? Au diable ? S'était-elle échappée du château pendant l'agonie d'Ornan de Guy pour voler jusqu'ici et venger son maître ? On avait vu des chiens, ou même des chevaux agir ainsi... mais un oiseau ? Toutefois c'était un oiseau parleur dont la cervelle semblait receler quelque intelligence, alors ?

Jehan attira Livie à l'écart.

– Jacotte, dit-il, était-elle vraiment liée à Gomelot ?

– Oui, répondit la Saxonne. C'était sa préférée et nous en étions toutes un peu jalouses. Il lui disait qu'elle devait prendre des bains de lune pour avoir la peau aussi blanche. Il la comblait de cadeaux... Elle espérait qu'il abandonnerait un jour son métier de goûteur et qu'il reprendrait son ancien état de bourgeois drapier. Elle rêvait de s'établir dans l'honnêteté, d'avoir des domestiques, un beau coffre à linge et des chemises de toile fine.

Jehan se rapprocha de la dépouille qu'on dénudait pour la laver du sang dont elle était couverte. La blessure anguleuse, portée de haut en bas, évoquait bien le contour d'un bec. Il repensa au perroquet. On dressait les faucons à tuer. Certains seigneurs n'hésitaient pas à les lancer contre leurs serfs. Alors pourquoi pas un perroquet ? N'était-ce pas une sorte de faucon oriental ? Leur apparence était fort semblable. On ne savait pas grand-chose des bêtes étranges que les caprices des barons ramenaient des terres lointaines. On disait que les habitants de ces contrées ignorées de Dieu avaient les physionomies les plus bizarres. On parlait de géants à un seul œil, ou de créatures munies d'un pied énorme qu'elles utilisaient pour se faire de l'ombre en le levant au-dessus de leur tête. Le perroquet était-il un animal ou un être doué de raison ? Qu'en pensait Dorius ?

Revenant près de Livie, il lui dit :

– Montre-moi les affaires de Jacotte, les cadeaux faits par Gomelot. Elle devait bien les serrer quelque part ?

Livie le conduisit dans une dépendance et lui désigna un coffre de gros bois. Jehan s'agenouilla et l'ouvrit. Il y avait là une masse de menus colifichets, des aumônières brodées, des rubans, des bagues de verroterie, un petit reliquaire de laiton, un miroir de métal poli dont le manche était une licorne sculptée dans de l'os. Un bien pauvre trésor en vérité. Jehan avisa des boîtes emplies de poudres colorées et de pommades.

– Ce sont des fards, expliqua Livie. Jacotte les commandait chez un apothicaire, cela lui coûtait fort cher, mais grâce à eux, elle avait toujours belle figure.

Au milieu des onguents parfumés, Jehan avisa un pot de terre empli d'une poudre grise.

– Et ça ? interrogea-t-il. Ça ne sent rien, ça n'a aucune couleur...

Livie eut l'air gêné. Jehan s'empara prudemment du gobelet. Une minuscule cuiller s'y trouvait fichée, comme si on l'avait utilisée pour mesurer le produit en infimes quantités.

– Alors ? s'impatienta-t-il.

– C'est un élixir de virilité, murmura Livie. Jacotte le faisait prendre en cachette à Gomelot pour qu'il soit capable de l'honorer au lit. Ce pauvre Gomelot était plutôt chétif et peu vigoureux du côté de l'escargot sans cornes, si tu vois ce que je veux dire... Jacotte le droguait à son insu, c'est de cette manière qu'elle espérait se l'attacher. Il lui disait : « Il n'y a que toi, ma tourterelle, qui me fait cet effet-là... » Il ne savait pas que la Jacotte salait son vin avec un philtre d'amour.

– Un philtre d'amour... répéta pensivement Jehan. Gomelot venait-il souvent ici ?

– Presque tous les jours, tu sais bien. Il disait qu'un goûteur doit profiter de la vie tant qu'il en a les moyens.

– Va chercher la trobairitz, ordonna le routier. Ne parle à personne de ce que nous avons trouvé.

Livie haussa les sourcils, trahissant son incompréhension. Elle disparut en grommelant et revint, accompagnée d'Irana.

– Je crois savoir ce qui s'est passé, murmura Jehan. Gomelot est tombé dans un piège qu'on préparait depuis longtemps. Il y a probablement plusieurs mois qu'on projetait d'empoisonner le baron, et pour réussir ce tour de magie on a neutralisé Gomelot. On l'a mithridatisé à son insu.

– Quoi ? hoqueta Irana.

– Oui, insista Jehan. Tu vois cette poudre ? Je suis certain qu'elle est faite en presque totalité d'une farine excitant les ardeurs viriles, mais qu'à ce philtre d'amour on a ajouté une dose infime du poison qui a tué Ornan de Guy. En absorbant cette dilution chaque jour, Gomelot s'est protégé contre les effets du venin. C'est ce qu'on appelle une mithridatisation. Jamais il ne s'en est douté, mais c'est ainsi qu'on l'a roulé dans la farine. Le plat de marcassin a bel et bien été empoisonné entre la cuisine et la salle du banquet. Si Gomelot l'a goûté sans éprouver de malaise, c'est qu'il était protégé sans le savoir contre les effets du poison... Il a déposé la nourriture mortelle sur la table du baron en toute innocence.

Irana avait une expression égarée.

– Par Dieu ! balbutia-t-elle. Tu as raison. Tous les apothicaires savent qu'il suffit d'absorber une dose minuscule de poison chaque jour pour que l'organisme s'y habitue et se fortifie contre ses effets nocifs.

– Voilà pourquoi Gomelot avait l'air si maladif, conclut Jehan. Le poison le travaillait en secret, altérant sa santé. Ses maux d'estomac provenaient en grande partie de la bataille menée par son organisme pour digérer la substance qu'on lui faisait avaler tous les jours sans qu'il en sache rien.

– La méthode était imparable, admit Irana. Mais qui a pu projeter un tel plan ?

Jehan haussa les épaules.

– Celui qui fournissait à Jacotte son élixir de virilité. Livie le connaît peut-être ?

La Saxonne secoua négativement la tête.

– Non, fit-elle. Jacotte était très secrète là-dessus. Sans doute parce qu'elle craignait qu'on ne lui vole son grand homme.

– Si tu as vu juste, observa Irana, cela signifie que Gomelot est entièrement innocent du crime dont on l'accuse. Il faut porter l'enquête ailleurs : interroger le valet qui a amené des cuisines le plat de marcassin.

– Avant d'aller trouver Dorius, fit valoir Jehan, il est capital d'obtenir un examen de cette poudre. Qui pourrait s'en charger ?

– Il y a un alchimiste, proposa Livie. Ephraïm, il loge rue des Juifs. Il est fort savant dans l'art des mélanges. Il a appris son art en Orient. Nous allons parfois le consulter quand nous attrapons quelque maladie des parties basses.

– Conduis-nous, ordonna le routier. S'il confirme ma théorie, nous pouvons obtenir la libération de Gomelot au lever du jour.

Ils s'enveloppèrent dans leurs manteaux et quittèrent la taverne avant l'arrivée du sergent du guet qui n'allait plus tarder à venir constater la mort de Jacotte. Comme il s'agissait d'une fille de mauvaise vie, les choses n'iraient pas plus loin, mais ni Jehan ni Irana ne tenaient à ce qu'on remarque leur présence sur les lieux d'un crime.

Les rues étaient toujours pleines de psalmodies et de fumée d'encens. À plusieurs enseignes on avait pendu des chiens, sur le dos desquels avait été tracé le nom de Gomelot à la peinture noire. Les pauvres bêtes se balançaient en tirant une langue interminable. Certaines avaient même été châtrées.

– La partie s'annonce mal, murmura Irana sous son capuchon.

Ils arrivèrent rue des Juifs et Livie frappa du poing à un volet de bois pour se faire reconnaître. On mit longtemps à déverrouiller la porte, et elle dut parlementer. Un vieil homme aux longs cheveux gris, le crâne couvert d'une calotte noire, les fit entrer.

– Pardonnez-moi, dit-il, mais cette nuit est une mauvaise nuit pour les gens de mon peuple. Il ne se passera pas longtemps avant qu'on ne nous accuse d'avoir fabriqué le poison qui a tué le baron. Nous en avons l'habitude. Que voulez-vous ?

Jehan posa le gobelet de terre sur le comptoir de la boutique et expliqua ce qu'il désirait. Le vieil homme eut une mimique effrayée.

– Vous me faites courir un grand danger, messire chevalier, murmura-t-il. Si l'on forçait à cette seconde la porte de mon échoppe et qu'on saisissait cette mixture, on aurait beau jeu de m'accuser d'en être le fabricant.

Il avait si peur qu'on eut du mal à l'amadouer. Il accepta enfin de se retirer dans son laboratoire encombré de cornues pour déterminer la nature de la poudre trouvée dans le coffre de Jacotte.

Irana, Jehan et Livie restèrent dans l'obscurité de la boutique, sans même le secours d'une bougie, encerclés par un amoncellement de bocaux et d'instruments étranges dont ils percevaient imparfaitement les contours. L'attente fut longue. Des odeurs pestilentielles s'échappaient de l'antre d'Ephraïm. Enfin, le vieillard émergea de son athanor.

– Vous ne vous êtes pas trompés, dit-il à voix basse. Cette préparation est constituée de cantharide, une mouche séchée et broyée qui a la propriété de provoquer une excitation vigoureuse des organes de la procréation. C'est un aphrodisiaque connu depuis la Haute Antiquité. On a mêlé à cette poudre facilement identifiable quelque chose que j'ai d'abord pris pour le classique Serpent de Pharaon, un dérivé du mercure, mais qui pourrait bien être une dilution de vitriol romain dans sa forme sublimée. Un poison terrible qui peut aussi bien détruire l'organisme en quelques jours qu'en quelques heures, selon qu'il est absorbé sous sa forme diluée ou concentrée.

– Y a-t-il eu mithridatisation ? insista Jehan.

– C'est fort possible, fit prudemment Ephraïm. Quoique l'efficacité réelle de ce procédé n'ait jamais été prouvée... Certains vont jusqu'à prétendre qu'elle est purement imaginaire.

– Allons, coupa le routier. Un homme qui avalerait chaque jour cette dilution, et cela durant des mois et des mois, pourrait-il supporter une forte dose de poison sans périr dans l'instant ?

– C'est possible, admit l'alchimiste. Mais cela dépend de l'homme. Il est possible également que l'effet du venin en soit seulement retardé, et qu'il mette simplement un peu plus de temps à mourir qu'un individu normal.

– Combien de temps ?

– Je ne saurais le dire, cela dépend du degré d'accoutumance. Trois jours, quatre... une semaine ?

– Si c'est vrai, fit Irana. Gomelot est de toute manière perdu.

– Mieux vaut mourir empoisonné que dans les flammes du bûcher ! trancha Jehan. Si nous ne pouvons sauver sa vie, du moins pouvons-nous lui épargner la dévoration par le feu...

Ephraïm s'empressa de restituer le gobelet de terre à ses visiteurs. Il ne cachait nullement son désir de les voir s'en aller au plus vite.

– Encore une question, fit Jehan. Qui aurait pu fournir une telle préparation à Jacotte ?

– Oh ! N'importe quel apothicaire en herbe, éluda le vieil homme. Il ne faut guère être frotté de science pour concocter de telles mixtures. Les recettes en traînent partout. Une sorcière pourrait le faire. Un mire, un étudiant médecin... Il se trouve beaucoup de barbiers pour tenir commerce de pommades d'amour et d'excitants. Maintenant je vous demanderai de partir et d'oublier mon nom. Je ne veux pas être mêlé à vos recherches, cela me coûterait trop cher.

Jehan sortit le premier. Il savait ce qu'il voulait savoir. Quand ils furent dans la rue, Irana se rapprocha de lui.

– Tu vas aller voir Dorius ? demanda-t-elle.

– Oui, répondit Jehan.

– C'est dangereux, murmura la trobairitz. Il n'aimera pas entendre ce que tu vas lui dire.

– Le moyen de faire autrement ?

– Je ne sais pas. Mais j'ai peur pour toi. Tu vas courir beaucoup de risques pour un homme qui est peut-être déjà en train de mourir... Tu as entendu ce qu'a dit l'alchimiste ?

10

La malédiction

Jehan se rendit au château sans attendre le lever du soleil. On avait allumé un grand nombre de torches, comme si, par cette débauche lumineuse, on espérait réduire le plus possible les coins d'ombre où le diable aurait pu s'embusquer. Des hommes d'armes patrouillaient dans les couloirs, l'air sombre et farouche. L'odeur des cierges et de l'encens planait dans le donjon. Dorius avait rassemblé autour de lui tous les clercs de l'Église. Agenouillé sur le pavé, ce beau monde tonsuré de frais priait avec une rare conviction.

Jehan éprouva quelque difficulté à obtenir une entrevue. Quand il fut seul avec Dorius, il sortit le pot de terre de son manteau, le posa sur une table et expliqua au moine de quoi il s'agissait.

– Gomelot est innocent, conclut-il, tout a été machiné à son insu. Étant donné qu'une bonne mithridatisation réclame une préparation de près d'un an, cela signifie que le complot ne date pas d'hier. L'assassin est depuis longtemps dans la place.

– Gomelot a avoué son crime, riposta Dorius. Aux yeux de l'Église et du tribunal c'est tout ce qui compte. Nous ne reviendrons pas là-dessus.

– Quand le baron a-t-il annoncé officiellement son prochain mariage avec Aude de Chantrelle ?

– Il y a à peu près un an...

– Vous ne trouvez pas cela curieux ? On dirait que les deux choses sont liées. Qui avait intérêt à ce qu'Ornan de Guy n'épouse pas Aude ?

– Ces ratiocinations de basse police ne m'intéressent pas, grogna Dorius. En outre, tu devrais un peu mieux te servir de tes capacités réflexives et comprendre qu'il est toujours dangereux de prendre la défense d'un empoisonneur avéré. Tiens-tu tant que ça à monter sur le bûcher en sa compagnie ? (Le visage de Dorius se plissa vilainement.) Qui t'as fourni cette analyse ? demanda-t-il soudain. T'es-tu adressé à un *magister* de grande renommée ? Cela m'étonnerait car ils se tenaient tous ici au chevet du baron. Tu n'as pu, tout au plus, qu'aller consulter un alchimiste... ou un Juif. Imagines-tu le poids qu'aura ta déclaration si je te fais convoquer au tribunal ? Jehan de Montpéril, le routier, qui s'en vient défendre un assassin possédé du démon au moyen du témoignage d'un enfant de Sion ! C'est à croire que tu veux finir sur la roue.

Jehan sentit son assurance le quitter. Il n'était pas lâche mais il connaissait la puissance des prêtres et la formidable autorité dont ils faisaient preuve dès que le diable montrait le bout de sa corne. La menace était claire. S'il s'obstinait, on aurait beau jeu de le prétendre, lui aussi, possédé du démon.

Il recula, la mort dans l'âme.

Dorius se saisit du pot de terre cuite et en jeta le contenu dans les flammes de la cheminée. Une tornade d'étincelles monta en crépitant.

– Semence infernale, décréta le moine. Regarde-la avouer son essence diabolique ! (Se retournant vers le routier, il dit d'une voix insinuante :) Je viens de te rendre un grand service. Peut-être même de te sauver la vie. Tu n'as ni assez de finesse ni assez d'intelligence pour te tirer des pièges d'un tribunal. Oublie cette histoire. Gomelot a avoué ; de plus il est déjà à moitié mort. Pourquoi courir tant de risques pour un moribond ? Va te reposer. Le procès aura lieu dès demain, à huis clos. Nous ne pouvons pas attendre plus longtemps car il est hors de question de brûler un cadavre ; la populace n'apprécierait guère. De grands bouleversements se préparent, et si tu veux être mon ami tu en tireras un certain profit. Il y a fort à parier que je ne resterai pas très longtemps encore le petit moine que tu as connu.

Jehan fut tenté de lui river son clou en lui parlant des fausses reliques, mais maintenant que le baron était mort, ce petit scandale n'avait plus aucune importance. Aude l'avait échappé belle ; sans doute ne s'en rendrait-elle jamais compte, mais elle avait été à deux doigts de l'abîme.

Jehan se retira, mécontent et humilié. Quand il sortit du château la nuit virait au gris sombre. L'obscurité se délayait. La fatigue lui tomba d'un coup sur les épaules tandis qu'un goût désagréable lui emplissait la bouche. Il rentra à l'auberge de la *Pouliche noire*. Ce faisant, il croisa des colporteurs et des forains qui quittaient la ville en hâte. Il se demanda encore une fois ce qui le retenait de les imiter.

À la taverne, il retrouva Irana, Ogier et Livie qui dormaient tout habillés sur la même paillasse. Les filles de joie se relayaient au chevet de Jacotte qu'on avait parée du mieux possible. Les croque-morts passeraient dans quelques heures avec leur funèbre charrette, et la pauvre Jacotte s'en irait rejoindre ses sœurs dans la fosse commune, en un recoin du cimetière où l'on exilait les morts honteux promis au purgatoire. À Kandarec cette portion de terre n'était même pas consacrée et l'on racontait que les esprits malins venaient s'y fournir en corps de rechange.

– Alors ? s'inquiéta Irana en s'éveillant brusquement.

Jehan lui raconta son échec.

– Tu aurais eu tort d'insister, fit la trobairitz. Rien de plus dangereux qu'un moinillon qui se met en tête de pourchasser le diable. Dorius va se faire proclamer grand exorciste, dès lors il jouira de pouvoirs terribles.

Tout ce qui compte c'est que la petite Aude soit hors de danger.

Jehan se débarrassa de son manteau et s'étendit aux côtés de ses compagnons. Il s'endormit presque aussitôt.

Le lendemain, un illuminé grimpa sur la margelle de la fontaine principale et expliqua qu'il avait vu une armée de moines fantômes sortir de la forêt pour creuser des tombes sur la plaine, tout autour de la ville.

– Ils étaient nombreux, hurlait-il d'une voix éraillée. Et dans le trou noir de leur capuchon rabattu, on ne distinguait aucun visage. Ils creusaient en silence avec des pelles au fer si brillant et si tranchant qu'il paraissait découpé dans un morceau de lune. *Je les ai vus.* Ils creusaient des centaines de fosses, autant de fosses qu'il y a d'habitants dans cette ville. Et toute la plaine ne formait plus qu'un immense cimetière en attente de cadavres. Ils portaient des bures couleur de sang séché et ils travaillaient sans relâche. Jamais fossoyeur n'a creusé avec tant de zèle, et le tranchant de leurs pelles découpait la peau de la plaine comme un couteau... Vous dormiez, compagnons, et ils étaient là, sous vos fenêtres, creusant des fosses petites et grandes comme s'ils savaient parfaitement qui allait y prendre place. Et derrière eux il y avait un grand tas de croix. Des croix de bois avec vos noms... Oui, vos noms à tous. Le tien, compagnon, et le tien, ma commère ! Et aussi le tien, ma belle jouvencelle... Tous vous y étiez. Quand ils ont eu fini leur besogne, la plaine n'était plus qu'un champ de trous sombres. Alors ils ont baissé leur capuchon, comme pour se donner de l'air, et j'ai pu voir leur visage. C'était une tête d'os aux dents jaunes. Une tête de mort ricanante plus décapée qu'un vieux caillou. Et ils m'ont dit : « Regarde, car bientôt tu seras comme nous ! Tu rejoindras l'armée des morts pour creuser les fosses de ceux dont la camarde a déjà rayé les noms dans son grand livre noir. » Alors je me suis enfui en me couvrant les yeux des deux mains pour ne plus voir cette horreur. Oui, compagnons. Voilà la vision qui a traversé mon esprit cette nuit alors que vous dormiez le ventre plein ou que vous caressiez vos femmes.

Cette prédiction fit pousser des gémissements de terreur à toute l'assemblée.

Dès l'aube, un héraut avait fait savoir qu'un jeûne général était décrété *sine die* en raison du caractère très horrifique de la mort du baron. Œufs, bouillies et même poissons étaient proscrits. On devrait se contenter d'un peu de pain et d'eau claire. Seuls les malades pourraient absorber quelques laitages. Ceux qu'on prendrait à exhiber lard et viande sur leur table seraient mis au pilori et recevraient cinquante coups de verges. Les impies qui ne pourraient se retenir de boire du vin et qu'on ramasserait ivres au coin des rues seraient condamnés à avaler quelques bons coquemars d'eau de vaisselle que le bourreau leur enfournerait dans le gosier au moyen d'un gros entonnoir de fer.

Au château, on murmurait que les funérailles du baron ne tarderaient pas car le corps était déjà dans un état avancé de corruption.

La famille d'Aude était venue soutenir la petite fiancée dans l'épreuve. Jehan songea que Dame Mahaut devait probablement se griffer les joues de désespoir à l'idée de devoir renoncer aux cadeaux du baron maintenant que le mariage ne se ferait plus. Il en éprouva une certaine satisfaction.

Le procès de Gomelot eut lieu à huis clos, comme l'avait annoncé Dorius, et rien ne transpira des débats. Encore une fois, un héraut passa par les rues pour annoncer que l'ancien goûteur, reconnu coupable d'empoisonnement et de pacte avec le démon, serait, *pour sa grande mauvaiseté et déloyale trahison,* brûlé en place publique avant la tombée du jour. On se réjouit à cette perspective. Une fois le suppôt du diable parti en fumée, on pourrait peut-être recommencer à vivre comme avant ?

– Voilà une justice vite expédiée, grogna Irana. Décidément, Dorius est décidé à mener les choses à bride abattue.

– Je partirai demain, fit Jehan. J'ai pris cette ville en horreur et je veux m'éloigner du moine le plus vite possible. Ses serments d'amitié me donnent la chair de poule. Et toi, que feras-tu ?

– La même chose, soupira Irana. Je dois gagner ma vie et je préfère l'odeur des banquets à celle des bûchers.

« Alors nous nous séparerons », songea Jehan avec un pincement de cœur.

La journée s'écoula en préparatifs lugubres car le bourreau s'employa à dresser le bûcher sur la grand-place, juste en face de l'église. Il importait de faire vite, on ne pouvait décemment mettre Ornan de Guy en terre avant que son assassin ne soit puni.

Des ramasseurs de fagots ployant sous la ramée remontaient les rues de la cité pour entasser leur chargement au pied du sinistre poteau d'exécution. La foule suivait ces travaux avec curiosité car c'était bien la première fois qu'on brûlait quelqu'un à Kandarec ; jusque-là on avait dû se contenter de quelques pendaisons et des rituelles mises au pilori qui n'amusaient plus que les garnements.

L'élévation du bûcher faisait courir une onde d'excitation sur la populace, et, sans la terrible obligation de jeûne, les marchands de rissoles auraient fait fortune en circulant dans les rangs des badauds assemblés.

Jehan espérait naïvement un miracle. Une averse diluvienne qui éteindrait le feu, et ferait savoir que Dieu désapprouvait cette exécution... Mais à quoi bon nourrir des illusions ? Il était désormais trop tard pour arrêter la machine et la culpabilité de Gomelot arrangeait tout le monde.

Au début de l'après-midi on tira le goûteur des geôles du château pour l'amener sur le lieu du supplice. Il était si mal en point qu'il ne pouvait tenir debout dans la charrette fendant la foule. Vêtu d'une longue chemise, il oscillait sur une chaise où le maintenaient assis les commis du bourreau. Sans l'aide de leur poigne vigoureuse, il aurait basculé au premier cahot.

Jehan lui trouva piteuse figure.

Il avait le visage noir, enflé, et respirait fort mal. La mithridatisation avait retardé les effets du poison mais ne l'en avait point complètement protégé. Il était en train de mourir à petit feu là où le baron avait succombé en quelques convulsions.

La grande chemise des condamnés se tachait de sang à partir des genoux, à cause des brodequins qui lui avaient fait éclater la chair des jambes, et fait vomir leur graisse à ses os. Il avait les yeux fermés, si bien qu'on pouvait croire qu'il était déjà mort et qu'on s'en allait brûler une dépouille sans âme. La populace s'en aperçut et manifesta son mécontentement.

– Hé ! cria un homme grimpé sur une borne. Vous l'avez déjà occis ! Il y a autant de vie en lui que dans un chapon piqué sur la broche d'un rôtisseur !

– Il faut qu'il souffre ! hurla une commère. S'il n'éprouve aucune douleur son âme n'aura aucune chance d'expier ses fautes.

– C'est vrai ! C'est vrai ! reprirent en chœur les badauds. Ranimez-le pour son bien, sinon il ne mourra pas en chrétien.

Une houle de mécontentement arrêta l'avance de la charrette. Il n'était pas question qu'on livre cet endormi au feu... ou alors autant brûler un mannequin !

Les aides du bourreau durent se rendre à la plus proche taverne pour aller quérir du vin chaud additionné de poivre et de miel, qu'ils essayèrent de faire avaler au condamné.

– Bois ! hurlait la commère de tout à l'heure. Ça te fera du bien... C'est comme ça que je réchauffe mon homme quand je veux lui faire dresser la petite anguille qu'il a entre les jambes !

Des rires fusèrent. Le spectacle de cet agonisant que les servants du géhenneur réconfortaient comme un enfant ayant pris froid avait quelque chose d'insolite qui bouleversait l'esprit, et Jehan eut envie de crier qu'on cesse au plus vite cette méchante mascarade.

Gomelot avait d'ailleurs le plus grand mal à ingurgiter le vin qu'on voulait le forcer à boire. Sa langue très enflée obstruait presque toute sa bouche, et il respirait en produisant un râle pénible.

– Jetez donc du sel sur ses plaies ! conseilla une harengère. Ça va le tirer du sommeil. Si vous le laissez dormir, Dieu vous croira complices du diable.

Cette menace activa le zèle des préposés au supplice qui obéirent. Soulevant la chemise du condamné, l'un d'eux jeta une poignée de sel sur les jambes éclatées du moribond qui poussa un grondement de douleur et ouvrit les yeux.

La foule exprima une vive satisfaction.

– Ne lambinez pas ! lancèrent des jeunes gens. Profitez qu'il est dans de bonnes dispositions pour le mettre à cuire.

– Et que ça sente le rôti ! ricana un garnement. Si nous ne pouvons manger au moins aurons-nous le fumet !

Le convoi reprit son avance. Quand on arriva au pied du bûcher, il fallut porter Gomelot qui ne pouvait tenir sur ses jambes. Une grande échelle avait été posée sur le tas de fagots pour permettre aux officiants d'installer le condamné au sommet de l'empilement. Hisser le goûteur jusqu'au poteau ne fut pas une mince affaire.

Jehan remarqua qu'on n'avait pas eu la mansuétude d'habiller Gomelot d'une chemise de soufre dont la combustion aurait engendré une asphyxie rapide.

Dorius tenait à faire les choses dans les règles. C'était plutôt surprenant de la part d'un homme qui avait comploté pour dispenser un ladre de ses obligations civiles.

Gomelot fut attaché au poteau. Il paraissait de nouveau à peine conscient et la foule l'accabla d'injures. On était de plus en plus désappointé car il devenait évident que l'empoisonneur allait passer de vie à trépas dans son sommeil.

– Ce n'est pas un homme ! vitupéra un escholier. C'est un épouvantail à corbeaux !

Le géhenneur et ses commis se retirèrent, emportant les échelles. Jehan examina le ciel, mais il était sans nuages et il était vain d'attendre le secours d'une averse. Dans la tribune officielle siégeaient Dorius, Aude de Chantrelle et ses parents, ainsi qu'un troupeau de notables en grande tenue.

Enfin le bourreau se saisit de la torche sacrificielle et courut tout autour du bûcher pour enflammer la base de fagots. Le bois était très sec, il s'embrasa dans un grand crépitement. Comme toujours, l'homme de l'art, soucieux de donner un beau spectacle, avait ajouté de l'acacia, bois qui brûle en produisant des gerbes d'étincelles ronflantes. La foule battit des mains devant ce grondement de flammes vengeresses qui formaient maintenant une couronne ardente.

L'intense chaleur tira Gomelot de son anéantissement. Il se redressa dans ses liens et contempla la place comme s'il prenait soudain conscience de ce qui lui arrivait.

– Je vous maudis ! hurla-t-il tout à coup. Vous avez vilené le nom de mes pères. Je suis innocent du crime dont on m'accuse. Vous commettez un grand péché et mon sang retombera sur vos têtes. Je vous maudis... Que le poison vous ôte la vie à vous et à vos enfants ! Qu'il corrompe toute vie à Kandarec, qu'il vous condamne à la famine ! Oh... comme je vous hais !

La fumée l'enveloppa, le faisant tousser. Dans l'assistance, beaucoup de gens se signèrent en échangeant des regards inquiets. Certains s'empressèrent de toucher en cachette des porte-bonheur accrochés à leur ceinture ou des médailles saintes pendues à leur cou. Il ne fallait jamais prendre à la légère les malédictions d'un sorcier.

La tête de Gomelot retomba. Les flammes le dissimulaient aux regards et l'odeur de la chair consumée emplit l'air, d'abord délicieusement agréable, puis d'une pestilence insupportable. La chaleur dégagée par le brasier était telle qu'elle obligea l'assistance à reculer de plusieurs dizaines de pas. Des étincelles et des flammèches volaient en tous sens, brûlant ceux des premiers rangs. Malgré ces inconvénients personne ne voulait encore partir. On fixait la colonne de fumée pour voir si la tête du diable y apparaissait. C'était courant lors d'une exécution. Le démon, en quittant le corps du supplicié, se dessinait au milieu des volutes de suie.

Rien de semblable n'arriva cette fois, et l'on fut bien déçu. Fallait-il en déduire que le condamné était réellement innocent comme il l'avait affirmé ?

On se débanda. Le bûcher brûlerait bien une heure et il ne se passerait plus rien d'intéressant avant son extinction complète. Beaucoup revenaient à ce moment-là, pour voir le corps carbonisé du condamné au milieu des cendres grises. Il était toujours amusant de constater combien il avait réduit à la cuisson, au point de sembler celui d'un enfant.

Généralement, le bourreau écrasait ces restes dans un grand mortier de granit. Les sorcières, les alchimistes, achetaient un bon prix cette poudre de cadavre qu'ils utilisaient pour leurs préparations. Cette fois, cependant, Dorius avait interdit ces pratiques. Le bourreau en avait conçu un certain mécontentement car c'était là un sérieux manque à gagner.

Les restes de Gomelot seraient réduits en poussière, et cette poussière dispersée dans le vent au sommet d'une colline. Une punition terrible car, privée de sépulture, son âme se retrouverait condamnée à errer sans fin dans les tourbillons du vent.

Jehan joua des coudes pour fuir le spectacle du bûcher. Alors qu'il s'éloignait de la place, il avisa trois bourgeois vêtus de noir aux mines sévères, qui fixaient le brasier depuis la fenêtre du premier étage à l'hostellerie de *l'Unicorne.* Un peu plus loin, il distingua une silhouette qui s'enfuyait en rasant les murs, le col du mantel relevé sur les joues. Il lui sembla que c'était celle du jeune homme pâle entr'aperçu quelques jours plus tôt, lors de son arrivée au château. S'agissait-il de Robert de Saint-Rémy ? Il fut tenté de le poursuivre pour lui poser la main sur l'épaule, mais le jouvenceau disparut au coin d'une ruelle.

11

La bête torte

En raison même du jeûne, les auberges ne servaient plus de vin. Même la cervoise ou la dépense – cette eau à peine rougie de piquette – était interdite. Jehan se fit donner un bol de soupe chaude et un morceau de pain tranchet qu'il essaya de faire durer le plus longtemps possible.

Il se trouvait attablé devant cette maigre pitance quand les trois personnages vêtus de noir passèrent le seuil de la taverne à demi déserte et vinrent se planter devant lui. Il y avait là deux hommes et une femme à la mine austère mais habillés du beau drap qui trahit le bourgeois en voyage. Le plus vieux s'assit d'autorité tandis que les deux autres l'encadraient.

– Je suis Pierre le drapier, annonça l'homme en noir. Et voici mon frère Richard, et ma sœur Marguerite. Le pauvre malheureux que vous connaissiez sous le nom de Gomelot était notre frère aîné. Nous avons crevé six chevaux pour arriver ici à temps. Des indiscrétions de palais nous ont appris que vous avez tout tenté pour prouver l'innocence de notre frère. Nous voulions vous en remercier.

Jehan leva la main dans une mimique d'impuissance.

– Mes efforts sont restés vains, fit-il. Je me suis heurté à la toute-puissance de l'Église. Et si j'avais insisté, j'aurais fini comme votre malheureux frère.

– Nous savons également cela, éluda le drapier. C'était déjà faire preuve de haute témérité que de se heurter ainsi à l'abbé Dorius qu'on dit aujourd'hui parti pour devenir grand exorciste. Ce qui compte c'est que vous êtes seul, avec nous, à être convaincu de l'innocence de Gomelot. Notre frère était un être fantasque, une tête folle, mais jamais il n'aurait commis la moindre vilenie. Nous voulons savoir qui s'est servi de lui pour assassiner le baron. Nous sommes prêts à vous engager pour mener cette enquête. Il ne sera pas dit que la mémoire d'un membre de notre famille restera souillée à jamais. Nous voulons connaître l'identité du vrai coupable.

– C'est là un travail très dangereux, fit observer Jehan.

– Nous paierons en conséquence, ne vous souciez pas de ça, fit Pierre le drapier. Nous sommes riches. Nous commerçons avec la terre entière. Soupçonnez-vous quelqu'un ?

– Le crime a été préparé de longue date, rappela Jehan. Un an, au moins. Cela coïnciderait avec l'annonce des fiançailles du baron. On peut donc penser que quelqu'un voulait l'empêcher d'épouser Aude.

– Qui ?

– Un certain Robert de Saint-Rémy, par exemple. L'amoureux transi de la belle Aude. Un jouvenceau jaloux que ce mariage rendait fou de douleur. Il ferait un coupable possible, mais je ne dispose d'aucune preuve. La maladie du baron complique les choses.

– Quelle maladie ?

Jehan dut leur expliquer de quoi il retournait.

– Diable ! La lèpre, murmura Pierre avec dégoût. Quel homme faut-il être pour envisager d'épouser une pucelle de 15 ans alors qu'on est ladre ?

– Un homme très amoureux... et très croyant, répondit le routier. Assez croyant pour nourrir une foi inébranlable dans le pouvoir des reliques. Quelqu'un a très bien pu estimer que ces reliques ne présentaient pas une garantie de guérison assez forte, et a préféré tuer le baron avant qu'il n'entre dans le lit d'Aude.

– Encore une fois, *qui* ?

– Tous ceux qui ont quelque affection pour la pucelle. Robert de Saint-Rémy... mais aussi, pourquoi pas ? son père, Hugues de Chantrelle, qui nourrit un amour très vif pour sa fille. L'hypothèse de la maladie du baron a pu transpirer jusqu'à l'un d'eux. L'assassin a très bien pu imaginer d'empoisonner Ornan de Guy pour l'empêcher de contaminer la belle Aude.

– Beau motif, grogna Pierre. Mais n'aurait-il pas été plus simple de rendre la maladie du sire de Guy publique ?

Jehan fit la moue.

– Plus facile à dire qu'à faire. Ornan de Guy, vivant, était un seigneur très puissant et disposant de beaucoup d'appuis.

– Je vois que vous avez déjà réfléchi à la question, dit le drapier. Et ce Dorius ?

Dorius est un petit moine superstitieux et un intrigant. Je pense qu'il croyait réellement guérir Ornan de Guy au moyen des reliques. Il espérait que ce service lui rapporterait une récompense de première importance. Que le baron le nommerait chapelain... ou directeur de conscience. Qu'Ornan ferait pression sur la hiérarchie ecclésiastique pour lui obtenir une nomination digne de ses talents. Il avait grand intérêt à ce que le baron vive le plus longtemps possible. Sa mort le laisse désemparé et les mains vides. C'est pour cette raison qu'il tente à toute force d'exploiter cette histoire de possession diabolique : pour se grandir aux yeux de l'archevêché. S'il parvient à passer pour un expert en démonologie, il pourra se faire nommer exorciste, et n'aura pas tout perdu... Mais il aurait gagné davantage si Ornan de Guy avait pu épouser Aude.

– A priori cela paraît bien raisonné, admit Pierre. J'avoue que ce moine m'est antipathique et que j'aimerais le découvrir coupable, mais je ne suis pas borné au point de réfuter les évidences. Si je comprends bien, les pistes ne manquent pas ?

– Il faut se garder de céder à la facilité ou à la haine, dit prudemment le routier. Ce crime n'est pas forcément crapuleux. Il n'en reste pas moins vrai que Gomelot, votre frère, s'est trouvé broyé dans la mécanique mise en place.

– Acceptez d'être notre enquêteur ! martela Pierre. Vous ne le regretterez pas. Je sens que vous êtes avisé et d'une grande logique déductive. C'est très rare chez un homme d'épée. Nous allons rester quelque temps en ville, à l'auberge de *l'Unicorne*. Cette enquête nous tient beaucoup à cœur.

Jehan se laissa convaincre. Il connaissait l'importance prise depuis quelque temps par les artisans drapiers. Il avait suffi de peu d'années pour que les anciens foulons fassent fortune en vendant de la biffe aux quatre coins du royaume. Dès qu'ils s'étaient mis à habiller les riches, ils avaient pris leurs habitudes et commencé à se mêler des affaires d'État. Petits commerçants hier, ils étaient aujourd'hui de gros notables participant fort activement à la direction des affaires de chaque cité. La somme offerte par Pierre suffirait à payer son équipement. La proposition le tentait. Le temps passait et il devenait de plus en plus important qu'il puisse avoir belle figure. Un jour il deviendrait trop vieux pour chevaucher sans fin et serait heureux de se retirer au coin du feu en quelque charmante masure. Il lui faudrait de l'argent pour s'établir. Il donna donc son accord, et Pierre le drapier poussa sur la table une première bourse remplie de pièces non rognées.

– Faites triompher la vérité, dit-il d'une voix vibrante. Nous saurons récompenser vos mérites.

Les trois bourgeois se retirèrent, accompagnés par les regards peureux des gens de Kandarec que ces silhouettes funèbres remplissaient d'effroi.

Jehan regagna l'auberge de la *Pouliche Noire*. La bourse pesait joliment à sa ceinture. Sa joie se dissipa lorsqu'il vit qu'Irana se préparait à prendre la route. Elle avait passé sa tenue de voyage et noué son balluchon. Jehan se fustigea intérieurement. Qu'avait-il espéré ? Que la trobairitz l'attendrait gentiment ? Allons ! Il ne fallait pas rêver, il n'était pas l'homme qu'il lui fallait. Les femmes de culture, comme Irana, finissaient toujours dans les bras de quelque gros bourgeois, quand ce n'était pas dans le lit d'un petit baron qu'elles charmaient de leurs histoires, et à qui elles fabriquaient une cohorte de bâtards.

Une femme qui savait lire et écrire n'allait pas se mésallier avec un routier en guenilles qui empestait le cheval et dormait les bottes aux pieds, la main sur le pommeau de son épée.

Une sorte de colère triste le prit, et il eut envie de chercher une mauvaise querelle à la jeune femme pour ne pas avoir à lui dire adieu. À l'instant où il ouvrait la bouche, les gardes du château investirent la taverne.

– Nous cherchons Jehan le routier et Irana la trobairitz ! lança le sergent. L'abbé Dorius les mande de toute urgence.

– C'est que j'allais partir, objecta Irana.

– Tu n'as pas très bien compris, la belle, ricana le soldat. Il ne s'agit pas d'une invitation à danser. Si tu n'obéis pas de ton plein gré, nous te chargerons de chaînes et nous t'emmènerons quand même.

– Ça va, intervint Jehan, nous venons.

Encadrés par les gardes, ils prirent le chemin du castel. Le routier se demandait si cette « convocation » avait été provoquée par sa rencontre avec les drapiers. Une fois dans le donjon, on les sépara. Jehan fut emmené dans une chambre presque vide aménagée en petite chapelle, et dont l'unique fenêtre s'ornait d'un vitrail en verre. Jehan détailla cette curiosité avec attention car on ne voyait guère de verre ailleurs que dans les cathédrales. Ornan de Guy avait été bien riche pour s'offrir une telle fantaisie, là où les autres seigneurs se contentaient d'une image pieuse peinte sur un parchemin huilé. Dorius entra. Il avait le visage gris et les traits brouillés, les mains enfouies dans les larges manches de sa bure comme pour cacher qu'elles tremblaient. Il ferma soigneusement la grosse porte cloutée et fit un signe de croix en s'approchant du petit autel.

– Pourquoi m'avez-vous convoqué ? lança Jehan.

– J'ai besoin de ta sagacité, *Johannis,* murmura le moine. Je suis dans une mauvaise affaire qu'il convient de ne pas ébruiter... et j'ai aussi quelques torts envers toi.

Cette brusque humilité éveilla la méfiance du routier. Dorius ne l'avait pas habitué à tant de modestie. Que se passait-il ? Le ratichon avait bien mauvaise figure. On eût dit que les diables de l'enfer avaient passé la nuit à lui tirer les pieds.

– Je sais que tu sais, fit le moine. À propos des reliques. On m'a rapporté tes démarches auprès de la famille de Chantrelle. Sache que j'ai été abusé. J'ai été victime de trafiquants de faux objets de sainteté qui présentaient pourtant toutes les garanties d'honorabilité souhaitables. Je ne suis pas entièrement fautif car le baron – Dieu l'accueille en sa sainte garde – me pressait depuis des mois de mettre la main sur la châsse de saint Jôme réputée guérir la lèpre par simple contact. Il avait entendu parler de ces reliques en Terre Sainte sans pouvoir jamais les approcher. C'est alors qu'il m'a demandé de me mettre en quête avant que le mal ne se déclare tout à fait. Il me fallait agir en secret et multiplier les ruses. Pour beaucoup de clercs, saint Jôme n'existe pas et aucune tradition miraculeuse ne s'attache à ses restes. Pour d'autres, au contraire, c'est un saint qui compte beaucoup de miracles à son actif, mais qu'on tient caché de peur de voir de grands rassemblements de ladres se former à proximité de son sanctuaire. De plus, il en est pour considérer que la lèpre est un châtiment envoyé par Dieu en punition de péchés graves, et qu'on doit le subir sans chercher à s'en défaire par quelque miracle.

– On vous a roulé dans la farine, fit observer Jehan, soucieux de s'épargner un long sermon.

– Oui, admit Dorius avec gêne. Des bandits ont fini par apprendre l'objet de ma quête. Ils m'ont rencontré pour me faire une offre. Le baron se moquait du prix, seule comptait la guérison. Ces filous étaient très convaincants et je me suis laissé prendre, je l'avoue. Tu connais le reste : le faux ermitage, le faux saint homme...

– Ils ont tué le pauvre bougre qui méditait là pour mettre un compère à sa place, détailla Jehan. La statue était également fausse, on l'avait taillée et vieillie pour la circonstance.

– Je sais, gémit Dorius. Ne m'accable pas. Les reliques que j'ai achetées à prix d'or n'étaient que des débris de carnaval devant lesquels le baron s'est agenouillé en chemise. Dieu ! J'ai forcé ce héros des guerres saintes à courber la nuque devant des ossements de chien ! Quelle horreur ! Quelle faute !

– Comment avez-vous découvert la vérité ?

– Quand les propos de Mahaut de Chantrelle ont insinué le doute en moi, j'ai ouvert la châsse... Je n'ai pas pu résister, il fallait que je sache. C'est là que j'ai découvert l'ampleur de la tromperie. Les coquins ne s'étaient même pas donné la peine de bien faire leur travail... ou alors ils étaient si ignorants qu'ils ont puisé dans un charnier sans même s'apercevoir de ce qu'ils faisaient. Il y avait des ossements d'hommes mêlés à ceux d'un chien... trop de bras, trop de jambes. Des restes d'adultes côtoyant ceux d'un enfant. Un squelette impossible. Mais peut-être les impies ont-ils rassemblé ces dépouilles dans une intention de moquerie ? Après tout la châsse n'était pas destinée à être ouverte.

– Tout cela est bien regrettable, et vous auriez dû être plus avisé, fit Jehan. Mais quel est mon rôle là-dedans ? Vous voulez que je retrouve cette chenaille ?

– Non, soupira le moine. Les escrocs sont sûrement déjà loin à l'heure qu'il est... et il ne serait guère judicieux d'ébruiter cette supercherie.

– Alors ?

– Alors j'ai peur, avoua enfin Dorius. En utilisant ces débris impies pour une cérémonie religieuse j'ai offensé Dieu et réveillé le diable. C'est là le genre de farce blasphématrice qu'apprécie hautement le malin. J'ai célébré une messe noire *à mon insu,* dans la plus parfaite innocence. J'ai été abusé, mais Satan aime profiter des naïfs.

– Je ne suis pas homme d'Église, coupa Jehan. Je ne puis en rien soulager vos alarmes. Voyez un confesseur ou prenez conseil d'un supérieur.

– Non ! Tu n'y es pas, glapit Dorius dont le visage avait viré au gris. En bénissant les fausses reliques j'ai réveillé le diable... De ce jour les os ont commencé à bouger tout seuls dans la boîte. Je les ai entendus plusieurs fois s'entrechoquer.

– C'était un rat, dit le routier. Un rat attiré par l'odeur et qui s'était introduit dans la châsse.

– Non, protesta Dorius, ne sois pas si incrédule. C'était la bête qui essayait de prendre forme. Une bête impossible qui s'irritait à tenter d'assembler des ossements disparates. Je l'ai fait naître... tu comprends ? Je l'ai appelée à la vie. Tant bien que mal elle a construit son ossature, son squelette. Mais c'est un être torte, méhaigné... infirme. Irrémédiablement contrefait. Appelé à la vie pour souffrir, plein de colère et de ressentiment.

– Allons, vous vous emportez l'abbé, soupira Jehan. Ouvrons la boîte, je tuerai le rat et vous retrouverez le sommeil.

– La boîte est vide, haleta Dorius. C'est trop tard, la bête est déjà partie.

– Comment ?

– Viens, je vais te montrer.

S'emparant d'un flambeau, il ouvrit la porte et s'engagea dans le couloir désert. Jehan le suivit, ne sachant que penser de ce conte. Irana en aurait ri, bien sûr. Quant à lui, il avait l'esprit moins critique que la trobairitz et le récit du moine l'avait désagréablement impressionné.

Ils arrivèrent dans une petite rotonde suintant l'humidité. Là, sous un banc de pierre, traînait une cassette retournée, le couvercle rabattu.

– Tu vois ? souffla Dorius.

Jehan s'agenouilla. C'était bien la châsse. Les sceaux de cire rouge en avaient été brisés. La boîte ne contenait plus rien. Qui avait pu la vider ? Un chien ? C'était idiot : aucun chien n'aurait pu emporter tous les ossements. Il eût fallu pour cela qu'une meute se mît à l'ouvrage...

– La bête s'est reconstituée et elle est partie, balbutia Dorius. À présent elle erre dans le château, pleine de ressentiment.

– Vous l'avez vue ? s'enquit le routier en se redressant.

– Moi, non, avoua le moine, mais Damoiselle Aude, oui... La bête s'est introduite hier soir dans sa chambre pour lui dire d'horribles choses. La pauvre enfant vit depuis dans la terreur. C'est pour cette raison que je vous ai envoyés quérir, toi et la trobairitz. Pendant qu'Irana tiendra compagnie à la demoiselle, tu t'embusqueras dans les couloirs pour chasser la bête méhaignée. Je bénirai ton épée. Dès que ta lame touchera le monstre, son squelette se disloquera pour s'éparpiller sur le sol.

– Vous semblez bien sûr du remède, grogna Jehan. Je ne suis pas expert en sorcellerie.

– Une fois ce travail accompli, tu pourras partir, murmura Dorius.

Le routier saisit la menace implicite. Il ne fallait pas pousser le moine dans ses derniers retranchements car la peur risquait d'en faire un adversaire dangereux.

– Je veux qu'Irana rassure Aude par ses chants, expliqua Dorius. Ce sont là des affaires de femmes qui ne me conviennent guère. Il ne faut plus que cette enfant se réveille en hurlant au milieu de la nuit.

– Que lui a dit la bête ?

– Des monstruosités que je ne peux répéter, et qui, à coup sûr, sortent d'une bouche diabolique. Il faut que tu comprennes qu'il est important d'agir vite. Plus le temps passera, plus la bête deviendra forte. La chair lui viendra sur les os, le poil sur la peau, les griffes au bout des pattes. Pour l'heure elle est encore faible, mais cela ne durera pas. Elle s'alimente de notre peur et dès que son existence sera connue, elle croîtra jusqu'à devenir invincible. Quand elle sera plus haute et plus méchante qu'un ours nous serons bien désarmés.

– Montrez-moi nos quartiers, dit Jehan. Il faut que je mette Irana au courant et que je prenne des forces pour la nuit. Affranchissez-nous de l'obligation de jeûne et faites-nous porter un solide repas. On ne combat pas les monstres le ventre vide.

– D'accord, bégaya Dorius. Ce genre d'affaire peut bénéficier de dispenses spéciales. Vous êtes affranchis du jeûne.

« Grosse canaille ! songea le routier en gagnant l'appartement d'Aude de Chantrelle. Te voilà soudain bien docile. Il serait pourtant bon que la peur te fasse perdre un peu de lard. »

Aude dormait à l'avant-dernier étage du donjon. On avait libéré et purifié pour elle l'ancienne chambre d'Ornan de Guy, dont le cadavre avait été transporté dans une crypte en raison de l'odeur de corruption qui s'en dégageait. En ce moment même, les embaumeurs étaient à l'œuvre mais ils avaient fort à faire pour rendre au baron une allure présentable. Les funérailles étaient prévues pour le soir même.

Dorius entrebâilla la porte de la pièce pour montrer à Jehan Damoiselle Aude endormie sur son lit, les traits pâles et les yeux bouffis de larmes.

– J'ai renvoyé tous les gardes, expliqua-t-il. Ils sont trop bavards. Si l'existence du monstre est connue, une terrible panique s'ensuivra. À l'évêché on pensera que je ne suis pas en mesure de faire face aux événements. Il faudra être très discrets.

Dès que Dorius se fut retiré pour donner ses ordres, le routier examina les lieux jusque dans leurs moindres recoins. Il ne savait pas grand-chose des habitudes des bêtes diaboliques, ce qui rendait la traque malaisée et dangereuse. Il espérait qu'Irana pourrait lui en dire plus. Il se trompait : la jeune femme, quand elle vint le rejoindre, lui éclata de rire au nez.

– Ne sois pas aussi stupide ! siffla-t-elle. S'il y a une bête ici, c'est toi ! Aude a rêvé, les circonstances se prêtent au cauchemar, surtout si elle a vu le bourrel réduire en cendre le cadavre de Gomelot à grands coups de pilon... Quant aux ossements de la châsse, je pense qu'un chien les a dispersés, voilà tout. Il n'y a aucune intervention diabolique là-dedans.

– Je voudrais en être aussi sûr que toi, soupira Jehan.

– Tu le seras bientôt, fit Irana. Je te parie que la nuit s'écoulera sans que la bête ne montre le bout de son nez.

Elle avait tant d'aplomb que Jehan fut sur le point de la croire. Il aurait eu tort : pour une fois, Irana se trompait...

12

Terreurs nocturnes

On leur apporta un repas qui aurait dû combler leur estomac creusé par le jeûne, mais le cœur n'y était pas. Il y avait là du poisson aux herbes, des chapons et de la cervoise à volonté. Pourtant ils se contentèrent de grignoter, travaillés par une sourde angoisse.

Dorius ne reparut pas. Il s'était enfermé à double tour dans la chapelle et battait sa coulpe au pied de l'autel pour attirer sur sa tête la mansuétude divine. Avant de s'enfuir, il avait donné les ordres nécessaires pour que Jehan et Irana puissent circuler en toute liberté à l'intérieur du château.

Quand Aude s'éveilla, la trobairitz alla la rejoindre pour lui chanter quelques chansons de Bretagne et la distraire en attendant la nuit. Jehan s'enroula dans son manteau et se coucha sur un banc de pierre afin de dormir en prévision de la longue garde qui l'attendait.

Il s'éveilla alors que le soleil se couchait, tiré de l'anéantissement par les cloches de l'église qui sonnaient le glas. Il réalisa qu'il avait oublié l'enterrement d'Ornan de Guy. Le château était presque désert, tout le monde étant pour l'heure occupé à suivre le convoi funèbre.

Un serviteur se faufila, rasant la muraille pour allumer les flambeaux. Il paraissait très effrayé d'avoir à parcourir en solitaire l'étendue des couloirs et des escaliers. Jehan se demanda si l'existence de la bête n'était pas déjà connue des gens du castel, et il décida d'emboîter le pas au porteur de lumière.

C'est ainsi qu'il déboucha dans la cuisine. La gigantesque cheminée, où l'on pouvait rôtir plusieurs moutons empalés sur la même broche, se trouvait éteinte en raison du jeûne. Noire, pleine de cendre froide, elle évoquait l'entrée des enfers. Un cuisinier morose attendait au milieu des chaudrons retournés, émiettant un quignon de pain dans un bol de bouillon maigre. Jehan examina les lieux car c'était de là qu'était parti le fameux marcassin empoisonné. Il se présenta au cuisinier qu'on appelait Coquevin, sobriquet qui, au fil du temps, avait fini par être plus connu que son vrai nom : Bernard.

– Sais-tu qui a emporté le plat de marcassin ? demanda-t-il abruptement en prenant place devant le bonhomme.

La face rougeaude du maître de cuisine vira au gris.

– J'y ai beaucoup pensé, chevalier, gémit-il. Après les événements je n'ai cessé de faire d'horribles rêves. Mais il y avait tellement de monde ce jour-là que je n'arrive plus à me rappeler les visages. (Il baissa la voix pour ajouter en confidence :) J'en ai perdu le boire et le manger. J'ai peur qu'on ne finisse par m'accuser de négligence ou de complicité et qu'on me fasse subir le sort de Gomelot. Et pourtant je n'y suis pour rien. J'ai goûté moi-même la sauce du plat de marcassin avant qu'il ne quitte la cuisine. S'il avait été empoisonné à ce moment-là, je serais tombé mort dans mes chaudrons.

– C'est donc qu'on l'a saupoudré de venin au cours du trajet, fit Jehan. Revois-tu le visage de celui qui l'a emmené ?

– Un jeune homme que je ne connaissais pas, répondit Coquevin en se tortillant sur sa chaise. C'était un grand banquet et nous manquions de bras. Nous avions engagé des jouvenceaux à belle figure pour faire le service. Ce n'est pas très compliqué, il suffit de tenir le plat sans renverser la sauce, rien de plus.

Des jeunes gens se sont présentés. La plupart affirmaient avoir travaillé dans une auberge. J'avoue que pour moi ils se ressemblaient tous, j'avais alors d'autres préoccupations car le baron était fin gourmet et un plat raté pouvait nous valoir une grosse volée de coups de bâton.

– Un jeune homme, répéta Jehan. Grand ? Brun ? Le cheveu jaune comme un Normand ? La peau cuite d'un Béarnais ou blanche comme celle d'un Breton ?

Coquevin secoua la tête, les yeux pleins de larmes de l'impuissance.

– Je vous jure que je ne sais plus, balbutia-t-il. Il faut être jouvencelle pour prêter attention à ces détails. Pour moi, tous les godelureaux se ressemblent.

Une idée était en train de germer dans l'esprit de Jehan. Apprenant qu'on embauchait des aides, Robert de Saint-Rémy n'aurait-il pas profité de cette aubaine pour s'introduire aux cuisines déguisé en garçon du peuple ?

– Connais-tu un certain Robert de Saint-Rémy ? s'enquit le routier. Un jeune homme pâle, sans doute. Les cheveux coupés comme ceux d'un page.

Coquevin haussa les épaules.

– Il me semble qu'ils étaient justement tous comme cela, chevalier. Peut-être faudrait-il demander aux servantes. Elles sont toujours à reluquer les garçons et à leur soupeser l'entrejambe du regard. Mais ce jour-là, nous avons également engagé beaucoup de filles inconnues pour plumer les volailles, laver les écuelles et aller chercher de l'eau au puits. C'était un va-et-vient incessant. N'importe qui aurait pu pénétrer ici pourvu qu'il portât un panier sur la tête ou un poulet plumé à la main.

Jehan remâcha sa théorie. Robert de Saint-Rémy avait très bien pu profiter de la cohue pour se mêler aux serviteurs car il n'était pas assez riche pour que sa physionomie soit connue. Déguisé en page, il lui avait dès lors été possible de prendre sa place dans la file des préposés à l'acheminement des plats. Oui, c'était probablement ainsi que les choses s'étaient passées. Robert connaissait tous les détails du cérémonial. Il savait que le baron se servait toujours en premier, et c'était pour cela qu'il avait choisi un poison foudroyant : pour éviter qu'Aude ne mange *elle aussi* la viande vénéneuse ! Sitôt le seigneur de Kandarec entré en convulsions, tout le monde s'était éloigné de la table du banquet. Si le poison avait été choisi pour la rapidité de son action, c'était avant tout pour qu'Aude de Chantrelle n'ait pas le temps d'y goûter... et cette précaution même accusait Robert. Un autre ne se serait pas soucié d'épargner les convives. Il aurait préféré une mort lente, insidieuse, mais lui assurant une retraite plus commode ; car sitôt le plat remis entre les mains de Gomelot, Robert avait dû s'éloigner en toute hâte pour quitter le château avant qu'on n'ait l'idée de se saisir de sa personne.

Par bonheur, les choses s'étaient déroulées comme il l'avait prévu : tous les regards s'étaient tournés vers Gomelot et l'on avait oublié le serviteur.

« Il a toutefois couru un autre risque, songea Jehan. Celui d'être reconnu par Aude lorsqu'il est entré dans la salle, porteur du plat. Mais il est vrai que c'était un risque limité. Il y avait foule, les jongleurs attiraient toute l'attention, et Gomelot lui-même empêchait les valets de s'avancer plus loin que le seuil. Et puis, qui perd son temps à dévisager un serviteur de cuisine ? »

La machinerie était bien agencée, et Robert avait disposé d'une année pour la mettre au point. C'était un crime parfait, fort difficile à prouver.

– Je regrette de ne pouvoir mieux vous aider, gémit Coquevin. Ah ! Si j'avais su...

Jehan se levait pour reprendre sa ronde quand le maître de cuisine murmura d'un ton effrayé :

– Dites chevalier, est-ce vrai ce qu'on raconte ? Qu'une bête diabolique hanterait le château ? Un page l'a vue dans l'escalier du donjon, et ses cheveux ont failli devenir blancs de terreur. Il paraît que c'est un monstre contrefait, un ours gibbeux avec une tête d'homme et des crocs de chien. Elle avance difficilement en griffant la pierre des murs...

– Il vaut mieux ne pas en parler, dit le routier. L'abbé ne serait pas content.

– Oh ! Moi je n'en dis rien, bégaya le gros homme. C'est juste que je suis mort de peur. Si la bête, poussée par la faim, trouvait le chemin des cuisines, hein ? Qu'est-ce que je ferais ? À cause du jeûne je n'aurais même pas le droit de lui jeter quelque viande en pâture pour la détourner de moi.

Jehan l'abandonna à ses craintes et retourna sur ses pas pour prendre sa garde. Cette histoire de bête méhaignée le mettait mal à l'aise car il n'arrivait pas à faire la part du vrai dans ce conte de bonne femme.

Au sommet de la tour, il croisa Irana qui sortait des appartements d'Aude.

– Elle s'est endormie, dit la trobairitz. J'ai eu l'impression qu'elle ne m'écoutait guère. Elle a l'air terrifié et ne répond pas quand on lui pose des questions.

– Elle t'a parlé de la bête ?

– Non, rien, pas un mot. Elle semble plongée dans un grand tourment intérieur. Et toi ? Tu as trouvé quelque chose ?

Jehan lui narra son entrevue avec le cuisinier.

– Tu accuses Robert, remarqua Irana, mais ce pourrait être n'importe qui... Pourquoi pas un page aux ordres de Hugues de Chantrelle ?

– C'est vrai, admit le routier. Le père aurait très bien pu comploter dans le dos de son épouse pour sauver sa fille.

– Je vais me coucher, soupira Irana. Fais attention à toi. N'hésite pas à me réveiller si tu as besoin d'aide.

Jehan écouta ses pas décroître dans le couloir et se retrouva seul. Il faisait froid, humide, comme dans tous les châteaux, et, à certains endroits la muraille suintait. Le routier tira son épée, défit l'agrafe de son mantel au cas où il lui faudrait combattre.

La lame nue posée sur l'épaule, il grimpa jusqu'au chemin de ronde. Là, il s'efforça de réfléchir. Si la bête était d'essence diabolique jouissait-elle du pouvoir de se dématérialiser lorsque cela l'arrangeait... ou bien se comportait-elle comme un être de chair astreint à trouver refuge dans un recoin pour se dissimuler aux yeux des humains ? S'il s'agissait d'une lugubre farce, l'animal pouvait se réduire à une simple peau d'ours agrémentée de colifichets effrayants, et il était encore plus facile de la cacher au fond d'un coffre. Mais qui aurait eu intérêt à jouer les monstres ? La chose n'était pas claire.

Jehan fit le tour du chemin de ronde en évitant de raser les créneaux, au cas où quelqu'un aurait eu l'idée de le jeter dans le vide du haut de l'enceinte.

Il y avait peu de lune. Il songea soudain qu'Ornan de Guy mis en terre, le château n'appartenait plus à personne. Demain, Aude rentrerait chez elle, Dorius retournerait à son moutier et tout serait dit. Somme toute, Robert de Saint-Rémy, si c'était lui le coupable, avait bien mené son jeu. Il pourrait désormais jouer les consolateurs auprès de la jeune fille, et lui tenir la main tout son saoul en roulant des yeux enamourés.

Il en était là de ses réflexions quand un hurlement terrible le fit tressaillir. Il se rua dans l'escalier de la tour, l'épée brandie. C'était Aude de Chantrelle qui criait. Jehan courut à sa chambre dont la porte était entrebâillée. La jeune fille se tenait recroquevillée contre la muraille. Elle avait eu si peur qu'elle avait sauté du lit entièrement nue pour trouver refuge à l'autre bout de la chambre. Elle avait les yeux écarquillés de terreur et claquait des dents. Son corps gracile était presque celui d'une enfant tant elle avait peu de mamelles. Comme toutes les dames de qualité elle avait le pubis entièrement rasé, et ce détail achevait de lui donner l'allure d'une petite fille. Jehan fouilla rapidement les tentures de la pointe de sa lame pour s'assurer que personne n'y avait trouvé refuge. La jeune fille le regardait sans le voir, une étincelle de folie dans le regard. Irana apparut sur le seuil. Elle avait pris le temps de passer une chemise qui bâillait sur sa poitrine. Elle tenait à la main une courte dague à la pointe effilée. Apercevant Aude, toujours recroquevillée sur le sol, elle voulut prendre une fourrure pour l'en couvrir, mais la jeune fille la repoussa avec véhémence.

– Ne me touchez pas ! hurla-t-elle. *Ne me touchez pas...*

– Vous allez prendre froid, plaida Irana. Vous ne pouvez rester nue sur le pavé.

– Quelle importance ? sanglota Aude en se cachant le visage dans les mains. Maintenant plus rien ne compte. Tout est fini.

– Avez-vous vu la bête ? interrogea Jehan.

– Oui, balbutia la jeune fille. Elle est venue comme l'autre nuit pour me dire que j'allais mourir bientôt.

– Comment était-elle ?

– Elle se tenait sur le seuil... Elle m'a paru immense, toute couverte de poils et contrefaite... comme ces animaux mal formés qu'exhibent parfois les forains. Elle avait le visage d'os d'un mort, et des trous noirs à la place des yeux... Oui, une tête de squelette... Et des pattes avec de grandes griffes.

– A-t-elle essayé de vous faire du mal ?

– Non... Elle ne me touche jamais. Peut-être parce qu'elle a peur de moi. Elle se contente de me parler. Elle me raconte ce qui va arriver...

Elle fondit en sanglots. Irana tenta de nouveau de la couvrir, mais Aude feula de colère pour la tenir à distance.

– Je vous ai dit de ne pas me toucher, siffla-t-elle. Obéissez pour votre bien. Il y va de votre sauvegarde.

Un doute horrible s'empara brusquement de Jehan qui s'agenouilla près de la jeune fille.

– Pourquoi avez-vous dit que la bête a peur de vous ? interrogea-t-il. Ce devrait être plutôt le contraire.

– Non, vous ne comprenez pas, gémit Aude. *Je suis plus dangereuse qu'elle.* Bien plus dangereuse.

Irana blêmit. Elle venait de comprendre, elle aussi.

– Vous avez... murmura-t-elle.

– J'ai épousé le baron, dit Aude d'une voix blanche. Il me désirait trop, il ne pouvait pas attendre... Le mariage a eu lieu en secret il y a trois jours. Dorius l'a célébré, il disait que ça n'avait pas d'importance, que la cérémonie publique n'était qu'une représentation à l'usage de la populace, qu'on pourrait la répéter sans commettre le moindre péché.

– Vous avez épousé Ornan de Guy... balbutia Irana.

– Oui, ça s'est passé dans la petite chapelle. Ornan était si amoureux... Je n'ai pas eu le cœur de lui dire non.

– Et le mariage a été consommé ? s'enquit Jehan.

– Oui, répondit Aude en baissant les yeux. Mais comment lui refuser ? Il me désirait depuis si longtemps.

– Était-ce avant ou après que nous soyons venus vous avertir de la suspicion de ladrerie qui pesait sur le baron ? demanda Irana.

– Après... avoua Irana en levant sur la trobairitz ses yeux noyés de larmes. Oh... j'aurais dû vous écouter, mais je ne vous ai pas crue. J'imaginais une tentative désespérée de Robert pour me détourner d'Ornan... J'étais sotte... Je croyais en la toute-puissance des saintes reliques. J'ai été élevée très chrétiennement, on m'a appris à baisser la tête devant les miracles... Ornan ne cessait de me répéter qu'il était guéri, qu'à peine posé la main sur la châsse de saint Jôme, il avait senti le mal refluer en lui et une grande lumière inonder son âme. Je n'ai pas mis un instant ses paroles en doute... C'était mon maître... mon seigneur. Et il était si grand, si puissant.

– Vous a-t-il prise ? interrogea fiévreusement Irana. A-t-il fait de vous sa femme ?

– *Oui...* hurla Aude. Voulez-vous que je montre le drap taché de mon sang pour preuve ?

– Calmez-vous, intervint la trobairitz. Je voulais juste m'en assurer, les jeunes filles sont souvent si ignorantes de ces choses.

– Oh ! ricana amèrement Aude, de ce point de vue il n'y a plus rien à espérer. J'ai bien été sa femme, et à trois reprises, sur cette même couche. Il n'y avait rien de mal à cela puisque notre union était bénite par l'Église. Ce n'était pas là péché de fornication... J'étais une épouse se donnant à son mari.

– Pourquoi n'avoir pas attendu ?

– Il n'en pouvait plus... Il m'a dit que sa semence l'étouffait, qu'il y avait plus d'un an qu'il n'avait pas partagé la couche d'une fille, pas même celle d'une catin. Qu'il avait cessé tout rapport charnel dès qu'il s'était découvert malade...

– Qui vous a dit la vérité au sujet des reliques ? demanda Jehan. Dorius ?

– Non, gémit Aude. La bête... C'est la bête. Elle est entrée dans la chambre pour m'expliquer ce qui m'attendait... La corruption des chairs, la pestilence. Elle m'a dit que j'allais pourrir debout, que je devrai m'exiler dans une léproserie pour vivre au milieu d'autres cadavres de mon espèce. Elle a désigné son horrible visage d'os, et elle m'a dit que le mien serait bientôt pareil. Que la peau tomberait de mes joues, que mon nez et mes lèvres se détacheraient...

Elle ne put en dire davantage et s'effondra sur le sol en proie à des convulsions nerveuses.

Irana s'était instinctivement portée vers elle, mais, au moment de la toucher, elle recula. Jehan posa la main sur l'épaule de la trobairitz pour la tirer en arrière.

– Elle est impure, chuchota-t-il. Ne la touche pas ou tu attraperas son mal. Tout ce qui se trouve dans cette chambre devra être purifié par le feu.

Irana se dégagea et posa une fourrure sur le corps dénudé de la jeune baronne de Guy.

« Voilà pourquoi elle n'était pas rentrée chez ses parents, songea Jehan. Elle est chez elle ici, à

Kandarec. La loi veut qu'elle règne sur le château en attendant que le roi lui donne un nouvel époux, car c'est toujours ainsi qu'on procède avec les veuves fieffées. »

Aude revint à elle et resserra les pans de la fourrure sur sa poitrine.

– J'ai peur, dit-elle d'une voix de petite fille. Je ne sais pas ce que je dois faire. Je ne veux pas aller chez les ladres mais je ne veux pas non plus contaminer ceux qui m'entourent... Je suis trop jeune pour mourir. Je ne veux pas devenir un objet d'horreur. N'existe-t-il vraiment aucun remède ?

– Il est de toute manière trop tôt pour savoir si vous êtes contaminée, dit pensivement la trobairitz. Je ne suis nullement experte en ce genre de maladie mais je sais qu'elles sont parfois fort longues à se déclarer. Il faudrait prendre conseil d'un mire...

– Il me dénoncera aussitôt aux autorités, hoqueta Aude. On me déclarera morte au monde et on m'enverra dans une léproserie, au milieu des morts-vivants dont je deviendrai le jouet. Vous savez bien le sort qu'on réserve aux femmes dans ces endroits.

– Calmez-vous, soupira Irana. Il ne faut pas perdre espoir. En attendant portez des gants. Passez au feu toute la vaisselle qu'aura effleurée votre bouche. C'est ainsi que font les Maures qui sont fort versés en médecine.

– Peut-être pourrais-je toucher les vraies reliques de saint Jôme ? demanda la jeune fille d'un ton débordant d'espoir. Je suis baronne à présent, je puis vous rendre riches... Trouvez pour moi la vraie châsse et je ferai votre fortune. Dorius est un imbécile mais vous êtes honnêtes. Vous avez pris de grands risques pour me prévenir et j'ai été trop sotte pour vous croire.

– Nous verrons, temporisa Irana. L'idée n'est pas mauvaise, mais en attendant il faut trouver cette bête, l'empêcher de raconter partout que vous êtes lépreuse.

– Mais je le suis...

– Peut-être pas. On m'a rapporté le cas de serviteurs ayant accompagné leur maître chez les ladres et en étant ressortis indemnes. C'est avant tout une question de tempérament. Vous êtes jeune et forte, la maladie peut n'avoir pas eu de prise sur vous.

– Vous dites cela pour me rassurer, soupira Aude.

– Remettez-vous au lit, ordonna Irana, et essayez de dormir. Jehan et moi allons réfléchir à tout cela.

– Oh ! comme vous êtes bons, chuchota la jeune fille. Parler m'a fait du bien. J'avais l'impression de devenir folle. Je n'ai même pas pu embrasser mon père lorsqu'il est venu me rendre visite... Il ne comprenait rien à mon attitude. Oh ! comme cela m'a rendue malheureuse.

Elle accepta de regagner sa couche et s'y pelotonna tel un petit enfant. Jehan devina qu'Irana aurait bien aimé la réconforter mais que l'horrible maladie la tenait à distance. Comment faire autrement ?

Ils se retirèrent alors qu'Aude fermait les yeux. Dès qu'elle fut dehors, Irana fondit en larmes.

– Elle est perdue, haleta-t-elle. Il n'y a rien de pire que la semence d'un lépreux pour propager son mal. Ornan de Guy l'a condamnée. En faisant d'elle sa femme, il l'a empoisonnée.

Jehan dut combattre l'envie de fuir qui montait en lui. Qu'une si horrible maladie pût se cacher dans le corps si gracile et si beau de la jeune Aude lui déchirait l'entendement.

– Je crois que c'est Dorius qui joue le rôle de la bête, murmura Irana alors qu'ils prenaient pied sur les remparts.

– Il nous jouerait la comédie ? grogna Jehan. Mais dans quel but ?

– Parce que nous sommes les derniers témoins de son incompétence, souffla la jeune femme. Toi et moi savons parfaitement les fautes qu'il a commises : l'achat des fausses reliques, le secret de la maladie du baron. Tout cela, il l'a fait dans le dos de ses supérieurs. Sans jamais en référer aux autorités religieuses.

Aujourd'hui qu'il a accumulé les échecs, nous sommes devenus bien gênants. Je crois qu'il est en train de nous prendre dans ses filets.

– Mais comment ?

– Il va se débrouiller pour que la bête terrifie tout le monde... D'abord Aude, puis les serviteurs, les gardes. Peut-être même les gens de la ville. Quand on ne parlera plus que d'elle, il s'arrangera pour que le sergent du guet découvre la défroque du monstre dans notre paquetage et le tour sera joué. On ne nous pardonnera pas cette mauvaise farce. Nous serons mis au pilori et lapidés. Je te dis que c'est un piège. Il faut partir d'ici sans attendre. Nous avons échoué, nous ne pouvons plus rien pour Aude.

– Tu n'as pas compris, fit Jehan. Dorius nous tient en son pouvoir. Il ne nous laissera pas filer. Et puis ton raisonnement est boiteux. Pourquoi irait-il terrifier la damoiselle ? Si elle perdait la tête et se mettait à clamer son malheur sur la place publique, Dorius se trouverait en mauvaise posture...

– Mais non, répliqua Irana avec impatience. Aude gardera le silence. Elle a bien trop peur d'être exilée dans une léproserie.

13

La ville ensorcelée

Dans les jours qui suivirent, les choses se dégradèrent au-delà de tout ce qu'on aurait pu imaginer.

Comme l'avait prévu Irana, la bête quitta bientôt le château pour s'en aller rôder dans les rues de la ville. Beaucoup la virent, ou s'en persuadèrent. Les descriptions qu'ils donnaient restaient cependant concordantes. Elle avait l'air d'un ours bossu pourvu d'une tête d'os sans poil, et avançait en claudiquant, son ombre tordue dessinant sur le sol une silhouette de cauchemar. De temps à autre, elle griffait portes et volets comme si elle essayait de s'introduire dans les maisons.

La terreur s'installa. Dès la tombée du jour on se barricada, et même les estaminets fermèrent leurs portes aux clients tardifs.

Les gens du guet ne croisèrent jamais son chemin. À l'intérieur du château, par contre, nombre de servantes l'entr'aperçurent au détour d'un couloir. L'une d'elles en fut si effrayée qu'elle tomba en pâmoison et faillit ne jamais retrouver l'esprit. Jehan se sentait stupide et inutile, car le monstre prenait un malin plaisir à se manifester à l'opposé du lieu où il était justement en train de monter la garde.

Aude ne quittait plus la chambre, c'était tout juste si elle acceptait d'entrebâiller sa porte pour prendre un pot de soupe et une miche de pain.

– Je dois m'habituer à la claustration, déclara-t-elle à Irana. Veillez à ne m'apporter que de la vaisselle en terre que je puis réduire en pièces. De cette manière je suis certaine que personne ne l'utilisera après moi. Si l'on s'étonne de la disparition des plats, inventez une fable. Dites que je suis affreusement maladroite, par exemple.

Elle passait ses journées agenouillée devant son reliquaire, à prier de toutes ses forces, et c'était grande pitié de la voir déjà emmaillotée de vêtements jusqu'au cou, comme si elle se trouvait contrainte de dissimuler aux regards la flétrissure de sa chair malade.

Dorius s'impatientait, alternant menaces et supplications. La bête lui chuchotait des horreurs, disait-il, mais il s'abstenait de révéler la teneur de ses propos.

– Nous courons un grand danger, répétait Irana. Quand la maladie d'Aude sera connue, on risque de nous croire contaminés nous aussi, et il n'est pas exclu qu'on nous oblige à l'accompagner à la léproserie. Je te dis qu'il faut s'enfuir.

Mais le drame allait prendre une autre tournure. Un beau matin on découvrit un colporteur mort en bordure d'un chemin. Il s'était renversé sur le dos, répandant sous lui le contenu de sa hotte. Il avait la bouche toute bleue, comme si le sang avait tourné à l'intérieur de ses veines, et tenait à la main une pomme à laquelle il n'avait volé qu'une bouchée.

Puis ce fut le tour des merles, grands picoreurs de fruits mûrs, qu'on retrouva au pied des arbres, les pattes en l'air, raidies par la mort comme brindilles sèches.

À la surface des mares, les grenouilles devinrent d'un bleu presque noir et enflèrent jusqu'à exploser. Les poissons remontèrent des profondeurs, le ventre en l'air, crevés eux aussi.

– C'est la bête méhaignée ! cria un illuminé sur la place du marché. Vous ne comprenez pas qu'elle est venue accomplir la vengeance de Gomelot l'empoisonneur ? C'est sa créature ! Elle erre à travers la campagne, et elle lèche les fruits accrochés aux arbres pour y déposer sa salive empoisonnée. Elle pisse dans les mares, les étangs, pour les remplir de son venin. Gomelot nous l'avait bien dit : nous péririons tous par le poison. Tous les fruits seront empoisonnés, et les légumes... Et les bêtes aussi qui crèveront la langue noircie. Faites vos prières et implorez le secours de Dieu car vous en aurez besoin. Notre calvaire ne fait que commencer.

On le hua en sachant qu'il avait raison. Et ceux qui lui jetèrent des pierres ratèrent leur cible car ils tremblaient de peur.

Ogier, le brave Ogier lui-même, s'en alla.

– Je suis trop vieux pour affronter le diable, déclara-t-il. Je vais mettre mes os à l'abri avant que les choses tournent décidément trop mal. Dieu vous remaint à joie, compagnons. J'espère que nous nous reverrons avant qu'il soit longtemps, et que nous entrechoquerons nos pichets de vin en riant de cette vilaine histoire.

Des moutons périrent par troupeaux entiers pour avoir brouté l'herbe empoisonnée.

Toute la nature devenait suspecte. On n'osait plus cueillir une pomme, boire l'eau d'une fontaine.

Parfois la bête n'empoisonnait qu'un ou deux fruits sur tout un arbre, mais il était impossible de déterminer lesquels à l'œil nu car le venin était incolore et inodore. Les bézoards, ces pierres extraites des viscères des animaux, comme la crapaudine, ne réagissaient pas à son contact. Jamais elles ne se mettaient à siffler ou à changer de couleur.

Par-dessus tout, le poison était d'une effroyable toxicité, et cela à dose infime. Les mires estimaient qu'il provenait sans doute d'une décoction de champignons mortels, et non de la salive ou de l'urine d'un animal. Mais personne ne daignait les écouter.

En vérité, ce furent des temps d'épouvante. Les bergers ne gardaient plus les moutons qu'en grelottant de terreur. Les gardeuses d'oies tremblaient à l'idée que la bête torte puisse jaillir de derrière un buisson pour les embrasser sur la bouche, car on racontait que le monstre aimait à baiser les pucelles, leur fourrant sa langue noire tout au fond du gosier. Les belles en trépassaient sur l'instant, les lèvres bleues, les yeux révulsés.

Des enfants moururent, qui n'avaient su résister à la gourmandise et avaient cédé à l'attraction d'un bosquet de framboises ou de mûres bien juteuses.

Des familles entières de charbonniers vivant au milieu des bois périrent dans les vomissures et les convulsions pour avoir croqué quelques pommes ramassées au bord du chemin.

La bête s'amusait à tenter les humains. Elle jouait de leur gourmandise. On ne savait jamais où elle allait frapper.

La cité elle-même n'était pas épargnée, car la bête pissait dans les fontaines. Les commères prirent l'habitude d'aller à la corvée d'eau en compagnie d'un chien à qui on faisait laper le contenu d'une écuelle pour s'assurer que le liquide était inoffensif. Il y eut bientôt grande pénurie de cabots dans toute la ville.

On renonça à acquérir les provisions que les paysans amenaient de la campagne et essayaient de vendre sur le carreau des marchés. Toute nourriture ne témoignant pas de sa bonne santé à grand renfort de coups d'ailes ou de caquètements était écartée. Chapons plumés, viande fumée, poissons salés furent assimilés à des viandes mortes provenant peut-être d'animaux empoisonnés. Les rôtisseurs s'arrachèrent les cheveux. Où se fournir sans courir le risque de se voir refiler des carcasses fleurant le venin à dix pas ? En qui avoir confiance ?

Les habitants de Kandarec se mirent à vivre sur leurs réserves de salaisons ou de harengs marinés. Sur les pommes, les oignons et les poires alignés sur les claies des celliers. On enferma la farine pour faire soi-même son pain.

Le grand problème restait l'eau. Il fallait garder les puits nuit et jour. Quant aux fontaines publiques, comment être certain que la bête n'était pas en train de pisser dans la source au moment où l'on remplissait justement sa jarre ou son seau ? Le récipient plein, il fallait s'assurer de son innocuité, le faire goûter par quelqu'un... mais par qui ? Certains mendiants se proposèrent pourvu qu'on leur donnât de quoi manger. Ils devinrent moins nombreux quand une demi-douzaine d'entre eux eurent rendu l'âme dans d'effroyables tourments.

– Il n'y a qu'à boire du vin ! beuglèrent les soiffards. Au diable l'eau, que les grenouilles en fassent leur ordinaire.

Cette intempérance ne tarda pas à installer un étrange climat de fête lugubre. Au coin des rues, les ivrognes en proie aux hallucinations croyaient voir la bête chaque fois que se profilait la silhouette d'une matrone. Les escholiers multiplièrent les farces absurdes, se déguisant en monstre de carnaval au moyen de vieilles hardes agrémentées de masque de toile encollée. Quand on les prenait en flagrant délit, on les battait comme plâtre mais cela ne les empêchait pas de recommencer.

La nuit, la ville sombrait dans un silence atroce. Les gens du guet, tous sergents à verges ordinaires montant la garde aux fontaines ou près de la margelle des puits, devaient retenir leurs dents de claquer. Partout, dès qu'on tendait l'oreille, on percevait le claudiquement de la bête en maraude.

– C'est de la folie collective, grinçait Irana. Tu ne comprends donc pas que chacun profite de l'existence supposée du monstre pour régler ses comptes ? On empoisonne ses ennemis sans hésiter. Pourquoi se gêner puisque la bête endossera tous les crimes ? C'est pour cela qu'il y a tant de morts. La créature n'y est pour rien.

Jehan en était beaucoup moins convaincu. Il prenait la malédiction de Gomelot très au sérieux. Quand un innocent était exécuté, l'au-delà lui accordait le droit de se venger de ses bourreaux, tout le monde savait ça.

L'épée à la main, le routier arpentait les rues désertes. Désormais, même les chiens se méfiaient des hommes et prenaient la fuite dès qu'on faisait mine de s'approcher d'eux. Des garnements avaient eu l'idée de proposer aux commères des grenouilles vivantes à l'aide desquelles elles pourraient vérifier la non-toxicité de leur eau. La grenouille achetée, on la plongeait dans la jarre, les jambes liées par une ficelle, et l'on attendait un moment. Si elle continuait à coasser au bout d'une minute, c'est que l'eau était potable ; sinon... Cette astuce avait un défaut : elle encombrait les abords des fontaines d'un monceau de rainettes mortes qui puaient comme l'enfer quand le diable vient de baisser ses braies.

Le régime à base de harengs salés poussait à boire, et l'ivresse poussait, elle, les buveurs au délire. Dorius lui-même ne dessaoulait plus. Ses décisions s'en ressentaient. Lentement Kandarec se changeait en une cité de cauchemar habitée par des fous.

– Si cela doit continuer, proclamait le moine, nous créerons un corps de goûteurs recruté parmi les prisonniers se trouvant actuellement dans les fers. Désormais, toute infraction sera punie d'une seule et même peine : le coupable se verra contraint de goûter l'eau des fontaines et les fruits venant des campagnes plusieurs jours durant. De cette manière, les honnêtes gens seront à l'abri des entreprises de la bête.

On avait beau se serrer la ceinture, insensiblement la disette s'installait... La nourriture se faisait rare et les paysans qui venaient vendre poules et chapons vivants au marché en profitaient pour en augmenter les prix. Les pauvres se mirent à capturer les rats, les chats et les chiens comme au temps des grandes famines. On se réjouissait de n'importe quelle viande pourvue qu'elle soit issue d'un animal qui avait gigoté jusqu'à la seconde où on l'avait jeté dans la marmite.

Des caravanes s'organisèrent pour aller quérir du ravitaillement en des pays que la bête n'avait sûrement pas visités. Si plusieurs partirent, aucune ne revint, soit qu'elle ait été victime d'une mare empoisonnée, soit qu'elle ait été taillée en pièces par les voleurs de grands chemins.

Les arbres se couvraient de fruits insolents que personne ne ramassait plus. Jehan, lorsqu'il patrouillait dans la campagne environnante, ne pouvait s'empêcher de lorgner avec convoitise ces poires fondantes qui lui mettaient l'eau à la bouche. La gourmandise le poussait à s'approcher des arbres, à tendre la main... Une ou deux fois il faillit céder à la tentation. La vue d'un merle mort au milieu des fruits tombés le ramena à la raison. La bête était passée par là... Elle avait léché la peau des poires, y déposant sa salive empoisonnée qui avait pénétré profondément dans la pulpe.

À plusieurs reprises il avait dû prendre la fuite, tenaillé par la faim, et se satisfaire du morceau de pain rassis et de l'oignon qu'il avait emportés pour se restaurer.

– Ce n'est pas la bête qui lèche les fruits ! fulminait Irana. C'est sans doute quelqu'un qui passe le poison avec un pinceau, comme s'il s'agissait d'un vernis.

– Oui, mais qui ?

– Pourquoi pas les drapiers ? Ceux qui t'ont engagé pour prouver l'innocence de leur frère. Je trouve qu'ils feraient des coupables très convenables.

– Ce sont des bourgeois !

– Et alors ? Tu t'imagines que les bourgeois sont taillés dans une autre chair que nous ?

Les harengs diminuèrent, et les provisions de farine, et le vin dont chacun faisait bon usage. La bière vint à manquer. Quand il pleuvait, on tendait des toiles huilées pour recueillir l'eau des nuages. On en arriva à lapider des voleurs de garde-manger, des gredins ayant percé une cloison pour s'emparer d'une paire de saucisses sèches. Quelques goûteurs professionnels ayant entendu dire qu'on trouvait facilement de l'embauche à Kandarec accoururent de leur lointaine province. Ils se firent payer en pièces d'or par des bourgeois affamés en ayant assez de se sustenter de bouillies d'orge, mais renoncèrent bientôt, effrayés par l'ampleur de la menace.

Une nuit pourtant, Jehan rencontra la bête.

Il n'y croyait plus et finissait par désespérer d'entrer en tête-à-tête avec le monstre, mais cette nuit-là, la chose se produisit. Au vrai, il ne la vit que de loin, dans le mauvais éclairage des rues, dans la lueur tremblotante des quelques lanternes dont la flamme brûlait aux carrefours. Il remontait un passage étroit dont chaque fenêtre avait été obturée par un volet de bois. Il était las, il avait les jambes lourdes, mourait de faim et de soif quand elle apparut... On eût dit qu'elle avait attendu ce point de vulnérabilité extrême pour venir narguer celui-là même qu'on avait chargé de la traquer.

Elle semblait l'attendre dans la lumière d'un quinquet, bizarrement campée sur ses jambes torses, l'épaule toute déjetée, la peau flasque. Jehan ne distingua rien d'autre. À peine une silhouette, plus grotesque qu'effrayante. Ç'aurait pu être un homme enveloppé dans une cape, un portefaix le dos déformé par un gros sac. Comment savoir ? Il y voyait mal. Il lui sembla pourtant qu'aucun être doué de raison n'aurait ainsi traîné dans les rues de la ville à une heure si tardive. Et puis, il y avait quelque chose d'insolent dans l'attitude de la silhouette. Une sorte de goguenardise pleine de provocation. Elle avait l'air d'attendre, à la façon de ces filles de rien qui vous invitent à les poursuivre, une main sur la hanche, la tête légèrement inclinée, comme pour dire : « Alors, compère, tu te décides ? »

Jehan s'immobilisa et prit son épée à deux mains, indécis. Il ne servait à rien de crier, personne ne serait venu à son aide. De plus, beaucoup de maisons s'étaient vidées depuis le début de l'épidémie d'empoisonnements, et certains quartiers de la ville prenaient des allures de plus en plus fantomatiques.

Jehan fit un pas en avant. La créature fit de même. Il en fit deux, la créature l'imita. C'était une manière de danse qui créait une bizarre complicité. « Que me veux-tu ? » faillit crier le routier. Les façons du monstre le désarçonnaient. Il aurait préféré affronter une bête écumante, les crocs découverts et chargeant avec des grognements d'enfer. Par-dessus tout, il était irrité de ne pas la distinguer nettement. Il enrageait d'affronter cette silhouette lointaine et taquine dont il ne comprenait pas le langage muet.

La créature se mit en marche. Elle claudiquait et avançait en regardant par-dessus son épaule pour vérifier que Jehan la suivait. Elle ne faisait montre d'aucune frayeur... ni d'aucune volonté d'en découdre. Jehan se sentait de plus en plus mal à l'aise. Était-il victime d'un enchantement ? L'ombre torte se glissa dans une ruelle obscure. Pas un rai de lumière ne filtrait entre les volets de bois des fenêtres environnantes, et Jehan devina qu'on l'entraînait dans une partie du quartier aujourd'hui déserte. Aucun habitant ne se terrait plus derrière ces façades et, en tendant l'oreille, on aurait presque pu entendre les bâtisses résonner telles des barriques vides chez un tonnelier. C'était une impasse... Un trou noir que la lune éclairait à peine, une coulée d'encre qui semblait dégouliner du ciel enténébré. Jehan s'immobilisa à l'entrée du passage, écoutant décroître le pas de la bête.

Il ne la voyait plus, mais elle était là. Il l'entendait marcher. Que voulait-elle ? Le convier à un duel dans l'obscurité ?

Tout à coup, il entendit grincer une porte et gémir les marches d'un escalier. La créature venait d'entrer dans l'une des maisons. Un moment s'écoula, puis la lueur d'une bougie éclaira le parchemin huilé tendu sur le cadre d'une fenêtre, au deuxième étage de la bâtisse qui occupait le fond de l'impasse. La chandelle dessinait la silhouette tordue de la bête méhaignée qui semblait dire :

« Je te montre le chemin. Qu'attends-tu ? Que je vienne te prendre par la main ? »

Cette fois la confrontation devenait inévitable. Jehan s'enfonça dans les ténèbres, les yeux écarquillés. Une main tenant l'épée levée, l'autre tendue en avant pour reconnaître le passage. Tout au fond de la venelle, il trouva une porte béante dont le loquet avait été arraché. C'était celle d'une maison de bourgeois, abandonnée par ses occupants dès que le vent de la folie avait commencé à souffler sur Kandarec.

Il posa le pied sur la première marche de l'escalier qui hurla dans la nuit. La bête comptait-elle l'écraser en lui jetant un bahut ou une armoire sur la tête ? Il grimpa, d'abord lentement, puis de plus en plus vite car il avait hâte d'en finir. Quand il arriva au sommet des marches, il fut surpris de découvrir qu'on avait illuminé la pièce en y allumant tous les candélabres qui s'y trouvaient. La table avait été mise pour un banquet. Un jambon et des terrines de pâté attendaient à côté d'une grosse miche de pain, d'une cruche de vin. On avait également entassé des tartes aux fruits, et des bassines de confiture sèche. Une seule assiette, un seul gobelet, une seule chaise attendaient au bout de la table l'unique convive de ce festin solitaire.

Interdit, Jehan baissa son arme. Il fit rapidement le tour du logement pour s'assurer de ce qu'il pressentait déjà : la bête s'était enfuie par les toits en passant par la lucarne.

« Elle m'attendait, pensa le routier. Elle voulait m'attirer ici. C'est pour moi qu'elle a préparé ce repas... Pour moi seul. »

Que signifiait ce curieux tour de magie ? Jehan s'approcha de la table. Le fumet du jambon lui chatouillait les narines, faisait gargouiller son estomac vide.

Les terrines embaumaient et charmaient le regard de l'affamé par le rose mousseux de leur chair épicée.

« C'est un piège, décida-t-il. Toutes ces victuailles sont probablement empoisonnées. Garde-toi d'y toucher. On essaye de te tenter. Ne succombe pas à la gourmandise... »

Il recula, la bouche pleine de salive. Depuis plusieurs jours il ne se sustentait plus que de bouillon et de pain rassis. Il aurait donné n'importe quoi pour mordre à belles dents dans l'épaisseur du jambon qui lui faisait la nique sur son plat d'argent. Allons ! Pour qui la bête le prenait-elle ? Pour un glouton incapable de se résister à l'appel de la gourmandise ? Il tourna le dos à la table du festin pour visiter les autres pièces. C'était une belle maison d'artisan, au carreau bien frotté. Coffres et armoires regorgeaient de linge propre parfumé à l'aide de fleurs séchées. Il avait dû faire bon vivre là, en d'autres temps...

Jehan poussa la dernière porte et eut un frémissement de surprise. Sur le lit recouvert d'un édredon de beau drap, on avait disposé l'équipement complet d'un chevalier. Un heaume, un haubert de fine maille, un écu, de magnifiques éperons luisants... Incrédule, le routier s'approcha. C'était là l'équipement dont il rêvait depuis si longtemps. Le métal, la maille, tout était d'une qualité bien supérieure à celle qu'il aurait pu s'offrir en économisant pendant la moitié de son existence. Il ne put se retenir de caresser le haubert. Une telle cotte coulait sur vous comme de l'eau et n'entravait point le mouvement. Ses anneaux d'une finesse extrême arrêtaient la dague la plus effilée... Dieu ! Comme il aurait aimé posséder une pareille armure !

Et soudain la vérité le frappa.

« Idiot ! murmura-t-il sans même réaliser qu'il parlait à voix basse. Tu ne comprends donc pas qu'on essaye de t'acheter ? »

Mais oui ! Tout cela avait été disposé à son intention. Le banquet, l'armure... c'étaient là les éléments d'un pacte. D'un traité. La bête essayait de l'acheter... Elle disait :

« Ne nous battons pas, ni toi ni moi n'en retirerions avantage. Prends ce que je t'offre et va-t'en, quitte la ville. Jamais on ne te fera plus beau cadeau. Laisse-moi mener mes affaires comme je l'entends. Je ne te hais point. Faisons la paix. »

Jehan se sentit sur le point de tituber. Plus que le festin, le vêtement de guerre lui tourneboulait l'esprit. N'était-ce pas ce qu'il désirait depuis près de dix années ? Il risqua une nouvelle caresse. La maille de fer cliqueta avec un doux bruit qui semblait presque un clapotis.

Jehan s'arracha à la fascination, bondit hors de la chambre dont il referma violemment la porte.

Après tout, qu'est-ce qui le retenait d'endosser le haubert d'argent et de s'enfuir dans la nuit ? Que Kandarec aille au diable !

Quelque chose se frotta à ses jambes, lui arrachant un sursaut. C'était un chat noir, une de ces bestioles africaines qu'on disait fort habiles à chasser rats et souris, et qui commençaient à se répandre dans les villes. Le chat, alléché par l'odeur des victuailles, sauta sur la table et se mit à renifler les plats. Jehan saisit le couteau posé près de l'assiette, coupa quelques lanières de jambon, préleva plusieurs morceaux de pâté et les offrit à l'animal qui les engloutit avec voracité.

« S'ils sont empoisonnés, songea le routier, le matou sera mort dans un instant. »

Il attendit. Voir manger le chat lui mettait l'eau à la bouche. La bestiole se pourléchait, réclamait une nouvelle portion avec force miaulements. Jehan faillit s'attabler pour l'imiter, mais un reste de prudence l'en dissuada. Après tout, on avait pu utiliser une formule lente du poison qui avait foudroyé Ornan de Guy. Le chat semblait en bonne santé, mais pouvait fort bien mourir dans quelques heures, lorsque le venin lui aurait troué l'estomac et les intestins.

« Je verrai demain, décida-t-il. Si demain le chat est toujours en vie... je prendrai une décision. »

Il sortit de la pièce et dévala l'escalier en homme qui prend la fuite. Une fois en bas, il referma la porte, et la bloqua au moyen d'un morceau de bois qu'il enfonça sous le battant, tel un coin.

Il rentra au château mais eut beaucoup de mal à trouver le sommeil. Il ne parla pas de son aventure à Irana. Il rêva de saint Hilbert. Comme à l'accoutumée, la dépouille du prieur assassiné venait lui reprocher ses fautes et lui rappeler qu'il devait se racheter en faisant triompher la justice.

Au matin, il s'aperçut qu'il attendait la nuit avec impatience.

Lorsque l'obscurité tomba sur la ville, il s'élança dans les rues avec une hâte qui lui faisait honte. Il avait presque peur de ne pas retrouver ce qu'il surnommait déjà « la maison du pacte ». Elle n'avait pas changé de place, et il la découvrit où il l'avait laissée la veille, au fond de l'impasse, la lumière des bougies ondoyant derrière le parchemin huilé des fenêtres. Si la bête était venue, elle avait remis la cale en place avec grand soin. Jehan s'engagea dans l'escalier sans même tirer son épée. Une odeur succulente de viande rôtie le cueillit au sommet des marches. La créature avait changé les chandelles et renouvelé les victuailles. Des chapons croustillants s'entassaient sur un plat, un chapelet de saucisses grillées attendait qu'on lui fasse honneur. Tout cela sentait bon les herbes aromatiques et les épices. Comme la veille, le chat noir, que les fumets affolaient, allait d'un plat à un autre, plantant ses petites dents dans la chair offerte en pâture.

– Tiens, murmura Jehan. Tu es toujours là, toi... Tu n'es donc pas mort.

La survie de la bestiole eût rassuré n'importe quel gourmand, mais Jehan était méfiant de nature. Il se rappela qu'on accordait aux chats sept vies successives. Le petit animal avait donc très bien pu succomber et renaître au cours de la nuit. Comment savoir ? Ces bestioles exotiques étaient bien mystérieuses, et même les prêtres s'en défiaient.

Jehan tourna autour de la table, ne pouvant se résoudre à s'asseoir. Il finit par se rendre dans la chambre pour vérifier si le costume de guerre était toujours là. Il n'avait pas bougé. Alors qu'il s'apprêtait à caresser une fois de plus la cotte de mailles, un martèlement sourd résonna au-dessous de lui. C'était comme un bruit de sabots ; l'espace d'un instant, il crut que c'était ceux du diable, et son front se couvrit de sueur.

Se ressaisissant, il descendit l'escalier et dénicha, tout en bas, une petite porte qui communiquait avec une écurie. Un beau cheval attendait là, fourrageant du museau dans la mangeoire. Jehan eut la certitude qu'il n'était pas là la veille.

« Les enchères augmentent, songea-t-il. La créature te fait une nouvelle offre, plus importante qu'hier. Si tu reviens demain, elle aura encore ajouté quelque chose... Elle a l'air de tenir à ce que tu t'en ailles. Pourquoi ? Parce qu'elle a peur de toi ? On dirait qu'elle répugne à t'affronter. »

Il caressa l'encolure du palefroi. C'était un animal magnifique, une vraie monture de chevalier qu'on peut mener à la bataille avec fierté. Une de ces bêtes fidèles qui combattent aux côtés de leur maître, comme dans la Chanson de Roland, et n'hésitent ni à botter l'ennemi ni à mordre les montures adverses.

Jehan quitta l'écurie à regret. Avec un tel destrier et une si belle armure il aurait été le prince des chemins et personne n'aurait plus osé lever la main sur lui. L'offre de la créature était bien tentante.

Il regagna le logement, et donna à manger au chat qui se mit à ronronner de bonheur. Les anciens occupants des lieux n'avaient pas dû l'habituer à se sustenter de chapons dorés à souhait ! Ils auraient bien du mal à le réhabituer au mou lorsqu'ils rentreraient. Jehan sentit qu'il ne devait pas s'attarder s'il voulait demeurer ferme. Le jeu était étrange et diablement tentateur. Il n'était pas certain d'y résister très longtemps encore. Il quitta la maison mystérieuse sans avoir rien touché. Occupé à se goinfrer, le chat n'eut pas un regard pour lui.

Il passa la journée du lendemain en macérations pour se fortifier contre la tentation. Il était à la croisée des chemins, et sa vie pouvait changer du tout au tout, il en avait conscience. Il lui suffisait de s'emparer du heaume, du haubert et de sauter sur le cheval de bataille pour cesser d'être Montpéril le pauvre routier à la broigne de cuir pelé. Il pria très fort saint Hilbert de lui donner le courage de résister. À la nuit tombante il n'avait rien décidé et son esprit se déchirait sous la traction de sentiments contraires.

« Si le chat est toujours en vie, je m'assiérai à la table du festin, décida-t-il, et je mangerai pour conclure le pacte. Au diable Dorius et sa malédiction ! »

Il avançait à travers les rues désertes en se retenant de courir. Quand il entra dans la maison, la table croulait sous la nourriture et les pichets de vin. Le chat noir ne savait plus où donner de la tête et ronronnait en mordillant le cul d'un cochon de lait délicieusement bruni par la cuisson. Jehan alla une fois de plus contempler le vêtement de guerre. On y avait ajouté une lance, une hache et une masse d'armes. Le tout forgé dans un beau fer finement aiguisé.

« Cette fois je ne peux plus refuser, décida Jehan. La créature n'ira pas au-delà. Si je ne ramasse pas la mise aujourd'hui, demain je trouverai la maison vide. »

Il tremblait d'excitation. La voix de saint Hilbert hurlait en lui mais il ne voulait pas l'entendre. Il décida de boire pour oublier qu'il allait devenir une canaille. Repoussant le chat qui en prenait trop à son aise, il s'assit à la table et remplit son gobelet à ras bord. Il allait le porter à ses lèvres quand il entendit le cheval frapper du sabot dans l'écurie. Hé ! Le destrier ! Il n'avait pas pensé à aller voir si, là aussi, la créature avait monté la mise... Repoussant sa chaise, il se leva et descendit l'escalier quatre à quatre. Il avait vu juste. Le palefroi portait une magnifique selle au troussequin damasquiné et tout incrusté de cabochons de verre colorié qui brillaient à la façon des escarboucles. C'était maintenant une vraie monture de paladin.

Jehan voulut lui flatter l'encolure, mais le cheval s'ébroua avec nervosité. Il frappait la paille répandue sur le sol avec son sabot antérieur droit, creusant un trou dans la terre, comme si se cachait là quelque chose qui lui déplaisait. Jehan se pencha... Dieu ! Il y avait là deux chats noirs crevés, tout couverts d'écume, les babines retroussées. On les avait enterrés dans l'écurie parce que c'était le seul endroit où il était possible de creuser un trou, le pavé régnant en maître aux alentours.

Deux chats noirs...

Comme il avait été crédule ! Chaque fois qu'il était revenu il avait cru avoir affaire au même chat, alors qu'en réalité on avait pris soin de remplacer celui qu'il avait involontairement empoisonné la veille en lui donnant à manger ! Les cadeaux n'avaient été répandus à travers la maison que pour le mettre en confiance... On savait qu'ayant accepté le pacte, il ne pourrait se retenir de manger. Pas un chat, mais *trois !* Et celui qui se goinfrait là-haut en ce moment même mourrait de convulsions dans les heures à venir... Un piège ! Il avait failli tomber dans un piège !

Il prit la fuite sans se retourner. Il s'en était fallu de peu pour qu'il cède à la tentation et connaisse le même sort que les pauvres matous. Dieu ! Comme la bête était habile à manœuvrer les hommes !

Il ne retourna jamais à la maison et jeûna pour remercier saint Hilbert de l'avoir préservé de la tentation.

Cette mésaventure peupla son sommeil de cauchemars effrayants trois jours durant. Il rêva qu'on l'assommait au détour d'une ruelle et qu'il reprenait conscience à l'intérieur de la peau de la bête méhaignée ! Son mystérieux ennemi avait profité de son évanouissement pour le coudre dans le déguisement qu'il utilisait pour semer la terreur à Kandarec. Jehan avait beau se débattre, le cuir de la peau d'ours résistait à ses efforts. Il criait à l'aide, mais ses appels ne contribuaient qu'à provoquer l'arrivée de la garde qui le criblait de flèches enflammées. Il courait, courait, tandis que la peau d'ours prenait feu, le brûlant sur tout le corps. Et chaque fois qu'il ouvrait la bouche, les flammes lui entraient dans la gorge, lui dévorant les poumons. Il mourait comme Gomelot, prisonnier d'un étrange bûcher que sa course affolée vivifiait à chaque nouvelle enjambée.

Il se réveilla en sueur, tout entortillé dans son manteau.

Le dimanche suivant, alors que Dorius disait la messe, une foule en colère envahit l'église.

– Assez des incapables ! criaient hommes et femmes. Assez des hommes d'armes sans poings ni couilles ! Qu'on nous laisse en finir nous-mêmes avec la bête méhaignée ! Qu'on nous laisse partir en expédition et la chasser comme un vulgaire sanglier. Puisque les finasseries des grands louvetiers n'ont pu avoir raison d'elle, que le peuple la poursuive à grands coups de fourche et de lardoire !

Dorius, suffoqué, donna son accord. Depuis l'apparition de la créature, il vivait dans une semi-ivresse permanente.

Une compagnie se forma, forte en gueule, qui s'en alla battre campagne avec, en bandoulière, musettes bourrées de harengs saurs et de bouteillons de vin. Marcher donnait faim et soif. On se restaura pour prendre des forces en prévision du grand affrontement libérateur.

Une heure plus tard, les pourfendeurs de monstre hurlaient « Mont-joie ! Saint-Denis ! » en courant au cul des vaches pour leur percer le cuir comme s'il s'agissait d'odieuses tarasques. Dans la brume de l'ivresse on perdit toute prudence. Le vin avalé, on s'abreuva aux mares car le hareng collait les langues au fond des palais. Trois aubergistes et cinq portefaix moururent d'avoir bu là où la bête avait pissé. La terreur s'empara des va-t'en-guerre qui rentrèrent bredouilles et étonnés d'être encore en vie.

Dorius convoqua Jehan.

– Il faut en finir, dit le moine, ou bien la ville va se vider. Les gens d'armes m'ont déjà signalé que plusieurs familles avaient abandonné leur logis pour partir sur les routes en quête d'un meilleur asile. Tu dois faire quelque chose. M'amener la peau du monstre. Si tu tardes trop, les choses finiront par être connues en haut lieu, l'on enverra une légion d'exorcistes et une compagnie de soudards qui ne feront pas de détail. On m'a murmuré que de gros bourgeois avaient déjà fait s'envoler des pigeons porteurs de messages à destination de l'archevêché. Ces imbéciles ne réalisent pas ce que cela implique. Quand une ville est la proie de manifestations diaboliques aussi intenses, c'est qu'elle a commis de graves péchés. D'ici qu'on s'imagine que Kandarec est un repère de sodomites, il n'y a qu'un pas ! Le monde est en train de s'écrouler autour de nous. Il faut réagir. Prends ce qu'il te faut en vivres et boisson et va tendre une embuscade dans la plaine. Rapporte-moi la tête de la créature, il y va de notre survie à tous !

Le moine avait peur, c'était visible.

Jehan essaya de se le représenter, déguisé en monstre et allant empoisonner mares et vergers dès la nuit tombée... Non, décidément, il avait du mal à admettre cette hypothèse.

– Je pars, dit-il à Irana. Dorius m'envoie dans la campagne pourfendre la bête.

– Imbécile, siffla la jeune femme. Il nous sépare pour mieux nous abattre l'un après l'autre. Nous sommes perdus. Dès que tu seras parti, il me fera arrêter par ses gardes et prétendra avoir découvert la peau du monstre dans ma besace. Fais bien attention. La nuit, dors sur tes provisions. Enferme ta nourriture et ton vin. Ne touche à rien de ce qui t'entoure. Prépare ton sac toi-même... Ne laisse personne se charger de ta vitaille, pas même Coquevin le cuisinier.

– Je sais tout cela, soupira Jehan. Ne t'inquiète pas.

Irana se jeta contre lui et l'enveloppa de ses bras. Sa bouche chaude se posa sur celle du routier.

– Dieu te garde, haleta la jeune femme. J'ai un mauvais pressentiment. Comme si tu n'allais pas revenir.

– Je reviendrai, affirma Jehan.

Il aurait voulu refermer les mains sur elle, mais Irana s'était déjà reculée. Il conservait l'empreinte brûlante de son ventre et de ses seins contre son corps, comme s'il venait de s'appuyer à une statue de pierre chauffée tout le jour par le soleil d'été. Il sut qu'il devait s'enfuir avant de la prendre aux épaules et de la jeter sur la table pour la trousser de force, comme l'on fait d'ordinaire avec les femmes pendant la guerre.

Jehan quitta la ville en portant lui-même son équipement. Emmener un roncin ou un sommier, c'était courir le risque de voir les chevaux s'empoisonner en broutant un coin de mauvaise herbe et de les retrouver les quatre pattes en l'air au matin, le ventre plus gonflé qu'une outre remplie d'eau croupie.

Tournant le dos à la muraille d'enceinte, il remonta la route poussiéreuse qui traversait la plaine avant de s'enfoncer dans la forêt. Tout était vide. À présent, on emmenait les moutons et les vaches paître beaucoup plus loin, avec l'espoir que la bête méhaignée se contenterait de multiplier ses bouffonneries mortelles sous les murs de la cité.

Jehan prit un chemin de traverse pour aller s'établir dans un bouquet d'arbres fruitiers, car il était de notoriété publique que le monstre aimait lécher pommes et poires du bout de sa langue noire. En s'installant là, il aurait peut-être une chance de la surprendre en pleine action.

Il n'osait se séparer de la besace contenant sa vitaille, mais cette charge qui lui battait les reins le gênait dans ses mouvements.

Il faisait très chaud. On devait approcher du quinzième de juin ; Jehan n'en était pas très sûr car seuls les clercs et les marchands prêtaient véritablement attention à la fuite des jours en la mesurant au moyen d'un almanach. Il tira son épée et la posa en travers de ses cuisses. C'était une belle journée, et les fruits semblaient d'or au creux des feuillages comme dans les légendes de la Table ronde. Ils attiraient le regard et mettaient la salive à la bouche. Jehan examina le poirier qui le surplombait. Lequel, parmi ces fruits était empoisonné ?

Car c'était là la grande malignité de la bête : jouer de la gloutonnerie des hommes en leur offrant une chance de se restaurer sans rendre l'âme. Quelle était la proportion du risque ? Une poire mortelle sur dix ? Sur cinq ? Sur... trois ?

Les enfants, n'écoutant que leur estomac, étaient les plus touchés à cette loterie de la mort. On avait beau les sermonner à n'en plus finir, il s'en trouvait toujours pour aller se goinfrer... et tomber raide, la bouche encore pleine, les dents plantées dans la pulpe vénéneuse.

Jehan attendit vainement jusqu'au coucher du soleil. Pendant tout ce temps, il était resté parfaitement immobile pour se confondre avec la nature et dans l'espoir de leurrer la bête.

La nuit s'installait quand il crut voir une ombre se déplacer entre les arbres. Il y avait peu de lune et il était difficile de se faire une idée exacte de ce dont il s'agissait. Cela bougeait lentement mais ce pouvait être une mule ou une vache échappée d'un enclos...

Jehan tendit l'oreille. Il entendit craquer les brindilles et crisser les cailloux. On s'avançait...

Lentement, il se déplia, assura sa paume moite sur le pommeau de l'épée et alla à la rencontre du monstre. Il emmena la besace à provisions avec lui, ne voulant courir aucun risque. Il renifla doucement. On disait que les créatures infernales répandaient une odeur atroce, mais ce n'était pas le cas. Si la bête sortait de la géhenne, elle ne puait pas davantage qu'un honnête paysan.

Il faisait vraiment très noir, et Jehan finissait par se convaincre qu'il distinguait des griffes, des crocs. Il leva son arme, hésitant à frapper... Et s'il se trompait de cible ? S'il cassait la tête à quelque bergère venue courir le guilledou dans la campagne déserte ?

La silhouette s'éloigna. Il ne fallait pas la laisser filer. Jehan planta son épée en terre, tira sa dague et bondit sur l'ombre qu'il renversa sous son poids. Il fut tout de suite déçu ; c'était de l'étoffe, pas du poil... C'était humain, pas monstrueux. Ses doigts se nouèrent autour d'un cou.

– Arrête de bouger ou je t'égorge ! gronda-t-il, et viens un peu par ici montrer ton museau.

Son adversaire se débattait sans faire preuve d'une grande force physique, au point que Jehan se demanda s'il n'avait pas affaire à une jouvencelle ou à un garnement. Il sentit une étoffe craquer sous sa poigne. Une fois dans la prairie, loin des arbres, il examina son prisonnier à la lueur des étoiles. C'était un jeune homme grossièrement vêtu qui se cramponnait à une épée rouillée dont il était plus embarrassé qu'armé. Jehan la lui arracha.

– Où est la peau ? questionna-t-il. La peau de la bête ? Tu venais de t'en défaire quand je t'ai sauté dessus, c'est ça... Tu l'as cachée dans les buissons avec ton attirail à poison ? Va ! Tu peux te taire, il ne me faudra pas longtemps pour la dénicher.

Posant un genou sur la poitrine du jouvenceau, il lui lia prestement les mains et les pieds pour lui ôter l'idée de s'enfuir, puis il prit le temps d'allumer une torche de résine et s'en alla explorer le bosquet. Il ne trouva rien. Pas plus de nécessaire d'empoisonnement que de déguisement de monstre infernal.

– Libérez-moi ! vociférait le jeune homme qui avait surmonté sa stupeur. Je vous ordonne de me détacher. Vous n'avez pas le droit de me traiter comme un croquant.

– Et pourquoi non ? interrogea Jehan qui revenait bredouille de son exploration.

– Parce que je suis Robert de Saint-Rémy, répondit le gamin, et que je suis de noble naissance.

« Tiens, tiens, songea Montpéril en brandissant le flambeau pour mieux voir son prisonnier. Je n'ai pas trouvé la bête mais j'ai capturé un fantôme. Voilà donc le joli cœur dont on me rebat les oreilles depuis le début de cette histoire ! »

Il s'agenouilla. Le garçon devait avoir 17 ou 18 ans. Bien qu'il fût vêtu comme un valet de chiens, il avait belle figure et s'exprimait à la façon d'un seigneur. Jehan le trouva d'allure efféminée mais il savait que c'était là le genre qui plaisait aux damoiselles et qu'adoptaient aujourd'hui pages et ménestrels.

– Que faisais-tu ? demanda-t-il.

– La même chose que vous ! répliqua le jouvenceau avec insolence. Je chassais la bête.

– Et pourquoi ?

– Parce que si je la tue j'en retirerai grande gloire et qu'on cessera enfin de me considérer comme un vilain.

– C'est un argument, fit Jehan. Nous allons parler un peu tous les deux. Il y a un moment que j'ai envie de te rencontrer.

Le routier rassembla de quoi faire du feu et récupéra son épée. Quel crédit devait-il accorder aux propos de cet enfançon dont les bras paraissaient à peine capables de soulever une lame ? On le voyait mieux manier le poison que l'épée et le bouclier.

Le bivouac allumé, Jehan s'assit devant les flammes.

– Causons un peu, grogna-t-il. Je te reconnais maintenant que je distingue mieux tes traits. C'est toi que j'ai vu au château et lors de l'exécution de Gomelot. C'est toi qui pleurniches après Damoiselle Aude.

– Elle est à moi, rugit Robert en essayant de faire craquer ses liens. Elle est à moi depuis toujours, même si elle ne le sait pas encore. Maintenant que le baron est mort j'ai de nouveau espoir de la conquérir. La capture de la bête pourrait me rendre célèbre et faire de moi un chevalier puissant. On me récompenserait pour un tel exploit, le roi me donnerait un fief...

– Pourquoi pas Kandarec ? ricana Jehan.

– Pourquoi pas, en effet ! siffla le jouvenceau.

– Je n'ai pas l'impression que la belle enfant te prenne très au sérieux.

– Quelle importance ! Les femmes d'aujourd'hui veulent jouer les esprits forts, elles lisent des livres, écoutent toutes les chansons mais restent aussi naïves que leurs grand-mères.

– Oh ! Oh ! Voilà bien de la science philosophique, grogna Jehan. Aude prétend que c'est toi l'esprit follet, le faiseur de rêves éveillés.

– Elle a toujours été trop gâtée par son père, soupira Robert. Je la connais bien. J'ai grandi à ses côtés. Elle me traitait comme son page alors que je suis de meilleure et plus ancienne noblesse que sa famille.

– Tiens, conte-moi un peu cela pour voir...

– Mon père, blessé aux croisades, a été oublié de son suzerain alors que les Chantrelle n'ont jamais acquis la moindre gloire au combat... Aude le savait : c'est pour cette raison qu'elle passait ses jours et ses nuits à lire des écrits de chevalerie, des poèmes merveilleux remplis de prouesses qu'elle me voulait voir accomplir. À 10 ans elle avait déjà la tête farcie de ces sottises, elle me donnait une épée de bois et m'envoyait terrasser un mouton qu'elle avait baptisé

« dragon » pour la circonstance. Je me pliais à ses caprices pour lui faire plaisir, et parce qu'elle était déjà très belle. Elle ne connaissait que cette sorte de jeux. Elle était la princesse, et je portais ses couleurs. Je soupirais pour elle sans jamais obtenir le plus petit baiser. La peste soit de ces fadaises bretonnes ! En grandissant, elle n'a pas mûri. À 13 ans, elle se voyait partir en Terre Sainte à la suite d'un noble baron devenu son époux. Dans le désert, elle donnait à boire aux blessés. Après la bataille, elle recueillait le dernier soupir des héros sur son sein. Quand elle entonnait ces élucubrations, elle rêvait les yeux ouverts. Elle n'était plus là. Elle s'imaginait capturée par les Sarrasins, vendue comme esclave sur un marché ; mais elle se révélait alors si pieuse que son acheteur ne posait pas la main sur elle et, impressionné par sa foi, finissait par se convertir au christianisme. D'autres fois, selon les jours, elle devenait sainte... Offerte en pâture aux lions par les Infidèles, elle se laissait dévorer sans pousser un cri.

– Je suppose que toutes les jouvencelles ont de ces exaltations, marmonna Jehan.

– Sans doute, mais chez Aude, cela devenait maladif. J'essayais de lui ramener les pieds sur terre, de lui prouver qu'on n'a pas besoin de casser la tête des Maures pour vivre heureux. Elle ne m'écoutait pas. Elle était ailleurs. Un jour elle s'appelait Mélusine, un autre sainte Blandine, un troisième Guenièvre. J'étais déjà trop grand pour m'associer à ces fadaises. Au début je les avais trouvées charmantes, mais à 17 ans elles m'agaçaient.

– Et Ornan de Guy, dit Jehan. Qu'en pensait-il ?

Robert frémit de rage.

– Oh ! lui ! cracha-t-il. Il lui a suffi d'un regard pour conquérir Aude. Un soir, en revenant de courre le cerf, il s'est arrêté chez les Chantrelle à cause d'un cheval boiteux. On l'a bien sûr invité à souper. Le lendemain, Aude ne me parlait plus que de lui. Elle connaissait déjà par cœur le tracé de ses cicatrices, elle me regardait comme si j'avais été fait de fumée.

– C'était un baron.

– C'était un soudard. Un violeur de bergères, avec des manières de porcher. Il ne savait jouir que de la guerre et de la ripaille. Je l'ai dit à Aude, elle m'a accusé d'être jaloux.

– Et c'est là que tu as eu envie de le tuer ?

Robert grimaça de colère.

– Vous êtes un imbécile, je ne suis pas un criminel.

– Non, mais tu ne connais pas le métier des armes et il t'aurait été impossible de défier le baron en champ clos. Pour le tuer, il ne te restait qu'un moyen : le poison.

– Vous me condamnez sans savoir. Mais vous avez raison sur un point. C'est vrai que je détestais Ornan de Guy. Imaginer Aude couchée sous lui me rendait fou. Elle était si ignorante. Je lui ai dit ce qui l'attendait une fois mariée, elle n'a pas voulu me croire. Elle m'a répliqué que seules les bêtes faisaient cela. Je l'ai emmenée voir, dans un bosquet, un berger et une bergère qui forniquaient, pour la convaincre... Elle m'a dit que cela ne prouvait rien puisque les vilains étaient presque des bêtes. Elle s'accrochait à ses rêves de pucelle. Pour elle, le mariage n'était que chastes enlacements, baisers et promesses éternelles.

– Les pucelles de haute famille vivent en dehors du monde, observa Jehan. Si quelque nourrice bien gaillarde ne les met pas au courant des choses de la vie, elles restent niaises jusqu'au dernier instant.

– Aude disait qu'elle transformerait Ornan, qu'elle lui apprendrait à lire, à chanter les chansons des trouvères... La pauvre. Ornan de Guy était un boucher. Il a fait fortune en razziant les villes d'Orient, en faisant jeter sur les piques de ses soldats hommes, femmes et enfants. Elle était envoûtée par cet homme. Elle le trouvait beau. Beau ! Un homme portant la barbe comme du temps des Gaulois !

– Il était glorieux.

– C'était un assassin, oui ! Pourquoi un tueur aurait-il plus de mérite qu'un éleveur de moutons qui ne fait de tort à personne ?

– Ton éleveur fait du tort aux moutons, ricana Jehan. Dans cette existence on passe son temps à trancher les gorges. Tu es trop jeune pour t'en rendre compte. Ce que tu ne peux pas défendre, on te l'enlèvera. C'est valable pour tes moutons, ta femme ou tes enfants. Mais peut-être t'appliques-tu à jouer les bonnes âmes ? Et si tu avais tué le baron parce qu'il t'enlevait justement Aude ?

– Le tuer ne m'aurait servi à rien, rétorqua Robert. Que va-t-il se passer maintenant ? Les parents de la damoiselle vont se mettre en quête d'un autre époux, et voilà tout. C'est pour cela que je veux tuer la bête, pour me mettre sur les rangs des prétendants ! Une fois que je serai fieffé, cette vieille carne de Mahaut ne pourra plus me repousser.

« Tiens, remarqua Jehan. On dirait qu'il ignore tout de la lèpre du baron... et de celle de la jouvencelle. Serait-il si ardent s'il savait sa bien-aimée contaminée ? »

– Si vous m'accusez d'avoir empoisonné le baron, dit tout à coup Robert, cela veut dire que ce qu'on murmure est vrai. Gomelot n'était pas coupable...

– Ah, fit Jehan. On dit cela ?

– Oui, les rumeurs vont vite. Les serviteurs du château ont toujours l'oreille collée aux portes ; et le soir, ils bavardent dans les estaminets. On chuchote que l'empoisonnement d'Ornan de Guy était prévu de longue date, du jour où il a arrêté la date de son mariage, c'est vrai ?

– Sans doute.

– Alors pourquoi ne pas chercher du côté des Chantrelle ? Le père crevait de chagrin à l'idée de donner sa fille à un homme. Sa femme est une harpie, il a reporté toute son affection sur Aude. Peu après l'annonce des fiançailles, je l'ai vu chevaucher seul dans la campagne, le visage plein de larmes. Il a toujours été trop faible pour s'opposer aux décisions de sa femme. Il ferait un très bon coupable.

– Et toi, as-tu seulement demandé la main de leur fille ?

– Moi ? Vous voulez rire, chevalier. Ils m'ont toujours considéré comme un berger. La dame de Chantrelle voulait vendre sa fille un bon prix. Elle l'aurait cédée à un bossu scrofuleux si le bougre avait eu l'escarcelle remplie d'or. C'est de cette manière que le baron a conclu l'affaire en lui promettant terres et troupeaux. Elle a vendu sa fille comme les Sarrasins vendent leurs femmes dans les marchés d'esclaves.

Jehan saisit sa dague et trancha les liens du jeune homme.

– Allons chez ton père, grogna-t-il. J'ai du mal à me faire une idée sur toi. Tu parles bien, trop bien. J'ai l'impression que tu cherches à m'embrouiller. Tu as le verbiage d'un robin. Si tu n'as pas assassiné le baron, tu pourrais avoir monté cette histoire de bête maléfique pour te faire valoir aux yeux du monde et obtenir la main d'Aude.

– Comme vous êtes stupide ! siffla Robert en se frictionnant poignets et chevilles. Comment pourrais-je prouver ma valeur en ramenant le cadavre d'un monstre qui n'existe pas ? Croyez-vous vraiment que l'abbé Dorius se contenterait d'une vieille peau d'ours en guise de trophée ?

– Un monstre, ça se fabrique, grommela Jehan. Les forains sont habiles en ce genre de choses. Il existe des animaux d'au-delà des mers qu'on peut faire passer pour diaboliques parce que méconnus de la populace. Dans une foire, j'ai pu un jour contempler une sirène qui n'était en réalité qu'une moitié de corps d'enfant mort-né cousu sur une queue de gros poisson, le tout conservé dans l'esprit-de-vin.

– Vous m'insultez. Je ne me livrerais jamais à de telles mascarades. Mais peut-être m'accorderez-vous plus de crédit lorsque vous aurez rencontré mon père ?

Il se leva. Jehan l'imita. Robert s'enfonça dans les ténèbres après avoir ramassé sa grande épée rouillée. Il avait une parfaite connaissance des lieux et marchait dans les ténèbres sans l'ombre d'une hésitation.

« Dorius l'accuserait de voir dans l'obscurité comme les démons », songea le routier.

Il était irrité de ne savoir prendre parti. Robert lui semblait tout à la fois désarmé... et fort habile. La cervelle lui tenait lieu d'épée, et il avait ce tour d'esprit propre à élaborer dans le secret la machinerie d'un complot. Une chose pourtant l'innocentait : la lèpre d'Aude. Jamais il n'aurait voulu en faire sa femme s'il l'avait sue malade. À moins... À moins que son amour fût si violent qu'il lui permît de faire fi de cet obstacle ? Diantre ! Il fallait être rudement passionné pour se rire de la lèpre. Mais de telles choses existaient : Jehan, quoique inculte, en avait entendu parler.

Les feux d'une maison se dessinèrent dans le noir. C'était une masure flanquant une tour abattue. Une ruine transformée en bergerie. Des poutres calcinées paraissaient indiquer que la construction avait pris feu en des temps anciens. Robert ouvrit la porte et s'effaça pour laisser passer son invité. Des moutons se pressaient flanc contre flanc dans une grande salle voûtée, installant une puissante odeur de suint. Une chèvre frappa du sabot sur la pierre de l'âtre.

Un vieillard dormait au bout de la table, enveloppé dans un manteau usé. Affaissé entre les accoudoirs d'une haute chaise seigneuriale, il offrait au regard un pauvre visage fendu par un mauvais coup d'épée. Cette face, ressoudée à la diable, faisait peine à voir.

– Il est aveugle, dit Robert. C'était un héros. On l'a oublié ici parce qu'il ne servait plus à rien. Un orage a jeté la foudre sur notre maison, achevant de nous ruiner. Son grand regret est de n'avoir pu m'enseigner le métier des armes, mais je n'ai pas peur de me battre. Je sais que la vaillance de mon sang remplacera l'entraînement, le moment venu, et que je saurai faire face.

« Pauvre naïf », songea Jehan.

– Vous vous croyez supérieur à moi parce que vous avez beaucoup tué, lança Robert. Mais vous êtes de basse extraction. Les nobles héritent des qualités de leur père par la voie du sang. Je sais sans avoir jamais appris. Ce savoir est inscrit dans mon instinct, par la volonté de Dieu. Je suis aussi capable que vous de tuer la bête. D'ailleurs je compte rendre ma décision officielle. Demain j'irai à Kandarec, et ferai proclamation sur le parvis de la chapelle. Il est temps de lever les soupçons que la rumeur s'applique à faire peser sur mon nom.

– Tu as tort de signaler ton existence à l'abbé Dorius, dit Jehan. Pour l'heure il ne se soucie pas encore de toi. C'est un homme dont il vaut mieux éviter les approches.

– Vous m'avez accusé d'avoir inventé la bête pour me couvrir de gloire. Je ferai de même avec vous. Pourquoi n'auriez-vous pas eu recours au même stratagème pour devenir un héros, vous, un gueux sans même une cotte de mailles ou un destrier digne de ce nom ? Oui, je vous accuserai devant tout Kandarec assemblé, et je réclamerai l'ordalie... Le jugement de Dieu... Ce sera à lui de nous départager.

– Voilà bien de la bile pour peu de choses, grommela Jehan, mais je ne t'empêcherai pas de faire comme tu le souhaites.

14

Ordalie

Jehan prétendit qu'il n'avait pas faim car, d'une part il se méfiait du poison, d'autre part, si Robert était innocent, il ne voulait pas l'offenser en mangeant devant lui les provisions contenues dans sa besace.

Le jouvenceau affectait des manières hautaines, comme s'il se fût trouvé dans un manoir aux murailles couvertes de riches tapisseries plutôt que dans une masure ouverte aux quatre vents. Jehan comprit qu'il partageait une paillasse avec son père, dans un coin de la salle, mais que le vieillard dormait souvent calé dans son haut fauteuil seigneurial, dernier vestige de sa grandeur passée. Le routier fit valoir qu'il s'allongerait sur un banc, devant l'âtre, et reposerait ainsi, roulé dans son manteau.

– Comme il vous plaira, dit Robert avec hauteur. De toute manière il n'est pas bon pour de futurs adversaires de se trop lier par la conversation et le partage.

Il disait cela avec un aplomb comique, comme s'il était fort au fait de la chose militaire. Le jeune homme souffla la chandelle dont chaque minute de graisse fondue coûtait grand prix, et alla s'étendre. Il s'endormit très vite, et Jehan resta étendu sur son banc, à écouter sa respiration régulière.

Une ordalie ! Le petit drôle n'y allait pas de main morte. Si la bête n'existait pas, voilà qui pouvait aisément se retourner contre les deux chasseurs malheureux. À moins que le jouvenceau n'ait prévu quelque monstrueux cadavre de remplacement ? Avait-il caché au fond d'une caverne une dépouille maquillée ? Un ours... ou un singe acheté à un forain de passage qu'il exhiberait le moment venu en prétendant que c'était là le corps de la bête méhaignée ? Le gamin était assez rusé pour avoir pris les devants et organisé son traquenard de longue date. Comme il avait prévu, un an à l'avance, l'exécution d'Ornan de Guy...

Ne pouvant trouver le sommeil, Jehan se leva et sortit de la maison. Irana lui manquait. Il pensait trop à elle et, dès qu'il cessait de se surveiller, l'image de la trobairitz venait s'interposer entre la réalité environnante et son esprit. Au moment où ils s'étaient séparés, il avait eu l'impression que quelque chose de définitif était sur le point de se produire. Le baiser qu'elle lui avait donné était-il de simple amitié ? On disait les voyageuses de mœurs fort lestes, et les femmes troubadours avaient souvent la réputation d'être de fieffées catins, mais Irana ne lui avait jamais fait cet effet, et il l'avait toujours vue se tenir avec beaucoup de réserve en face des hommes.

Il jura à voix basse. Cette histoire lui embrouillait la cervelle. Jusqu'à présent, il avait mené la vie des hommes d'armes fréquentant les bordels, ou troussant les coquines paysannes lors des haltes campagnardes. Ces accouplements lui avaient suffi. Irana n'était pas pour lui, il le sentait bien, alors pourquoi penser à elle ?

Un craquement de brindille le fit sursauter. Il pivota sur lui-même mais se détendit en reconnaissant le vieillard balafré qui s'avançait à tâtons le long de la barrière.

– Bonsoir, messire chevalier, dit le vieux en s'arrêtant à trois pas du routier. Je sais que vous êtes là, je sens votre odeur. Mon nez et mes oreilles ont remplacé mes yeux. Ils me disent souvent plus de choses que ne m'en apprenait jadis le regard. J'ai été un grand guerrier, sauvage et sans merci. Hélas, je n'ai pas eu la chance d'un Ornan de Guy. Bien que m'étant illustré dans les mêmes campagnes, et souvent de manière plus affirmée, on m'a oublié ici, en un mauvais château. Une simple tour de guet plutôt, un avant-poste flanqué d'une écurie. Je suppose qu'un infirme est un poids mort pour un suzerain conquérant, et je me suis depuis longtemps résigné à l'oubli. Mais mon fils a le sang vif de la jeunesse : en lui bouillonne la bile noire de ceux qui sont encore des enfants. Je voudrais que vous lui pardonniez ses insolences. Je l'ai entendu vous parler. Je feignais de dormir pour ne point vous gêner. Il se croit paladin bien que n'ayant jamais appris à manier l'épée. La petite Aude lui a brouillé l'esprit avec ses chansons de chevalerie. C'était une enfant rêveuse qui ne savait rien du métier des armes et s'imaginait les soldats comme des gens d'honneur et de haute politesse. Vous et moi, qui avons beaucoup tué, et dans des conditions effroyables, savons bien qu'à force de combattre le dragon, le plus gentil des preux devient dragon lui-même. Aussi voudrais-je vous demander d'épargner mon fils et de ne pas trop l'humilier. Il a beaucoup souffert du dédain de la Damoiselle de Chantrelle. Oh ! elle était exquise et avait la voix bien douce, mais je me rappelle avoir souvent pensé que ce serait plus tard une garce, comme sa mère. Et qu'elle se servirait de sa jolie figure pour mener les hommes par le bout du nez.

Ayant dit cela, il s'excusa d'avoir versé dans la sentimentalité et regagna la masure. Jehan l'y rejoignit peu après et s'endormit sur le banc après avoir calé sa tête sur la besace contenant les vivres.

Au matin, le père et le fils partagèrent une soupe de fèves et des galettes mises à cuire sur la pierre de l'âtre. Jehan avait surveillé chacun des gestes de Robert pendant qu'il faisait le service, et le jeune homme finit par percevoir l'attention dont il était l'objet.

– Vous craignez que nous nous empoisonnions, chevalier ? ricana-t-il. Cessez de vous faire du mauvais sang. La bête méhaignée ne vient pas jusqu'ici. Pourquoi le ferait-elle ? Nous n'avons pris aucune part dans l'exécution de Gomelot.

– Tu étais pourtant là quand on l'a brûlé, fit remarquer Jehan.

– C'était pour voir Aude, avoua Robert en baissant le nez sur son écuelle. Je pensais qu'elle assisterait à l'exécution. Je ne rate aucune occasion de la contempler. J'ai besoin de son image. Quand je ne puis la regarder, j'étouffe. Elle m'a empoisonné l'âme. Jamais je ne me débarrasserai d'elle.

Jehan hocha la tête et désigna de l'index les deux assiettes de soupe.

– Quelqu'un de soupçonneux penserait que tu ne crains pas le poison parce que c'est justement toi qui le répands à travers la campagne, dit-il avec un sourire d'ironie. Si cela était, tu saurais exactement où il convient de s'approvisionner pour ne courir aucun risque.

– Je me moque bien de vos élucubrations, riposta le gamin.

La soupe avalée, Jehan salua le vieil homme qui bénit son fils.

Le routier et le jouvenceau se mirent en route. Ils avançaient en silence car Robert semblait s'être enfermé dans une sorte de hargne froide et déterminée. Jehan devinait le jeune homme bouillonnant d'une passion insatisfaite capable de le pousser aux dernières extrémités. Sans doute espérait-il briller aux yeux de la belle Aude par cette ultime bravade ? Fallait-il lui dire que sa bien-aimée se trouvait en grand danger d'impureté ? Non, Jehan ne s'en sentait pas le courage. Et d'ailleurs, Robert aurait sûrement refusé de le croire.

Ils franchirent les portes de la ville couverts de poussière mais marchant toujours d'un pas déterminé.

D'instinct, la populace s'écartait de ces hommes armés de grandes épées et avançant d'un air farouche.

Robert avait pris le chemin de l'église. Il pénétra dans le lieu sanctifié alors que Dorius disait la messe, et remonta la travée centrale au milieu d'un grand vacarme. Quand l'abbé réclama le silence, Robert s'agenouilla au pied de l'autel en brandissant son épée par la lame comme s'il s'agissait d'un crucifix, et cria :

– J'accuse le sieur de Montpéril, ici présent, d'avoir fomenté la venue de la bête méhaignée pour en tirer grande gloire et profit. Je dis que par ses manigances il a éveillé la colère des puissances obscures et donné naissance à la bête. Je n'ai point de preuve de ce que j'avance, aussi je réclame le jugement de Dieu. Qu'on nous lance sur les traces du monstre. Notre Seigneur Jésus guidera le bras de celui qui dit la vérité.

Dorius s'était figé, ne sachant quelle attitude adopter. Si la scène avait eu lieu en privé, il aurait probablement rabroué le gamin sans une hésitation ; mais l'église était pleine, et Jehan comprit que le moine ne pouvait passer outre. Déjà la foule se dressait pour mieux distinguer les traits du jeune champion, et les jouvencelles, le trouvant fort gracieux, chuchotaient en rougissant.

– Soit, laissa tomber Dorius à regret. Je ne veux pas savoir quelles rancœurs vous opposent car il n'est plus temps de faire des procès. L'heure est grave et la famine menace. Manger c'est mourir, ne pas manger c'est périr à petit feu. Le scandale doit cesser. Je déclare ouverte l'ordalie qui prouvera la bonne foi de l'un ou de l'autre. Vous vous mettrez tous les deux en quête du monstre. Celui qui reviendra en traînant l'horrible dépouille derrière son cheval sera reçu avec tous les honneurs et bénéficiera de grandes récompenses. L'autre sera remis au bourreau qui lui brisera bras et jambes à coups de barre de fer. Si vous revenez tous deux bredouilles, vous serez tous deux mis dans un sac de cuir et jetés dans la rivière où Dieu décidera de votre pardon et de votre survie. Tous sont témoins du traité. Maintenant, allez. La traque commencera ce soir, dès la tombée du jour. Je vous conseille de prier, de fourbir vos armes et de vous reposer.

Robert se releva. À ses coups d'œil circulaires, Jehan comprit qu'il avait espéré la présence d'Aude et qu'il était déçu d'avoir monté cette bouffonnerie pour un public de matrones et de pucelles roturières.

Les deux hommes quittèrent la chapelle. Au moment où ils se séparaient sur le parvis, Jehan lança :

– Tu te repentiras d'avoir joué les vaniteux. Ta vantardise va nous condamner tous les deux. Tu viens de servir la soupe à Dorius en lui fournissant deux magnifiques victimes expiatoires. Si nous ne trouvons pas la bête, nous n'aurons plus qu'à filer le plus loin possible.

Robert sursauta.

– Je ne me déroberai pas, siffla-t-il. Si j'échoue, j'accepterai la sentence et viendrai de bon gré m'y soumettre.

– Alors cela signifie deux choses, grogna le routier. Soit tu es fou, soit tu as arrangé ton affaire de main de maître et tu sais ne courir aucun risque. Je te préviens que je ne serai pas facile à berner et que je t'aurai à l'œil.

– Je ne comprends rien à vos insinuations, fit Robert en se détournant. Allez donc vous reposer, vous avez l'air de ce que vous êtes : un vieux mercenaire fatigué.

Jehan le laissa s'éloigner avec sa grande épée marbrée de taches roussâtres en se demandant qui était réellement Robert de Saint-Rémy. Un innocent ou un roué habile en tromperie ?

Le routier regagna le château. Irana se précipita à sa rencontre. Elle avait les traits tirés et ses cheveux dénoués flottaient sur ses épaules. Jehan lui conta les derniers événements. À la nouvelle de l'ordalie elle poussa un gémissement.

– C'est une sottise, dit-elle dans un souffle. Vous ne pourrez tuer la bête puisqu'elle n'existe pas. Le mieux est que tu prennes la fuite.

– J'y ai bien pensé, avoua Jehan. Mais Dorius te gardera probablement en otage pour m'ôter cette envie. Il sait bien que... jamais je ne t'abandonnerais dans une telle situation.

Il s'approcha de la jeune femme et la prit dans ses bras. Elle eut un frémissement mais ne se déroba pas. Jehan essaya de ne pas perdre la tête, la chaleur du ventre d'Irana l'affolait.

– Attends, supplia-t-elle. Je ne peux pas. Pas maintenant, pas avec la petite Aude qui se laisse mourir de faim dans sa chambre en espérant un miracle. Tu sais qu'elle refuse toute nourriture ? Elle jeûne et vit en chemise. Elle a demandé qu'on lui apporte des cilices, des ceintures hérissées d'épines que j'ai dû l'aider à boucler autour des reins. Elle vit à genoux et prie jusqu'à ce que la fatigue la fasse s'effondrer sur le sol. Alors, elle prend une poignée de verges et se fustige les épaules et le dos. La dernière fois que je l'ai entr'aperçue, il y avait du sang sur sa chemise. J'ai peur qu'elle ne tienne pas longtemps à ce rythme-là.

– Dorius est-il venu la voir ?

– Tu plaisantes ? Depuis qu'il la sait contaminée il se tient à dix lieues d'elle. C'est un lâche. Tout est de sa faute mais il ne songe plus qu'à se tirer du bourbier... Tu es épuisé, viens te reposer, ce soir tu repars en chasse.

Elle le tira vers sa chambre et, une fois la porte refermée, le débarrassa de son manteau, de son baudrier. Jehan prit de l'eau dans une calebasse et s'aspergea le visage. Ce matin il se sentait vieux et fatigué. Il s'étendit sur la couche recouverte de fourrure et Irana vint s'étendre à ses côtés. Du bout du doigt elle se mit à suivre les contours des cicatrices sur le torse nu du routier.

– Ne fais pas de mal à Robert, dit-elle. C'est un gosse à la langue trop agile. Je n'arrive pas à savoir s'il est très bête ou très malin. J'ai peur qu'il ne t'entraîne dans un traquenard. As-tu pensé qu'il pourrait avoir des complices ? Un valet... Pourquoi pas son père, c'est un ancien soldat...

– Il est aveugle.

– En es-tu sûr ? Il faisait peut-être semblant ? Le jouvenceau ne s'attaquera pas à toi, tu es trop fort pour lui, mais le père ? Hein ? Il a beau être vieux, il a la science des armes...

– Tu t'emportes, fit doucement Jehan. Le vieux est aveugle, le danger ne viendra pas de lui. Mais l'hypothèse du valet n'est pas à écarter. Je serai prudent. De toute manière, si Robert est bien coupable, cette traque sera un piège dont je ne reviendrai pas. Il va m'entraîner dans une chausse-trape. Tout cela pour briller aux yeux de la belle Aude.

– Aude a bien d'autres soucis en ce moment, lança amèrement Irana. Elle se moque bien des exploits de Robert. Si elle échappe à la lèpre, elle a fait vœu de se faire moniale et de vivre cloîtrée jusqu'à la fin de ses jours. Elle m'a parlé d'une sainte qui avait fait souder au plomb fondu la porte de sa cellule.

– Robert ne sait rien de la maladie de la petite, murmura Jehan. Je ne lui en ai même pas parlé.

– Tu as sûrement bien fait, dit Irana. Il t'aurait accusé de mentir, et Aude n'aurait pas confirmé la chose.

La jeune femme se laissa tomber sur la couche. Elle prit la main de Jehan et la posa sur sa poitrine. Le routier sentit le téton s'ériger sous sa paume à travers le tissu de la chemise.

– Restons comme cela, chuchota la trobairitz. On dit que Lancelot et la reine Guenièvre ont longtemps dormi ainsi avant de s'étreindre. L'attente n'est pas toujours mauvaise chose.

Jehan ferma les yeux. « Dans quelques heures je serai peut-être mort », songea-t-il. C'était la première fois qu'il se couchait contre une femme sans lui arracher ses vêtements. Il avait beaucoup violé, comme tous les hommes, puisque c'était un crime rarement puni. Il s'endormit ainsi, en une posture qui aurait fait rire aux larmes ses anciens compagnons de carnage.

Irana le réveilla alors que le jour baissait.

– C'est l'heure, dit-elle. Il faut t'équiper. Oh ! Je voudrais te porter chance... Te garder des dangers de la nuit.

Elle s'agenouilla sur la couche, fit passer sa chemise par-dessus sa tête et s'allongea sur Jehan.

– Serre-moi, murmura-t-elle, rien de plus. Le reste sera pour plus tard, quand tu reviendras. Si nous faisions l'amour maintenant j'aurais l'impression d'accorder un dernier plaisir à un condamné.

Jehan referma les bras sur elle. Il s'en voulut d'avoir les mains si calleuses. Il envia les doigts de jouvenceau de Robert ; leur peau fine lui aurait permis de mieux sentir la soie des reins d'Irana. Elle était d'une grande beauté. Épanouie comme doit l'être une femme, avec des seins lourds et une chair moelleuse, très blanche.

Une trompe de chasse sonna dans la cour.

– C'est le héraut, dit la jeune femme. Il attend. Robert doit déjà être prêt. Je t'ai laissé dormir trop longtemps.

Elle roula sur le flanc, enfila sa chemise. Jehan se redressa et passa ses vêtements encore couverts de poussière. Tant pis, il partirait ainsi avec les quelques vivres que contenaient encore la besace.

– Fais attention, supplia Irana. Garde-toi bien. Je suis certaine que le danger ne viendra pas de Robert mais d'un compère...

– Je ferai attention, dit Jehan en s'enveloppant dans son manteau.

Il sortit de la chambre et descendit l'escalier de la tour comme si on lui avait coulé du plomb dans les jambes. Dans la cour, les hommes d'armes formaient une haie d'honneur. Des pages brandissaient des flambeaux. Dorius contemplait la scène du haut d'une balustrade de pierre. Robert était déjà à cheval. Il portait la vieille cotte de mailles de son père et un casque au nasal tout tordu. Il eut un regard condescendant pour Jehan qui arrivait en équipage ordinaire, le mantel pas même brossé.

– Bien, dit Dorius. Je ne vous bénirai pas car l'un de vous est peut-être coupable d'un crime terrible. Il appartient désormais à Dieu de choisir son champion. Je souhaite de toute mon âme voir bientôt la dépouille de la bête immonde ensanglanter le pavé de cette cour. Maintenant allez... Je prierai pour que triomphe la justice divine.

Jehan mit le pied à l'étrier. Un instant plus tard les deux cavaliers remontaient côte à côte la grand-rue de Kandarec. La foule silencieuse et amaigrie par les privations se pressait de part et d'autre de la voie. Certains enfants qui grelottaient de faim dans les bras de leur mère faisaient peine à voir. Les flambeaux jetaient sur cette marée humaine un éclat qui sculptait les visages et en accentuait les joues creusées, les yeux cernés, si bien que Jehan eut l'horrible impression de partir aux enfers salué par une foule de cadavres massés sur la rive du Styx. L'illusion lui noua l'estomac, et il dut se rappeler la douceur du corps d'Irana pour ne pas céder à un fâcheux pressentiment.

Il tourna enfin le dos à la cité et se retrouva chevauchant sous la lune, escorté par un compagnon désagréablement silencieux. L'écho du pas des montures courait sur la plaine, se dédoublant à l'infini. Jehan se demanda si la bête les regardait s'approcher en ce moment même. La bête méhaignée sortie des enfers... ou le gredin qui en tenait le rôle, affublé d'une peau mitée.

Oui, Irana avait raison, il allait falloir être prudent et se garder de tous les côtés. Ce n'était pas Robert qui constituait le principal danger, c'était *l'autre*...

L'autre qui surgirait au moment où il s'y attendrait le moins.

15

Courre le monstre

Robert chevauchait avec la fougue d'un croisé s'en allant pourfendre l'infidèle. Jehan se laissa distancer. À quoi bon galoper puisqu'on ne savait où porter ses efforts ? La bête pouvait être n'importe où. À moins...

À moins que le jouvenceau ne sût exactement où elle se tenait en embuscade ?

Le routier essaya d'imaginer le vieux chevalier balafré dans le rôle du monstre. Pourquoi pas, après tout ? Ces vieux soudards gardaient longtemps le bras ferme et savaient manier la lance. S'il ne leur était plus permis de soutenir des combats de longue haleine, ils étaient encore capables de frapper vite et bien, surtout s'il s'agissait de terrasser un adversaire par surprise. Le vieillard en voulait à Ornan de Guy... À Aude, au roi... Cette vieille ganache aigrie par le fiel avait-elle tout manigancé en secret ?

Arrivés au milieu de la plaine, ils allumèrent un feu. De toute façon, il faisait trop sombre pour continuer. Le routier entreprit de nourrir les montures avec le sac de picotin que les valets d'écurie avaient pris soin de suspendre au troussequin des deux selles.

– Si la bête s'approche, dit Jehan, les chevaux henniront. Les chevaux repèrent les fauves bien avant nous. Et je suppose qu'un monstre maléfique a une odeur encore plus détestable qu'un loup.

– Nous perdons du temps, grogna Robert. On dirait que vous avez peur de vous engager dans la forêt.

– Je ne tiens pas à ce que les loups nous attaquent, c'est tout, répondit le routier. Si nos montures prennent peur, elles nous désarçonneront et fileront comme le vent, nous abandonnant dans la poussière, les membres peut-être rompus, à la merci de la meute. Cette perspective ne m'enthousiasme guère, je le reconnais. Mais je ne suis pas votre nourrice, si vous voulez trotter, trottez donc ! On dirait que le monstre vous a fixé rendez-vous en un lieu précis, comme une bergère en chaleur.

– Vous êtes grossier comme un croquant ! riposta Robert. Vous avez beau vous donner des airs, on voit tout de suite d'où vous sortez.

– Maîtrisez votre bile noire, ricana Jehan. Un jour elle vous étouffera, et vous mourrez suffoqué, sans avoir eu le temps de devenir un héros.

Ils passèrent la nuit dans de mauvaises conditions s'épiant l'un l'autre dans la peur de quelque traîtrise. Jehan surveillait plus particulièrement Robert, mais celui-ci semblait réellement guetter la venue de la bête, et tressaillait dès qu'un buisson craquait aux alentours.

Le lendemain, ils relevèrent des traces, mais qui pouvaient être celles d'un ours. Les marques de griffes sur l'écorce des arbres confirmaient cette hypothèse. Ces découvertes mirent le jouvenceau dans un état de grande excitation. Les traces se dirigeaient vers un mont aux pentes touffues, ce qui n'avait rien d'étonnant. Quand ils arrivèrent au pied de ce que Robert de Saint-Rémy appelait déjà « la montagne », le jeune homme exprima le désir de chevaucher seul.

– Il faut se séparer, fit-il valoir. Chacun doit tenter sa chance de son côté, sinon il n'y aura pas de vainqueur. Convenons d'une chose : si vous m'entendez crier, ne venez pas à mon secours. Cette chasse est un duel entre nous deux, et si l'un doit succomber, voire les deux, c'est que Dieu en aura décidé ainsi.

Jehan se demanda s'il croyait à ce qu'il disait, ou s'il éprouvait encore une fois le besoin de jouer les bravaches.

– Comme il vous plaira, dit-il. Mais avez-vous déjà affronté un ours ? On se sent parfois bien seul lorsqu'on se trouve face à cette immense bête.

Robert haussa les épaules et talonna sa monture pour partir devant.

« Ainsi c'est peut-être ici qu'a été dressé le guet-apens, songea Jehan. Les traces qui nous ont menés en ce lieu ont été faites par un complice... Dans une heure, Robert va feindre de livrer un combat titanesque et reviendra porteur de la peau du monstre. Mais d'ici là, il va sûrement tenter de se débarrasser de moi, car je fais un témoin incrédule et gênant. »

Mais peut-être Robert agissait-il sans l'aide de personne ? Se couler dans la trace d'un ours n'avait rien de bien compliqué. Il avait exigé de chevaucher seul pour pouvoir à loisir enfiler son déguisement de bête torte...

L'écho des sabots de sa monture s'était éteint. Jehan décida qu'il avait pris suffisamment d'avance et se lança à son tour sur la pente touffue de la colline dont un étroit sentier faisait le tour. Le passage était malaisé et, dès qu'on avait pris quelque hauteur, on côtoyait le vide. Jehan s'aperçut qu'il devenait nerveux et que son cheval dressait les oreilles. Il commença à comprendre qu'il avait commis une erreur en laissant son adversaire prendre la tête de l'expédition. Trottinant au bord du chemin, il était vulnérable. Il ne croyait pas à la possibilité d'une attaque directe, mais la chute d'une grosse pierre ou d'un billot de bois était toujours possible. Frappé au milieu du corps, le cheval basculerait à coup sûr dans le vide. Il se maudit pour avoir été trop sûr de lui. Certes, le jeune homme ne possédait pas l'art de la guerre, mais il était rusé et inventif, avec cette imagination souvent déréglée des gens qui ont lu trop de livres.

La brume stagnait sous les arbres et les oiseaux avaient cessé de chanter comme s'ils assistaient à quelque manigance. Jehan tira son épée. Malgré tout subsistait au fond de lui un reste de superstition qui lui faisait craindre l'apparition d'une vraie bête diabolique.

Il avait beau s'être préparé à l'embuscade, il fut surpris par le surgissement du monstre qui bondit de derrière un arbre, les griffes en avant, et laboura le flanc du cheval.

Le routier n'eut pas le temps de frapper. Il sentit le sang du destrier jaillir sur ses mollets à l'instant même où celui-ci se cabrait en battant des antérieurs. L'épée ne lui servait à rien, il comprit qu'il allait être désarçonné et tomber dans le ravin hérissé de grosses pierres s'étendant sur sa droite.

De la bête méhaignée, il n'avait aperçu qu'un mufle effroyable. Peut-être un crâne sans viande aux yeux rouges, mais peut-être également un masque de carnaval modelé à l'effigie d'un monstre... Il n'eut pas le temps d'y réfléchir davantage. La terre s'éboulait déjà sous les sabots de sa monture. Il quitta les étriers quand le cheval bascula dans le vide. La pente n'était pas abrupte mais tout de même très vive, et le palefroi s'y brisa l'échine en rebondissant sur les rochers. Sa glissade avait soulevé un épais nuage de poussière qui eut le mérite de dissimuler Jehan aux regards de la bête torte.

Le routier ne dut sa survie qu'à son épée, qu'il eut le réflexe de ficher dans la terre pour arrêter sa terrible glissade. S'il n'avait pas été recouvert de cuir, sa peau aurait été arrachée jusqu'à l'os. Les rebonds du cheval avaient déclenché une avalanche de caillasse qui n'en finissait plus. Jehan rentra la tête dans les épaules tandis que les pierres ricochaient sur son vieux casque bosselé. Sans ses bras de bûcheron, il aurait lâché prise. La terre qui coulait sur ses épaules lui donnait l'impression qu'un fossoyeur travaillait de la pelle avec furie, trente pieds plus haut, pour combler le précipice avant qu'il soit longtemps.

Enfin le calme revint. Jehan ne put s'empêcher de regarder au-dessous de lui. Le cheval reposait tout déjeté dans la caillasse, soixante-quinze pieds plus bas. Les racines et les pierres lui avaient déchiré la peau du ventre si bien qu'il perdait ses entrailles. Dans sa chute, il avait emporté la selle et les provisions de son cavalier. La nourriture et les réserves d'eau. En une contrée où le poison fleurissait avec largesse, ce n'était pas un détail sans importance.

Jehan resta un moment immobile, essayant de se fondre avec la paroi au cas où le monstre essaierait de vérifier s'il était bien mort. Couvert de terre, il devait être difficile à distinguer du haut du précipice. S'il n'avait pas autant manié la cognée durant son existence, il n'aurait pu se maintenir ainsi au-dessus du vide. Quand il estima qu'il était sur le point de se fatiguer, il creusa à coups de pied des appuis dans l'argile grasse, et, s'accrochant d'une main aux racines, planta l'épée un peu plus haut. Il progressa fort lentement, plantant et déplantant sa lame chaque fois qu'il avait réussi à s'élever d'une vingtaine de pouces. Par cette méthode, il se hissa à force de tractions successives jusqu'au chemin de terre éboulée.

Ce n'est qu'une fois là-haut qu'il prit conscience d'être zébré d'entailles. De plus, il avait reçu une grosse pierre sur le jarret droit et éprouvait une vive douleur dès qu'il prenait appui sur son pied. Il arracha quelques poignées d'herbe imprégnée de rosée, se nettoya du mieux qu'il put. Il mourait de soif. La peur et l'effort lui asséchaient le gosier. Il songea à sa réserve d'eau qui gisait maintenant au fond de la ravine. Les heures à venir allaient être difficiles, surtout si le soleil se mettait de la partie.

Il resta longtemps sur le qui-vive, les deux mains rivées au pommeau de son épée, guettant le retour de la bête. Il était de plus en plus convaincu que Robert n'avait voulu prendre de l'avance que pour avoir le temps de se déguiser. Sans doute avait-il enfoui son costume de monstre quelque part dans les broussailles trois jours auparavant ? Tout le reste n'avait été qu'une mise en scène destinée à rabattre l'adversaire vers le lieu du guet-apens.

Qu'allait-il se passer maintenant ? Le « monstre » allait-il revenir à l'assaut ?

Jehan tituba pour s'adosser à un arbre. Sa blessure diminuerait beaucoup son efficacité au combat, car il est difficile d'assener des coups qui portent lorsqu'on ne tient pas debout. Il décida d'attendre et s'assit à cheval sur une grosse racine. Il doutait que la bête daignât se montrer tant qu'il ferait preuve de vigilance. Le danger viendrait quand il commencerait à somnoler. Sans eau, sans nourriture, il risquait de s'affaiblir très vite.

Un long moment s'écoula. Les muscles douloureux, Jehan ficha l'épée en terre et s'adossa au tronc. Il avait chaud et se sentait gagné par un début de fièvre. Il avait mal partout. Il aurait donné n'importe quoi pour arracher son équipement et plonger dans une rivière fraîche. Il résista à la somnolence. Où était Robert ? Quel nouveau traquenard préparait-il dans l'ombre ?

Il ne pouvait pas rester là, à attendre qu'on vienne l'égorger ; aussi décida-t-il de se remettre en marche après s'être fabriqué une béquille grossière en deux coups d'épée. Les broussailles épineuses étaient pleines de mûres juteuses dont il aurait bien fait son ordinaire n'eût été la menace du poison. Çà et là, au creux des rochers, la dernière averse avait laissé des flaques d'eau pure dans lesquelles il aurait pu plonger la paume pour se désaltérer... Mais Robert n'avait-il pas justement prévu cette réaction ? Il lui avait suffi de laisser tomber une goutte de poison au creux de chaque flaque pour rendre aussitôt ces petites mares mortelles.

Jehan progressait en soufflant, le feu dans la gorge et la langue comme un vieux morceau de cuir. Il se demandait s'il résisterait encore longtemps. Il avait de plus en plus de mal à détacher son regard des abreuvoirs naturels formés par les pierres creuses.

Un éboulement feutré le fit sursauter. Depuis un moment déjà il avait l'impression d'être suivi. Il fut tenté de se rabattre sur une ruse banale : feindre de boire et de rouler empoisonné sur le sol... Mais s'il ne puisait pas l'eau au bon endroit, Robert saurait aussitôt qu'il bouffonnait. De plus, il était trop mal en point pour espérer bondir sur ses pieds lorsque son assassin s'approcherait. Non, la ruse était mauvaise... Mieux valait tout miser sur le combat frontal.

Il s'adossa à une roche, attendant l'attaque. Rien ne vint. L'herbe écrasée signalait pourtant le passage d'une bête corpulente qui avait cassé les brindilles autour d'elle en cherchant à s'enfoncer sous le couvert. Il devait être assez malcommode de se déplacer une fois engoncé dans l'accoutrement du monstre, aussi Robert devait-il se déshabiller entre chaque attaque. À force de scruter la forêt autour de lui, le routier finit par distinguer quelque chose sur le sol.

Il crut d'abord qu'il s'agissait d'un serpent, puis comprit que c'était un ruban. Un ruban de soie cramoisie. Il frissonna. Que faisait-il là ? C'était une étoffe bien coûteuse pour avoir appartenu à une bergère... Et de toute manière, aucune bergère n'aurait porté un tel atour pour garder ses bêtes. Où avait-il vu de semblables rubans ? La couleur comme la matière lui étaient familières. Récemment, il avait côtoyé quelqu'un qui utilisait de semblables colifichets, mais qui ?

Et soudain la révélation le foudroya. *Aude*... Aude de Chantrelle. C'était la damoiselle à la pâle figure qui nouait ses tresses au moyen de rubans cramoisis. Il crut que le souffle lui manquait. Une méchante idée était en train de faire son chemin dans son esprit. Une idée d'une perversité repoussante mais qui s'imposait avec plus de force de minute en minute.

Et si...

Et si la bête méhaignée c'était en réalité... Aude de Chantrelle ? Elle s'était débattue pour passer son déguisement, sans se rendre compte que ses efforts dénouaient l'une de ses tresses. Le ruban était tombé dans l'herbe mais, gênée par le port du masque monstrueux, la jeune fille ne s'en était pas aperçue...

Jehan clopina jusqu'au lacet de soie et le ramassa du bout des doigts.

« Dieu ! pensa-t-il avec effroi. Robert et Aude nous ont manipulés depuis le début... »

Il se redressa, essayant de mettre de l'ordre dans ses idées. Aude et Robert s'aimaient, ils s'étaient toujours aimés sans le moindre espoir car la pauvreté du jeune homme interdisait toute éventualité de mariage. Jamais les Chantrelle n'auraient accepté de donner la main de leur fille à un demi-croquant, à un fils de chevalier infirme qui vivait comme un serf dans une masure encombrée de poules et de chèvres.

C'est alors que l'idée avait germé dans l'esprit d'Aude. Car c'était elle qui avait élaboré le complot, Jehan en avait la certitude. Il voyait bien là la marque de son imagination enfiévrée.

Elle avait décidé d'épouser Ornan de Guy pour ses richesses, son château.... Avec Robert elle avait tout préparé : la mithridatisation de Gomelot, l'empoisonnement du baron. Une année de complots secrets, de préparatifs ténébreux. L'élaboration du poison, la complicité involontaire de Jacotte qu'il avait fallu obtenir.

Oui... Jehan y voyait clair à présent. Le jour de l'empoisonnement, Aude n'avait pas couru le moindre risque car jamais il ne lui serait venu à l'esprit de porter la nourriture à sa bouche avant qu'Ornan ne s'effondre. Et c'était bien Robert qui, déguisé en page, avait acheminé le plat de marcassin jusqu'à la salle du banquet.

Deux jouvenceaux diaboliques... Et qui avaient été bien près de réussir. Aude... La belle Aude. Dès le début elle avait décidé de se débarrasser au plus vite du baron, sitôt le mariage célébré en secret. Quant à la bête méhaignée, ce n'était qu'un subterfuge destiné à frapper l'imagination des habitants de Kandarec, un monstre fabuleux dont Robert devait triompher publiquement. La bête fantastique allait permettre au pauvre Saint-Rémy de se couvrir de gloire et de gagner ses éperons de chevalier. Un tel exploit lui vaudrait l'admiration de tous et même celle du suzerain. La bête abattue, on demanderait au héros d'exprimer un vœu. C'est alors que Robert réclamerait le fief de Kandarec... et la jeune dame laissée en veuvage.

Jehan frappa du poing sur le rocher auquel il s'appuyait. Il comprenait tout. Il avait joué tout à la fois le rôle de gêneur et de témoin facile à berner. Aude s'était cloîtrée pour mieux s'échapper dès la nuit venue. En tant qu'épouse d'Ornan de Guy, elle connaissait probablement l'emplacement des souterrains permettant de quitter le château sans être vu. Chaque soir, alors qu'on la croyait abîmée en macérations, elle s'en allait jouer les bêtes tortes dans la campagne ou dans les rues de la ville. À moins qu'elle n'ait partagé la responsabilité de cette macabre bouffonnerie avec son tendre amant ? Oui, sans doute ! Aude et Robert jouaient tour à tour le rôle de la bête quand cela les arrangeait, chacun servant d'alibi à l'autre...

Oh ! bien sûr, restait le problème de la lèpre... Aude était-elle contaminée ? Sûrement pas. Mise au courant par son père des soupçons pesant sur le baron, elle s'était sans doute débrouillée pour que le mariage soit célébré mais non consommé. Elle s'était ensuite servie de la suspicion de ladrerie pour se donner des allures de victime et s'attirer la sympathie de ceux qui auraient pu la suspecter.

Oh ! comme elle avait été habile !

Elle était assez belle pour mener Ornan de Guy par le bout du nez. Quelles raisons lui avait-elle opposées lorsqu'elle s'était trouvée en grand danger d'être troussée ? La peur ? L'amour courtois ? Son extrême jeunesse ? Le besoin de s'habituer à l'idée d'être déflorée ? Jehan ne se faisait pas de souci, elle avait dû être éloquente. Il connaissait bien ces barons vieillissants qui, brûlant d'amour pour une pucelle, devenaient aussi dociles que des jouvenceaux. Aude n'était pas malade, elle ne l'avait jamais été. Une fois la bête « tuée » par Robert, elle se ferait examiner par un mire qui la déclarerait parfaitement saine... et le tour serait joué.

Jehan réalisa que la fièvre lui faisait couler la sueur sur le visage. Il ôta son casque d'une main mal assurée.

Aude était là... Il le sentait. Arguant de son désir de claustration, elle avait quitté le castel à l'insu de tous, alors qu'on la croyait couchée sur le pavé de sa chambre, les bras en croix, implorant la clémence de Dieu. Ah ! Elle avait bien berné son monde la petite garce !

Et en ce moment même elle se cachait quelque part avec Robert pour arrêter du plan à suivre. Montpéril ne devait pas survivre à la traque. Il était trop au fait des choses de la guerre pour admettre sans incrédulité qu'un jouvenceau comme Robert de Saint-Rémy puisse défaire un monstre au moyen d'une épée qu'il avait bien du mal à soulever.

Ils allaient revenir à l'attaque. Elle ou lui...

À l'abri de la peau d'ours.

Pour l'heure ils attendaient de voir si le piège du poison allait fonctionner. La chaleur jouait en leur faveur. Ils avaient sûrement empoisonné toutes les flaques d'eau... Cette eau que le routier aurait bue avec délices, même s'il avait dû la laper à quatre pattes comme un chien.

Jehan se recroquevilla dans un arbre creux. Il mourait de faim et soif. À la hauteur du soleil il estima qu'il devait être midi. Pour oublier ses souffrances il examina dans sa tête les différentes phases du plan arrêté par Aude. Plus il y réfléchissait, plus il se persuadait de voir juste. Et il allait mourir là, sur cette montagne, dans cette forêt, sans avoir pu révéler la vérité à quiconque.

Il passa la journée aux aguets, l'oreille tendue. Il était si nerveux qu'il fut plusieurs fois tenté d'appeler pour précipiter la confrontation. Il se retint à la dernière seconde. Sa jambe s'engourdissait et son genou avait doublé de volume, lui rendant tout déplacement difficile. Comme la nuit venait, il décida d'un subterfuge. Ayant rassemblé des broussailles en fagots, il les enveloppa dans son manteau et coiffa cette silhouette de son casque pour lui donner l'air d'un cavalier endormi. Dans l'obscurité, l'épouvantail faisait à peu près illusion. Cette précaution prise, il s'embusqua dans les rochers, l'épée au poing. Il faillit s'endormir deux fois. Un léger craquement de brindilles lui apprit que l'ennemi approchait.

C'était la bête. Bossue, la peau lâche et pelée. La tête faite d'un masque de carton plâtré. Qui se cachait dans cette guenille d'enfer ? Aude ou Robert ?

Lequel des deux ?

Le monstre avançait comme une ombre. À la lueur de la lune, Jehan vit qu'il tenait une dague dans la main droite.

« Fini les subtilités ! songea le routier. Cette fois on a décidé d'aller au plus rapide. »

Il se ramassa sur lui-même pour se préparer à bondir. En prenant appui sur sa seule jambe valide, il réussirait peut-être à se propulser jusqu'à la bête et à lui fendre la tête d'un coup d'épée.

Il découvrit que cette idée lui était désagréable. Avait-il réellement envie de tuer Aude de Chantrelle ? Il revoyait son corps nu et gracile tel qu'il avait pu le contempler là-haut dans la chambre de la tour. Ce n'était qu'une enfant. Une fillette montée en graine qui jouait à la femme... Il s'imagina, écartant le masque de carton et découvrant le joli visage d'Aude fracassé par le coup d'épée. Il connaissait les dégâts qu'occasionnait le fer lorsqu'il faisait éclater les os et jaillir la cervelle. Diantre ! Voilà qu'il s'amollissait, que lui venaient soudain des scrupules de vieux mercenaire dégoûté par trop de tueries.

Là-bas, la bête s'approchait du pantin, levait le bras et frappait, enfonçant la dague dans le manteau poussiéreux. Elle se redressa aussitôt, comprenant le traquenard. Elle regarda autour d'elle en reculant prestement pour tenter de déterminer d'où viendrait l'attaque.

Jehan s'élança, mais il n'avait pas assez de force dans une seule jambe pour se projeter sur le monstre : il perdit l'équilibre et tomba sur l'épouvantail tandis que le monstre s'enfuyait entre les arbres. Le routier blasphéma horriblement. Alors qu'il se relevait, il avisa le manteau troué. S'il avait des scrupules, la bête, elle, n'en avait aucun. Elle avait frappé droit au cœur avec l'intention de tuer.

Jehan enrageait de n'avoir pu mettre fin à cette mascarade. En même temps, la détermination d'Aude l'effrayait. Il fallait vraiment avoir le diable au corps pour mettre au point un tel complot et n'en pas dévier d'une ligne. Il reconnaissait bien là l'entêtement d'un esprit déréglé par la pratique de la lecture. C'était l'une des rares opinions qu'il partageait avec les clercs. La lecture ne convenait pas aux esprits faibles et finissait par les jeter dans le gouffre des chimères.

Il passa la nuit tel un assiégé en son réduit, l'épée sur les genoux. Recroquevillé au milieu des rochers, il avait disposé un peu partout des cailloux qui rouleraient en produisant du vacarme si l'ennemi tentait une nouvelle fois de s'approcher. Il attendit le jour ainsi, dans les souffrances de la soif, tantôt sommeillant tantôt s'éveillant en sursaut.

L'aube se levait quand une silhouette envahit le champ visuel du routier engourdi. Une pierre roula, Jehan sortit immédiatement de sa torpeur.

C'était Robert. Il s'approchait, l'épée d'une main, son paquetage jeté sur l'épaule.

– Hé bien, compagnon, dit-il d'un ton goguenard. Vous voilà en bien piteux équipage, que vous est-il arrivé ? Avez-vous rencontré la bête ?

– Par deux fois, grogna Jehan. Et vous ?

– Je l'ai entr'aperçue dans les buissons, avoua le jeune homme. Mais elle s'est évanouie dans les airs quand j'ai tenté de me rapprocher. Je ne désespère pas de m'en saisir. Elle est prise au piège de la colline. Je lui ai barré le chemin de la retraite en disposant des morceaux d'hosties consacrées au bas du mont. Désormais, elle est prisonnière sur cette butte de terre et va tourner en rond en s'exaspérant d'heure en heure. Si vous êtes blessé vous devriez partir car elle va devenir méchante.

Robert s'agenouilla. Une outre d'eau suintante battait son flanc gauche. Jehan tressaillait chaque fois qu'un clapotis s'échappait de la poche de cuir.

– Vous semblez avoir soif ? remarqua négligemment le jouvenceau. Voulez-vous boire une gorgée ?

« Ah ! songea le routier. Voilà donc ce qu'ils ont imaginé : attendre que je sois altéré pour m'empoisonner. »

Ce n'était pas mal parier, car il est vrai qu'il aurait fallu peu de chose pour le pousser à accepter. Il dut faire appel à toute sa force d'âme pour éloigner la tentation.

– Non, dit-il, je te remercie, mais je suis très bien. Garde ton eau pour la chasse : courir derrière le monstre va te dessécher la gorge.

Il avait mis beaucoup d'ironie dans ses propos mais Robert ne releva pas l'insolence.

– Comme vous voudrez, fit-il en se redressant. Mais à votre place je partirai sans demander mon reste. Dans une heure j'aurai tué la bête et vous serez vaincu. Si vous êtes toujours là, je serai forcé de vous ramener à Kandarec pour y subir votre destin.

– Va, grogna Jehan, et fais bonne chasse. Ne te luxe pas l'épaule en faisant des moulinets avec ta grande épée.

Robert s'éloigna, vexé. Sans doute la belle Aude avait-elle assisté à tout l'entretien depuis les broussailles ? Qu'allaient donc décider maintenant les deux jouvenceaux ?

« Ils ont sûrement pensé que tu serais plus facile à tuer, songea Jehan. À cet âge on croit tout le monde vieux et sans force. Maintenant, ils vont hésiter à t'affronter à découvert. Ils t'ont poussé dans le vide, poignardé... Robert vient d'essayer de t'empoisonner. Que reste-t-il ? Incendier la forêt ? Te faire griller sur la colline ? »

Jehan grimaça. Tendant la main, il tâta la végétation autour de lui. Non, feuilles et branches étaient humides, le feu aurait trop de mal à prendre. Il s'assit sur un rocher et prit ses souffrances en patience. Fallait-il redouter une flèche tirée depuis un buisson ? Il n'avait pas vu d'arc dans le paquetage de Robert, mais les deux tourtereaux avaient très bien pu constituer une réserve d'armes sur la colline, en prévision de l'affrontement final.

Une heure plus tard, un grand fracas de branches brisées se produisit au sommet du mont, puis le son d'une trompe de chasse déchira le silence comme pour annoncer une victoire. La cornure s'amplifia. Jehan crispa les mains sur le pommeau de son épée, s'attendant à tout. Robert apparut enfin, couvert de sang et remorquant un objet flasque, visqueux, qui ressemblait à une peau d'ours fraîchement écorchée.

– J'ai triomphé ! hurla le jouvenceau. Sans même férir un seul coup. Je n'ai eu qu'à brandir l'épée bénite de mon père pour défaire le démon. L'esprit malin s'est envolé, abandonnant derrière lui la défroque du monstre.

– Quelle est cette belle fable ! ricana Jehan. Une historiette pour les marmots.

– Regardez donc, fit Robert piqué au vif. Voilà la dépouille du monstre. Je l'ai trouvé dans les buissons au sommet du mont. Je n'ai eu qu'à avancer en brandissant mon épée par la lame, tel un crucifix, et à chanter les psaumes. La bête s'est défaite devant la puissance du Christ.

Jehan se pencha vers la défroque. C'était le déguisement qu'il avait entr'aperçu la veille et qu'on s'était contenté d'asperger de sang frais.

– Me prends-tu pour un sot ? lança-t-il. Il suffit d'un coup d'œil pour comprendre qu'il s'agit là d'un déguisement grossier, d'une guenille de mi-carême. On l'a baptisée en tranchant le cou d'un lapin, avec l'espoir que le sang en masquerait l'aspect rudimentaire, mais si tu comptes exhiber cette relique de fantaisie aux regards de l'abbé Dorius, tu vas au-devant de gros ennuis.

– Vous essayez d'amoindrir mon triomphe ! siffla le jeune homme, le visage convulsé de rage. Je vous avais pourtant prévenu que la science des armes ne suffisait pas toujours, et qu'un cœur pur pouvait triompher là où échouait le bras bien armé d'un mécréant.

– Arrête ton sermon, grogna Jehan. Je ne suis pas dupe de la bouffonnerie. Et dis à ta damoiselle de sortir de sa cachette, j'ai tout deviné.

– De quoi parlez-vous ? s'étonna le jeune homme.

– Tu ne connais pas cette chose, sans doute ? lança le routier en exhibant le ruban de soie cramoisie trouvé la veille.

– Si... fit Robert avec une hésitation. Je l'avais donc perdu ? C'est l'un des lacets d'Aude. Elle me l'a donné il y a bien longtemps, alors que nous étions encore enfants. Je l'ai toujours gardé sur moi. C'est mon porte-bonheur.

– Tu mens ! gronda Jehan. Tu inventes. *Je sais qu'elle est là.* Elle l'a perdu en ôtant son déguisement à la hâte. Je sais ce que vous avez machiné.

Et il entreprit d'exposer par le menu les conclusions auxquelles il avait abouti.

– Vous êtes fou, lâcha Robert lorsqu'il eut terminé. La fièvre vous a tourné l'esprit. Vous ne voulez pas admettre que vous avez perdu, alors vous vous rabattez sur ce conte à dormir debout. Je ne perdrai pas mon temps à me disculper. Je rentre à Kandarec. Je vous offre de grimper sur mon cheval. Une fois là-bas vous pourrez implorer la clémence de Dorius. Si vous restez ici dans votre état, les loups ne tarderont pas à flairer l'odeur de la maladie et à vous encercler. C'est à vous de décider. Je ne suis pas méchant, j'essaierai d'intercéder en votre faveur auprès de l'abbé. Venez, je suis impatient de retourner en ville.

Jehan cracha de colère, mais il manquait de salive et ne réussit qu'à tousser. L'aplomb du jouvenceau lui paraissait relever de la folie.

– Tu es sous l'emprise d'Aude, dit-il en se radoucissant, mais ne l'écoute pas. C'est une enfant un peu folle. Je connais Dorius, votre stratagème ne fonctionnera pas. Pas avec cette guenille... Il vous aurait fallu soigner mieux les choses. Abattre un ours et le maquiller, lui peindre le poil de symboles sataniques, lui planter sur le crâne des cornes de bouc, que sais-je ?

Robert contempla la défroque ensanglantée sans paraître comprendre.

– Je ne vois pas ce qui vous gêne tant, chevalier, dit-il avec hauteur. Pourquoi le démon n'aurait-il pas justement emprunté la défroque d'un bateleur pour lui donner vie ? Il est connu que le diable a besoin de vêtements pour s'incarner, c'est pourquoi il endosse parfois la dépouille mortelle d'un pendu. Ici, par dérision mauvaise, il a choisi de se glisser dans un costume de carnaval, c'est tout.

– Très bien, soupira Jehan. Si tu penses que l'abbé est assez sot pour avaler ce beau discours tu te trompes. Nous courons tous les deux à notre perte.

– Je ne vous force pas à m'accompagner, riposta Robert.

– Je ne rentre pas pour toi, grommela Jehan. Mais pour une jeune dame que Dorius tient en otage, et qui paierait à ma place si je m'évanouissais dans la nature.

Sans plus s'occuper du routier, Robert alla chercher son cheval. Il accrocha la peau à sa selle, pour éviter qu'elle ne se déchire aux pierres du chemin, et assujettit son paquetage. Où se trouvait Aude ? Sans doute avait-elle déjà repris le chemin du château. Les souterrains d'évacuation serpentaient parfois fort loin sous la campagne ; personne, à part le seigneur et ses proches, ne savait où ils débouchaient. C'étaient là des voies fort commodes pour passer sous les murailles sans être vu. Il suffisait d'y descendre une mule ou un cheval pour y progresser avec rapidité.

– Voulez-vous monter en croupe ? proposa Robert avec une irritante magnanimité.

Jehan accepta. Il n'existait pas d'autre solution. Le jouvenceau semblait ne pas douter une seconde du succès de son entreprise. Aude avait-elle prévu d'apparaître sur le parvis lors de la remise triomphale de la dépouille ?

« Oui, songea le routier, c'est sûrement cela. Elle va couper l'herbe sous le pied à Dorius. Après avoir joué les recluses, elle va surgir dans toute sa gloire en grande dame de Kandarec, elle rendra son mariage public et comblera Robert de bienfaits ! »

Sa grâce et la douceur de ses traits feraient fondre tous les cœurs, et chacun serait fier d'obéir à une aussi charmante dame.

Les deux hommes chevauchèrent en silence à travers la campagne. Désormais on ne parlerait plus d'empoisonnement. Les choses allaient rentrer dans l'ordre et Robert de Saint-Rémy serait pour toujours le preux chevalier qui avait triomphé de la bête immonde. Un héros de légende auprès duquel les vieux combattants des croisades feraient pâle figure.

Les tours du château se dessinèrent dans la brume de chaleur. Alors qu'on approchait de la poterne, Robert tira sa trompe et en sonna longuement pour annoncer son retour. Sans doute s'attendait-il à être salué par les cris de joie d'une foule en liesse. Mais personne ne hurla « Noël ! » en le voyant passer les portes de la cité. Les figures qui se massaient de part et d'autre des rues étaient longues et sinistres. Nulle cloche ne carillonnait pour saluer le retour du héros, et bien des femmes pleuraient, le visage enfoui dans un linge.

Dorius attendait sur le parvis de l'église, l'air sévère. Il n'eut qu'un regard de dégoût pour la peau du monstre aspergée de sang noir. Sans laisser aux deux cavaliers le temps de mettre pied à terre, il les désigna du doigt et cria à la garde :

– Saisissez-vous de ces deux imposteurs. Nous saurons leur faire payer leur impudence ! Qu'on les charge de chaînes et qu'on les jette au cachot, en compagnie d'Irana la sorcière. Nous instruirons leur procès au plus vite ! Il est temps qu'on cesse de bafouer l'autorité divine !

16

Dans les mains du tourmenteur

On leur arracha leurs épées, on les fit tomber de cheval. Un silence terrible planait sur la ville. Jehan et Robert furent empoignés par les gens d'armes et poussés dans les geôles du château.

Irana les attendait dans un cul-de-basse-fosse rempli d'une paille pourrie par les déjections des prisonniers qui s'étaient succédé là depuis un mois. La jeune femme était très pâle. Sa chemise déchirée laissait voir son épaule nue, griffée par le gantelet d'un sergent. Elle tremblait et ses yeux avaient un éclat un peu fou.

Dès que le geôlier eut verrouillé la grille derrière les deux arrivants, elle dit :

– Aude est morte. Elle s'est jetée ce matin du haut du donjon... La bête lui est apparue au cours de la nuit pour lui révéler qu'elle était enceinte d'un enfant lépreux qui lui pourrirait les entrailles... Elle ne l'a pas supporté. J'ai essayé de la raisonner mais elle m'a éloignée sous prétexte d'aller chercher Dorius. J'étais en train de descendre l'escalier quand elle s'est jetée dans le vide. L'abbé en a aussitôt profité pour m'accuser de l'avoir poussée.

Robert se jeta sur elle, la saisit aux épaules, la secoua en tous sens.

– Ce n'est pas possible ! hurlait-il. Aude ne peut pas être morte... Pourquoi dis-tu qu'elle avait la lèpre ! Tu es folle !

Irana gémit de souffrance. Jehan s'interposa et repoussa le jeune homme dans un coin du cachot. Le routier essaya d'organiser ses pensées. Le suicide de la dame de Kandarec réduisait toutes ses théories à néant.

– Tu l'as vue morte ? demanda-t-il en s'agenouillant devant Irana.

– Oui, murmura la jeune femme. Elle s'est écrasée dans la cour mais son visage a été préservé du choc. Il y avait beaucoup de sang autour d'elle... C'était affreux. Je n'aurais jamais pensé qu'un corps si frêle puisse contenir autant de sang.

Jehan serra les dents. Qui donc avait joué le rôle de la bête là-bas, sur la colline, et ici au château ? Qui donc avait profité des souterrains pour aller et venir en secret, donnant sa sinistre bouffonnerie tantôt dans les bois, tantôt dans les couloirs du donjon ?

– Dorius m'accuse d'être une sorcière, chuchota Irana. Il dit que je vous ai envoûtés tous les deux, que j'ai fait sortir la bête torte de l'enfer par mes incantations. Il m'a toujours détestée... Aujourd'hui il tient un prétexte pour me supplicier, il ne laissera pas passer l'occasion.

– Et comment a réagi la population ? s'enquit Jehan.

– Tout le monde est terrifié. Quand on m'a arrêtée, des femmes ont essayé de me lapider. J'ai reçu des pierres sur tout le corps. J'ai peur... Dorius va me faire torturer, comme Gomelot, je le sais. Jusqu'à ce que j'avoue avoir pactisé avec le démon.

Elle se recroquevilla sur elle-même et se mit à sangloter. Jehan voulut la prendre dans ses bras, mais elle le repoussa.

– Non, dit-elle, laisse-moi... j'ai trop peur.

– Qui est derrière tout ça ? interrogea Jehan.

– Que tu es bête ! s'emporta la jeune femme à bout de nerfs. C'est Dorius bien sûr ! C'est lui qui a tout manigancé depuis le début. C'est un ambitieux... Je l'ai compris hier soir, quand on m'a enfermée ici. Te rappelles-tu ce que Jacotte, la petite catin de Gomelot, a dit en mourant ?

– Oui, balbutia Jehan. « C'est le perroquet qui m'a tuée »...

– Oui, souffla Irana. Ça, c'est ce que tu as cru comprendre. En réalité elle a dit : « C'est le père rouquin qui m'a tuée. » Le père rouquin ! Je t'ai dit le soir de notre rencontre que Dorius avait les cheveux rouges et se teignait. Jacotte ne savait pas son nom... Elle devait le surnommer ainsi pour se moquer : « le père rouquin ! » Elle aussi avait remarqué la mauvaise teinture ! Les femmes font toujours attention à ces choses.

– Dorius a tué Jacotte ?

– Oui, pour la faire taire. Il savait que nous enquêtions, il a eu peur que nous découvrions le stratagème de la mithridatisation... Il voulait empêcher Jacotte de bavarder. C'est lui aussi qui a inventé la bête méhaignée... pour terrifier Aude et la pousser à bout. C'est lui qui vous a expédiés loin de la ville pour avoir le champ libre lors de ses mascarades. Tu montais trop bien la garde, tu le gênais.

– Mais dans quel but ?

– Je te l'ai déjà dit, mais tu refusais d'y croire. Je pense qu'il a inventé l'histoire de la lèpre pour se rendre indispensable auprès d'Ornan de Guy. Il a dû mettre à profit une petite maladie de peau, ou quelque chose d'analogue. C'est lui qui a monté l'affaire des fausses reliques. Il avait besoin d'un témoin pour rendre son conte crédible, il savait que tu ne pourrais t'empêcher de bavarder. Ornan de Guy n'a jamais eu la lèpre. Dorius s'est servi de cet épouvantail pour obtenir une bonne récompense. La promesse d'être nommé directeur de conscience ou prieur. Il a tué le baron, il a poussé Aude à se supprimer pour rester seul dans la place... Aujourd'hui le fief est vacant. Dorius va sûrement obtenir du suzerain qu'on fasse du château un monastère dont il sera le chef spirituel. Ne vient-il pas de déjouer un complot satanique ? Compte sur lui pour donner le plus grand retentissement à ses exploits. Un homme qui a repoussé l'offensive du malin est forcément un grand homme. Le petit moine va devenir prince de l'Église... Je suis certaine qu'il a extorqué au baron tous les parchemins nécessaires à son ascension. Il lui reste à balayer la place autour de lui, se défaire de ceux qui soupçonnent ses manigances. Toi... moi... Ce sera fait demain matin. Ils vont me torturer et j'avouerai. Tout le monde avoue n'importe quoi sous les pinces du bourreau. Je ne me fais pas d'illusions. Je ne serai pas plus forte qu'une autre. Mes aveux nous condamneront tous.

Jehan frappa du poing sur le pavé.

– Il ne se débarrassera pas de nous aussi facilement ! rugit-il.

– Mais si, soupira Irana avec lassitude. Ne sois pas faraud... Personne ne nous écoutera. Tu n'es rien, je ne suis rien. Aucun prince ne viendra témoigner en notre faveur. Dorius a réussi le crime parfait. Dès qu'il nous aura rayés du monde des vivants, il pourra jouir sans crainte des fruits de sa machination.

Sa voix se brisa et elle se cacha le visage dans les mains. Robert s'était effondré dans un coin de cellule, la figure vide, comme un homme dont l'esprit s'est perdu à la suite d'une trop grande frayeur. Il ne semblait pas avoir entendu un seul mot des propos de la trobairitz.

– Les drapiers ! lança Jehan. Ceux qui m'ont engagé pour prouver l'innocence de Gomelot, ils sont riches, ils sont puissants... Ils tenteront sûrement quelque chose pour nous venir en aide.

– Tu rêves ! cracha Irana. Dès qu'il s'agit d'accusation de sorcellerie personne n'est plus à l'abri. Ni baron ni bourgeois. Ils se tiendront prudemment à l'écart. Peut-être même ont-ils déjà pris la route.

Elle ne put en dire davantage. Les gardes du château venaient d'apparaître de l'autre côté de la grille.

– C'est pour toi, la catin du diable ! ricana le geôlier. Je crois qu'on va te faire chanter une petite chanson dont tu n'as encore jamais régalé aucun public. Espérons que le bourreau en aimera les paroles.

La jeune femme bondit au fond du cachot pour échapper aux soldats mais ceux-ci, tenant Jehan à distance du bout de leurs piques, la saisirent par les cheveux et lui nouèrent les poignets dans le dos. Irana était si terrifiée qu'elle perdit presque connaissance au moment où on l'entraînait vers la salle d'interrogatoire.

Elle cria longtemps. D'abord avec colère, puis avec terreur. Pour finir, ses hurlements devinrent ceux d'une petite fille martyrisée. Chaque fois que Jehan se meurtrissait les poings aux barreaux, le geôlier éclatait de rire.

– Ah ! dit-il. Ils vont bien l'arranger ta sorcière, pour sûr ! j'en ai vu à qui on entonnait de l'huile bouillante dans la matrice ou qu'on suspendait par la pointe des seins à des crochets. Oh ! Elles ne jouaient pas les princesses bien longtemps. Elles parlaient si vite qu'on ne pouvait plus les arrêter. La tienne fera comme les autres. Les moines assistent à l'entrevue, mais en détournant le regard pour ne pas être offusqués par la nudité de la fille. Le tourmenteur et ses aides sont moins regardants, eux. Il leur arrive de profiter de la donzelle entre deux séances, quand les moines se retirent pour délibérer.

– Tais-toi ! gronda Jehan.

Le geôlier se mit à rire de plus belle.

Robert était toujours prostré, anéanti par la mort d'Aude. Il ne semblait même plus s'apercevoir de ce qui se passait autour de lui.

Un long moment s'écoula, puis on ramena Irana. Elle ne portait plus qu'une longue chemise déchirée et tachée de sang. La sueur avait collé ses cheveux sur son front et son cou. Elle tremblait de tous ses membres et ne tenait plus debout, si bien que les gardes devaient la porter. Quand le geôlier eut ouvert la grille, ils la jetèrent dans la cellule. La jeune femme s'écroula en gémissant. Jehan se précipita vers elle. On l'avait fouettée et son dos était strié de plaies sanguinolentes qui s'entrecroisaient jusque sur ses fesses. Elle avait tant tiré sur ses liens qu'elle avait les poignets et les chevilles à vif. Quand le routier voulu lui donner à boire, elle le repoussa.

– Laisse-moi ! cria-t-elle. *J'ai avoué...* Tu comprends ? Je nous ai perdus ! J'ai été trop lâche pour résister. Quand le bourreau a voulu m'arracher les dents j'ai dit que Gomelot m'avait recrutée au sabbat... que je m'étais unie au diable. J'ai dit tout ce qu'ils voulaient entendre...

Elle fondit en sanglots. Jehan déchira un lambeau de sa chemise, alla le tremper dans l'eau et nettoya les marques laissées par le fouet. C'était horriblement douloureux et Irana gémissait à chaque effleurement.

– Laisse-moi, répéta-t-elle. Je ne vaux rien. C'est moi qui t'ai entraîné dans cette histoire... Je n'avais pas le droit de le faire... Mais je voulais tellement sauver Aude.

Au nom de la damoiselle, Robert s'éveilla.

– Vous avez connu Aude ? demanda-t-il d'une voix blanche en s'approchant d'Irana.

– Oui, gentil seigneur, murmura la jeune femme. Je l'ai assistée dans ses derniers instants. Elle m'a parlé de vous... Elle se repentait de vous avoir si durement traité. Elle disait...

– Que disait-elle ? glapit Robert en saisissant la main de la trobairitz.

Irana gémit.

– Fichez-lui la paix, grogna Jehan. Vous lui faites mal.

– Elle disait qu'elle s'était peut-être trompée, chuchota Irana. Qu'elle avait imposé silence à son cœur pour faire un mariage d'intérêt. Je crois qu'elle vous aimait...

– Oh ! murmura Robert. Je le savais. Je l'ai toujours su.

Un bruit de pas dans le couloir interrompit ces effusions. Un clerc portant une écritoire et une corne d'encre apparut derrière la grille. Irana se recroquevilla à sa vue ; Jehan comprit qu'il s'agissait du scribe ayant enregistré ses aveux.

– Je viens vous communiquer la décision de l'abbé Dorius, annonça le moine. La femme Irana ayant avoué ses crimes de sorcellerie, votre procès pourrait se dérouler demain et s'achever sur le bûcher avant la tombée du jour. Toutefois, dans sa grande mansuétude, l'abbé Dorius vous offre une chance de prouver votre innocence par le jugement de Dieu. Il admet que vous n'êtes peut-être que des sous-créatures de Gomelot le sorcier, et que, celui-ci étant mort, vous avez la possibilité d'échapper à l'emprise du mal. Pour ce faire, vous serez demain matin tous les trois enfermés dans un sac de cuir lesté de pierres et jetés dans la rivière à l'endroit le plus profond. Si Dieu décide de votre innocence, il vous permettra de remonter à la surface. S'il vous juge coupables, il vous laissera au fond. En prévision de cette épreuve je vous conseille de vous confesser et de passer la nuit en prière. Désirez-vous voir un prêtre ?

– Va au diable ! cracha Jehan.

– Tu te trompes, ricana le clerc. C'est toi qui vas y aller, pas moi ! Moi je serai sur la berge, je te regarderai noyer comme une portée de chiots qu'on jette à la mare.

Il tourna les talons, abandonnant les trois prisonniers dans l'obscurité.

– Nous ne mourrons pas ! hurla Robert. Pas moi en tout cas ! J'ai l'âme pure, Dieu ne me laissera pas périr.

– Tais-toi, imbécile ! grogna Jehan. Quand on jette quelqu'un dans un sac, il ne remonte jamais. Tu ne vois donc pas que Dorius s'offre le luxe de nous assassiner en jouant les grands seigneurs ? Il feint de nous laisser une chance alors que nous n'en aurons aucune.

– Non ! Non ! protesta Robert. Vous resterez peut-être au fond, mais pas moi... Moi je suis innocent ! Un miracle se produira... Un miracle !

Et il tomba à genoux, les mains jointes pour se mettre à prier avec ferveur. Irana se joignit à lui après s'être maladroitement redressée. Jehan se détourna pour ne plus les voir.

Il n'était pas complètement désespéré : il lui restait une arme secrète en réserve, une arme dont il ne voulait pas parler, au cas où l'on aurait soumis une nouvelle fois Irana à la question. Lorsqu'il avait quitté Kandarec pour traquer la bête, il avait – en prévision d'une funeste évolution des choses – glissé dans son anus un mince étui de bois graissé, pas plus long que l'index, et qui servait de fourreau à une lame aussi aiguisée qu'un rasoir. C'était là une vieille ruse de soldat qu'on n'utilisait plus guère car – assimilée à une manipulation sodomite – elle était vigoureusement condamnée par l'Église. Grâce à cette précaution, Jehan pourrait, quoique en simple chemise de condamné, disposer d'un outil redoutable pour entailler le cuir du sac. Le tout serait de s'emplir les poumons d'air et de faire assez vite. Ou encore de forcer l'ouverture pour passer la main à l'extérieur pour trancher la corde fermant l'enveloppe. Baste ! Il aviserait à pied d'œuvre. Le tout était que Robert et Irana ne le gênent pas dans ses mouvements en cédant à la panique. Il décida de ne les mettre au courant qu'à la dernière minute, pour éviter toute indiscrétion.

Il s'assit sur la paille, dans un coin de la geôle. Irana et Robert priaient toujours, épaule contre épaule, unis par la même terreur de la mort.

Jehan s'évertua au calme et essaya de planifier la fuite du lendemain.

L'une des solutions aurait bien sûr consisté à émerger de la rivière en criant que Dieu les avait reconnus innocents, mais il n'y croyait pas. Dorius s'arrangerait pour les faire disparaître d'une autre manière. Non, le mieux était de nager sous l'eau jusqu'à la rive et de faire surface dans les roseaux. On les croirait morts. Ils n'auraient qu'à quitter la province pour n'y plus jamais revenir.

Il remâcha longuement cette idée. La fuite à travers la campagne, sans cheval ni vêtements, ne serait pas facile, mais l'on trouverait bien l'occasion de se glisser chez un vilain occupé aux champs pour lui voler quelques effets. Après, avec un peu de chance, on pourrait quitter le pays à marche forcée.

Il fallait prendre des forces en prévision de cette épreuve et le routier décida de dormir. Il aurait aimé qu'Irana et Robert en fassent autant, mais ils étaient l'un et l'autre si abîmés en prières qu'ils ne l'auraient pas écouté.

Il dormit mal mais réussit tout de même à grappiller quelques heures de sommeil. Quand il s'éveilla, à l'aube, Irana reposait, blottie dans les bras de Robert. Les deux jeunes gens offraient dans la lumière grise un pitoyable tableau. Ils avaient probablement usé leurs dernières forces à prier dans l'espoir d'un miracle.

« Tout à l'heure, songea Jehan irrité, quand il s'agira de courir, ils n'auront plus de jambes ! »

Il n'eut pas le temps d'y réfléchir davantage car les soldats se présentèrent derrière la grille, accompagnés du geôlier. Ce dernier jeta trois longues chemises aux condamnés.

– Enlevez vos vêtements et enfilez ça, ordonna-t-il. J'aurais bien tondu les cheveux de la damoiselle mais puisque vous n'êtes pas encore jugés je n'ai pas le droit de vous toucher ; c'est dommage. De beaux cheveux blonds, ça intéresse toujours les dames, elles s'en font des tresses postiches qu'elles s'enroulent autour de la tête. Pas la peine de leur dire que ce sont des cheveux de sorcière !

Les gardes s'impatientaient. Jehan réveilla ses compagnons et se dévêtit pour passer la sinistre camisole des condamnés. Quand il fut nu, les soldats examinèrent brièvement son corps et ne s'occupèrent plus de lui. Ils avaient trop hâte de voir se déshabiller Irana.

Ce fut Robert qui aida la jeune femme à se défaire de sa chemise déchirée et à passer le vêtement propre amené par le geôlier. Il le fit en détournant les yeux, alors que les soldats proféraient des appréciations graveleuses.

– C'est bien joli de si lourdes mamelles ! lança l'un d'eux, mais tout à l'heure elles vont t'entraîner au fond, ma toute belle !

Il fallait partir. Irana, en tant que présumée sorcière, dut prendre la tête du cortège. Encadrés par les gens d'armes, les trois prisonniers sortirent du château pieds nus, et descendirent la rue principale jusqu'à la rivière au bord de laquelle s'érigeaient plusieurs lavoirs.

La foule s'était massée au long du chemin. On hurlait les injures habituelles, et si l'on hésitait à jeter des pierres, c'était par crainte d'atteindre les soldats.

Jehan remarqua que Dorius trônait à l'écart, sur une petite estrade érigée pour l'occasion. Irana était si terrifiée qu'on entendait claquer ses dents. En apercevant la silhouette du bourreau, elle eut une faiblesse et plia les genoux. L'espace d'une seconde, Jehan crut qu'elle allait s'évanouir. Robert semblait habité d'une confiance absurde. Il allait la tête haute, comme s'il souhaitait que Dieu le remarque au milieu de la sinistre procession... Il ne perdit sa belle contenance que lorsqu'il distingua le sac de cuir grand ouvert au milieu de la barque à fond plat amarrée le long de l'appontement.

Jehan s'attacha à enregistrer tous les détails dans sa mémoire : la disposition des coutures, la grosseur de la corde fermant la lugubre besace... Il décida d'attendre d'être à l'intérieur pour prévenir ses compagnons. Ici, au milieu des soldats, ses chuchotements risquaient d'attirer l'attention. En outre, il se méfiait des réactions de Robert qui risquait de crier au blasphème ou quelque ineptie de la sorte.

Il scruta la rivière. C'était un bras d'eau qu'il connaissait mal. On le disait parcouru de courants violents, peuplé d'anguilles voraces. Il n'était pas très bon nageur mais jouissait d'une contenance pulmonaire assez développée et pouvait rester la tête sous l'eau le temps de compter deux cents battements de cœur. Il espéra qu'Irana et Robert sauraient se débrouiller une fois au fond de la rivière. La distance à la berge n'était pas grande, mais encore fallait-il la parcourir sans faire surface.

Lorsqu'ils furent au bord du ponton, le routier nota avec soulagement que l'eau était trouble, vaseuse, et qu'on ne verrait rien de ce qui se passerait en profondeur.

« Le tout sera de nager dans la bonne direction », songea-t-il avec une pointe d'appréhension.

Le bourreau sauta dans la barque. Quatre soldats se tenaient déjà installés sur les bancs des rameurs, deux par deux. On fit d'abord descendre Irana et Robert. La jeune femme se débattit au moment d'entrer dans le sac et Jehan craignit que le bourreau ne l'assomme d'un coup de poing, mais elle finit par obéir. Robert ne tenait plus sur ses jambes. Le tourmenteur dut le prendre dans ses bras comme un petit enfant pour le jeter dans l'horrible besace. Le jouvenceau heurta le dos lacéré d'Irana qui poussa un hurlement. Jehan fit un pas vers l'échelle pour s'avancer à son tour, mais le géhenneur leva la main en direction des gardes.

– Ça suffit, grogna-t-il. La bourse est trop petite pour trois... On mettra celui-là dans une autre enveloppe.

Jehan sursauta. S'il était séparé de ses compagnons il ne pourrait plus se porter à leur secours !

– Je veux être avec eux ! lança-t-il.

– C'est moi qui décide ! rétorqua le bourreau. Et puis de quoi te plains-tu ? Tu seras plus à l'aise pour descendre en enfer.

Déjà, il avait serré la corde, refermant le sac de cuir sur Irana et Robert qu'il avait contraints à s'agenouiller. Ses mains, habiles à la besogne, formèrent un gros nœud impossible à défaire sans le secours d'une hache. Son assistant déploya un second sac et jeta de grosses pierres au fond. Les gardes poussèrent Jehan vers les échelons de bois d'un coup entre les omoplates.

Le routier s'exécuta. Il n'était plus temps de réfléchir. Il vida ses poumons et les remplit à plusieurs reprises, puis il descendit dans la barque et se glissa dans l'enveloppe que le tourmenteur referma aussitôt au-dessus de sa tête. Dès qu'il fut dans le noir, Jehan se dépouilla de sa chemise car il ne connaissait rien de plus terrible que ces grandes camisoles mouillées qui s'entortillent dans les jambes des nageurs et les entraînent par le fond.

Passant la main entre ses cuisses, il toussa pour expulser le fourreau de bois graissé caché dans son fondement. Il dut s'aider de ses doigts pour extirper l'arme de son anus. Au bruit des rames frappant l'eau, il comprit qu'on prenait déjà le chemin des grands fonds, là où la rivière se creusait en un ravin vaseux. Il tâta le cuir, à la recherche des coutures. C'était là qu'il faudrait attaquer et pousser fort.

Il continuait à vider ses poumons et à les remplir pour dilater leur capacité. À travers le cuir, il entendait Robert et Irana prier d'une voix tremblante. Par Dieu ! Aurait-il la force de les libérer sitôt qu'il serait sorti de son enveloppe ?

L'embarcation s'arrêta pour se mettre à dériver dans le courant. Une grande agitation s'empara alors des nautoniers. Quand le canot s'inclina dangereusement sur bâbord, Jehan comprit qu'on jetait le premier sac à l'eau. La peur lui faisait bourdonner les oreilles. Ce fut son tour : on le tira, on le poussa, utilisant les rames comme levier. Le bourreau commandait la manœuvre.

– Faites contrepoids, hurlait-il aux soldats. Toi, là... Et toi aussi...

Jehan sentit qu'il roulait par-dessus bord. Tout de suite après, la pression de l'eau referma les parois du sac sur lui, chassant tout l'air contenu vers le haut. Le routier coula à pic, enveloppé dans la besace qui l'étreignait comme un suaire. À tâtons, il dégagea le stylet de son fourreau de bois. C'était une lame terriblement tranchante. Jehan la piqua dans le cuir et pesa de toutes ses forces. Excitées par la peur, des images absurdes le submergeaient. Il se vit, luttant corps à corps avec un dragon, lui enfonçant son fer dans la panse. Le cuir céda. Jehan tira la lame vers le haut, de la même manière qu'on éventre un ennemi. Le fil acéré fendit la peau tannée, ménageant un passage par où l'eau s'engouffra. Elle était si glacée que le routier suffoqua et faillit rejeter tout l'air emprisonné dans sa poitrine.

Le couteau entre les dents, il se dégagea du sac. L'eau trouble rendait toute vision impossible au-delà de quelques brasses. Jehan chercha désespérément où était tombé le premier sac. Il ne vit rien, la vase l'enveloppant de son brouillard gris-vert. Il comprit qu'Irana et Robert s'étaient enfoncés au cœur de l'abîme aquatique, dans le ravin gluant trouant le lit de la rivière.

Il tenta de nager en cercles mais il suffoquait déjà. Les poumons lui faisaient mal. Ses mouvements levaient la vase qui se refermait sur lui à la façon d'un brouillard liquide. Plus il s'agitait, moins il y voyait. Il devait faire surface ou mourir.

Il battit des jambes pour s'élever vers la lumière. Sa tête creva l'eau à trente brasses du canot. Le bourreau le vit et cria : « là-bas ! » Aussitôt, un garde banda son arc, décochant une flèche en direction du fuyard.

Ainsi, Dorius n'avait jamais eu la moindre intention de les laisser s'échapper ! Les soldats profitaient de ce que les roseaux les dissimulaient aux yeux de la foule massée sur le débarcadère pour cribler l'eau de traits de mieux en mieux ajustés. Jehan replongea. Il savait maintenant où se trouvait la berge. Il nagea dans la purée de pois vers la végétation du rivage. Alors qu'il approchait du bord, il éprouva un choc à l'épaule, puis une vive douleur le suffoqua. L'une des flèches l'avait touché dans le dos. Freinée par l'épaisseur de l'eau, elle n'avait pas pénétré profondément, mais la souffrance engourdissait déjà son bras gauche.

Il émergea dans un fouillis de joncs. L'effort avait été trop grand, il était sur le point de s'évanouir. Il se traîna sur le ventre dans la boue. La flèche était toujours fichée dans son dos, lui déchirant les chairs à chaque mouvement.

Il entendit les cris des soldats derrière lui. La barque allait aborder dans quelques instants et il était trop faible pour se mettre à courir. Ses poursuivants n'auraient aucun mal à l'égorger à l'abri des hautes herbes.

Venue de nulle part, une main lui saisit soudain le poignet.

– Alors, compagnon, dit la voix d'Ogier. On a des ennuis ce me semble ?

Déjà le vieux chevalier le saisissait à bras-le-corps et l'entraînait vers un cheval dissimulé dans la broussaille.

Il perdit connaissance alors qu'Ogier le jetait en travers de la selle. Qu'importe, il était sauvé.

Sauvé... oui, mais Irana, elle, était morte. Il se jura de le faire payer à Dorius. Ce fut sa dernière pensée.

17

La vengeance

Il reprit ses esprits alors qu'Ogier essayait de lui faire boire un peu de vin. Il s'étrangla, toussa.

– Ne bouge pas, lui ordonna le chevalier à la barbe grise. J'ai enlevé la flèche et la blessure a cessé de saigner. Avec un peu de chance je n'aurai pas besoin de la cautériser.

– Que faisais-tu là ? grogna Jehan en s'étendant sur l'herbe. Je te croyais à l'autre bout de la province.

– J'ai fait demi-tour, marmonna Ogier. Je me sentais mal de t'avoir abandonné alors que tout tournait au vinaigre. L'histoire de la bête torte s'est vite répandue à travers le pays. Partout où je m'arrêtais, je n'entendais parler que de ça. Dans toutes les tavernes on évoquait les méfaits du monstre. J'ai fini par avoir des remords. Je suis revenu sur mes pas pour apprendre qu'on allait vous exécuter. C'est pour ça que je me suis porté en bordure de la rivière : je me doutais bien que tu ne te laisserais pas noyer comme un chaton.

– Et les autres ? murmura Jehan. Irana... elle était avec Robert de Saint-Rémy dans le premier sac. Sont-ils remontés ?

Ogier détourna les yeux.

– Désolé compagnon, dit-il. Ils ont coulé à pic, comme une enclume. Ils ont dû avoir une sale mort. J'ai déjà assisté à ce genre d'exécution. Quand les condamnés sentent l'eau se refermer sur eux, ils se battent comme des chats pour sortir. Ils finissent par s'écorcher vifs, mutuellement. Certains s'arrachent même les yeux.

– Je sais, soupira Jehan. Je pensais qu'on allait nous mettre dans le même sac, mais cet imbécile de bourreau avait préparé des besaces trop petites. Une vraie malchance...

– Tu n'y peux rien, conclut Ogier avec un haussement d'épaules. Si ça se trouve, ils t'auraient gêné par leur affolement et tu n'aurais pu fendre le cuir. Tu as utilisé le vieux stratagème du couteau graissé ?

– Oui.

– Tu n'as pas perdu trop de sang. Le mieux est de chevaucher toute la nuit pour sortir de la province. J'ai filé comme l'éclair dès que je t'ai récupéré. Je n'ai pas l'impression que les gardes aient réussi à nous suivre.

– Non, fit Jehan d'une voix sourde. Je ne m'enfuirai pas en laissant Dorius jouir de ses crimes.

– Tu ne pourras rien prouver, grogna Ogier. Il est aujourd'hui trop haut placé. J'ai entendu dire que le château allait être transformé en monastère et qu'il en aurait la charge.

– Tu ne comprends pas, répliqua Jehan. Je ne veux pas instruire son procès. Je l'ai déjà condamné. Ce que je désire maintenant, c'est l'exécuter.

– Tu es fou compagnon, tu vas tenter le diable. C'est déjà un miracle que tu sois sorti de la rivière.

– Tu peux partir, je ne t'oblige pas à partager ma folie. Je te remercie d'avoir été là, mais je ne veux pas t'entraîner dans ma vengeance.

– C'est à cause d'Irana, hein ? J'ai bien vu qu'elle te plaisait.

Jehan se renfrogna. Il savait d'ores et déjà qu'il ne pourrait oublier l'image de la jeune femme tant qu'il n'aurait pas planté sa dague dans la gorge du gros moine.

– Je t'accompagnerai jusqu'aux remparts, grommela Ogier. Mais je n'irai pas plus loin. Je suis trop décrépit pour escalader les murailles avec une corde et un grappin. Je serais fichu de lâcher prise à mi-hauteur.

Ils se turent. Un silence morose s'installa. Ogier improvisa un repas avec des galettes séchées et du fromage mou.

– Je vais te prêter une chemise, des chausses, dit le vieux soldat. Elles ne seront sûrement pas très propres mais c'est tout ce que je puis t'offrir pour le moment.

– Je m'en contenterai, assura le routier. Si tu peux y ajouter une dague ce sera parfait.

Ils mangèrent sans dire grand-chose. Jehan se sentait désorienté. Il s'étendit sous un arbre pour reprendre des forces en prévision de l'expédition nocturne. Il éprouvait le besoin physique de tuer le moine. Cela brûlait en lui à la manière d'une passion échappant à toute logique.

Alors que la nuit tombait, Ogier tenta encore une fois de le dissuader de retourner au château, mais le routier ne voulut rien savoir.

Jehan ne sut jamais comment l'idée lui vint, mais, d'un seul coup, elle s'imposa avec tant de violence qu'il en eut la nausée.

De quel rapprochement obscur était-elle née ? De quel indice fortuit perçu par l'instinct du chasseur qui veille en chaque guerrier ?

Brusquement, l'enchaînement des faits le submergea de sa vague glacée, le suffoquant, comme l'eau, là-bas, dans la rivière.

Ogier... Le *brave* Ogier.

Ogier, Ogier, Ogier, Ogier....

N'avait-il pas affirmé détester Ornan de Guy avec qui il avait jadis combattu ?

Ornan de Guy qui avait tiré moult récompenses et bénéfices de la guerre alors que lui, Ogier, n'était resté qu'un pauvre chevalier sans fief ?

Et si Irana s'était trompée du tout au tout ? Si Dorius n'était pour rien dans la machination qui lui avait coûté la vie ?

Si Ogier avait tout organisé pour se venger d'un chef de guerre insolent et bravache qui l'avait humilié avant de l'abandonner à l'oubli, à la pauvreté ?

Les ongles de Jehan griffèrent la terre, arrachant l'herbe sur laquelle il était étendu.

Oui, Ogier avait pu jouer le rôle de la bête, de même qu'il avait pu empoisonner le plat de marcassin en se faisant passer pour un garde. C'était facile puisque la plupart des serviteurs étaient ce jour-là des inconnus engagés pour la circonstance.

Ogier avait tué Ornan, poussé son épouse à la folie pour empêcher que son nom soit perpétué par une possible descendance. Il avait jeté le discrédit sur Kandarec, enveloppant la terre d'une aura de malédiction qui ne s'effacerait pas de sitôt. Oui, c'était bien là une vengeance de guerrier bafoué...

Ogier... Quelle humiliation, quelle trahison avait-il décidé de faire payer au baron de Guy ? Quelle fausseté commise là-bas en Terre Sainte ? Une erreur militaire ? Une faute tactique ?

« Mon Dieu ! songea Jehan. Il était toujours là à nous écouter, et nous lui disions tout, comme de vrais idiots... Il n'avait qu'à nous laisser parler pour savoir comment bouger ses pions sur l'échiquier. Il est parti au début des empoisonnements pour jouir d'une plus grande liberté de mouvement, et nous avons tous cru qu'il se faisait vieux, qu'il cédait à la peur. »

Jehan se redressa. La sueur lui coulait sur le visage. Il ne put s'empêcher de regarder le soldat aux cheveux gris qui pansait les chevaux près du feu.

Ogier... Que savait-il de lui après tout ? Rien ou presque. Les guerriers n'ont d'autre histoire que celle des tueries auxquelles ils ont survécu et, avec le temps, la réticence les gagne dès qu'il s'agit de les évoquer, si bien qu'ils finissent par devenir d'enragés taciturnes. Depuis des années, Jehan ne voyait Ogier qu'épisodiquement, à la faveur d'un tournoi. Il était fort possible que ses allures de chevalier pauvre ne soient en fait qu'un subterfuge. Pourquoi – après tout – Ogier n'aurait-il pas été fort convenablement fieffé en quelque province lointaine ? Son déguisement de jouteur errant ne lui servait peut-être qu'à donner le change. Et c'est à l'abri de ce masque qu'il s'était insensiblement rapproché du seigneur de Kandarec... On s'accordait à le trouver vieux, usé, au bord du renoncement, alors qu'en réalité il brûlait d'une haine intacte. Il avait peaufiné son personnage de demi-vieillard pour désarmer les soupçons.

Que lui avait donc fait Ornan de Guy ? L'avait-il abandonné dans le désert avec sa compagnie ? Avait-il sacrifié les compagnons d'Ogier pour couvrir une retraite peu glorieuse ? La guerre était propice à des hauts faits, mais à bien des félonies également.

Et si Ogier avait attendu son heure, patiemment, fourbissant ses armes en vieux stratège habile aux embuscades ?

Car Ogier avait bataillé en Orient, côtoyé les alchimistes maures, si habiles en mélanges fulminants ; à leur contact il avait tout appris des poisons...

Quand on prenait la peine d'y réfléchir tout l'accusait. Même Jacotte morte en murmurant « C'est le perroquet qui m'a tuée... ». Là aussi, la pauvre Irana s'était trompée, car Ogier possédait un heaume fermé à la nouvelle mode et dont le cimier s'ornementait d'un curieux volatile. Un heaume gagné lors du tournoi. Jehan s'en souvenait tout à coup. Il avait encore dans les oreilles la voix de son compagnon s'exclamant : « J'ai tout de même pris un peu de fer ! »

« Il l'a mis pour tuer Jacotte, songea-t-il. Il ne voulait pas agir à visage découvert. Alors il a mis son casque... ce casque que personne ne lui connaissait, à part moi. Il n'a pas pensé que la pauvre fille serait stupéfiée par l'oiseau de fer vissé au sommet du heaume. La bestiole lui a rappelé le perroquet exhibé par Ornan de Guy lors de la fête de présentation. Elle a essayé de nous donner une indication sur son assassin... Il ne s'agissait pas du *Père rouquin,* comme avait cru le deviner Irana, mais bel et bien du *perroquet.* »

Tout concordait : Ogier était homme de guerre, il connaissait à merveille les méandres d'un château. Il avait pu s'y déplacer à l'aise...

Jehan ne savait plus que faire...

Oh ! bien sûr, Ogier avait rebroussé chemin, torturé par le remords dès qu'il avait su que sa machination menaçait de broyer également ses amis. Mais il n'avait rien pu tenter. Le complot était allé trop loin, il n'en avait plus le contrôle. La mort d'Ornan de Guy l'avait dégrisé, et – enfin débarrassé de la fièvre haineuse qui le tenait depuis tant d'années – il était revenu à lui. Sa conduite l'avait alors horrifié, il avait compris que, pendant tout ce temps, la haine avait fait de lui un autre homme.

Jehan frissonna. Il n'avait aucune preuve de ce qu'il venait de comprendre. Jamais il ne pourrait mettre Ogier en face de ses torts. D'ailleurs, en avait-il réellement le désir ? Lui-même n'avait-il pas décidé d'égorger Dorius ? Il se nettoya le visage avec une poignée d'herbe. Et maintenant ? Comment convenait-il de réagir ?

« De toute manière, lui souffla une voix intérieure, c'est *Dorius* qui a condamné Irana, pas Ogier. C'est *Dorius* qui a imaginé l'épreuve des sacs. Il doit être puni pour cela. Tu verras plus tard ce qu'il faut faire d'Ogier. »

Mais, et cela achevait de lui brouiller la cervelle, il ne parvenait pas encore à éprouver de haine véritable envers le vieux chevalier. Il doutait même d'être un jour capable de lui demander des comptes. C'était la loi de la guerre, on se vengeait parce qu'on en avait le droit, et cette vengeance entraînait la mort d'innocents dont les proches décidaient à leur tour de se venger... et le cycle recommençait, à l'infini ; condamnant des familles entières à s'exterminer au travers des générations.

Faudrait-il encore laver le sang par le sang ? Égorger Ogier pendant son sommeil pour rendre les choses plus faciles ? L'attendre au coin d'un bois et lui tirer une flèche en plein cœur ?

« Mais rappelle-toi qu'il t'a par deux fois sauvé la vie, songea soudain le routier. La première pendant le tournoi, car sans lui les jouteurs t'auraient cassé la tête sans l'ombre d'une hésitation... La seconde lorsqu'il t'a sorti de la rivière avec une flèche dans le dos. S'il ne s'était pas trouvé là, les soldats t'auraient rattrapé. »

Ces services annulaient-ils la dette contractée ? Jehan n'aurait su le dire. Il n'était pas assez habile en réflexion pour tirer des conclusions propres et nettes. Un clerc aurait probablement bâti une démonstration impeccable émaillée de citations latines bien choisies, mais lui... Lui, le pauvre routier...

Il était en proie au plus noir accablement quand son « compagnon » vint le tirer de ses pensées.

– Si tu persistes dans ton désir d'expédition punitive, dit Ogier, il serait temps de se mettre en route.

– Allons-y, souffla Jehan en gardant ses regards tournés vers le sol. Je me sentirai mieux quand ce gros porc aura rendu son âme au diable.

Ils sautèrent en selle et chevauchèrent vers Kandarec dans la nuit naissante.

Jehan savait qu'il n'aurait pas grand mal à s'introduire dans le castel ; à présent que tout était fini, la surveillance des gardes allait se relâcher. De plus, les multiples rondes qu'il avait lui-même effectuées lui avaient tout appris des points faibles de la forteresse.

L'âme sombre, il fixait la nuque courbée d'Ogier qui chevauchait devant lui.

Ogier, que la tristesse torturait déjà.

Oui, se venger était de bonne guerre, et Jehan ne lui en aurait pas tenu rigueur... *si seulement il n'y avait pas eu Irana.*

Désormais l'image de la jeune femme serait toujours entre eux, c'était là un abcès qu'il faudrait bien vider.

Par un duel à mort, peut-être ? Mais Ogier accepterait-il seulement de se battre ?

« Et toi, songea Jehan. Seras-tu capable de le vaincre ? Ne t'arrête pas à ses cheveux gris, il en sait bien plus long que toi sur l'art militaire... »

Il faudrait réfléchir à tout cela.

« Le plus simple, se dit-il, serait peut-être que tu te fasses tuer pendant que tu t'introduis chez Dorius, ainsi les choses se régleraient d'elles-mêmes. »

Il sentait qu'il était assez las pour s'abandonner à une telle folie. Il n'aspirait plus qu'au sommeil... ou à quelque bonne guerre dans laquelle il pourrait noyer son dégoût d'exister. On avait toujours besoin de mercenaires. Le plus simple serait d'entrer au service d'un baron levant bannière pour la croisade, et, une fois là-bas...

Il secoua la tête. Il ne se reconnaissait plus.

Ils abordèrent le château par l'arrière, là où Jehan savait pouvoir escalader la muraille sans trop de difficultés en raison d'un certain effritement de la paroi qui transformait les pierres en marches naturelles.

– Dieu te garde, dit simplement Ogier en lui tendant la dague.

Jehan prit l'arme sans un mot et se détourna.

L'escalade rouvrit sa blessure et il sentit tout de suite le sang lui couler le long de l'échine ; il n'y prêta pas attention. Il se joua des gardes assoupis et remonta les corridors jusqu'à la chambre de Dorius. Une seule torchère éclairait le passage, aucune sentinelle ne montait la garde devant la porte cloutée.

Jehan se coula dans la cellule, la dague à la main. Dorius reposait sur le dos, les bras le long du corps, dans une chemise de lin car son ordre lui interdisait de dormir nu ou même de contempler ses parties honteuses lorsqu'il devait se soulager.

Le routier sentait la haine lui brûler les veines. Il dut se refréner pour ne pas sauter sur le lit et poignarder le moine en pleine poitrine. Retenant son souffle, il s'approcha, puis, bâillonnant Dorius d'une main, s'assit sur son ventre et lui piqua la pointe de la lame sous le menton.

– Si tu appelles, tu mourras avant d'avoir pu dire ta prière, gronda-t-il. Je viens te punir pour ce que tu as fait. Je vais venger Irana : dans une minute tu paraîtras devant ton créateur.

Dorius ne frémit pas. Il avait les yeux ouverts, et Jehan eut l'impression que le moine l'avait attendu toute la nuit. Il retira sa paume, décontenancé par tant d'indifférence.

– Je savais que tu allais venir, murmura l'abbé. J'ai su que tout était compromis quand je t'ai vu émerger de l'eau. J'aurais dû me douter que tu ne te laisserais pas noyer comme un rat.

– Irana et Robert sont morts, eux, cracha Jehan.

– Tu te trompes, dit Dorius avec une réelle lassitude. Ils sont en vie.

Une bouffée de joie gonfla la poitrine du routier.

– Alors ils t'ont échappé ! siffla-t-il en relâchant sa pression sur la gorge du moine.

– Tu ne comprends rien, dit Dorius. Ils n'ont jamais couru le moindre danger. Tout était arrangé. La corde qui fermait leur sac était aux trois quarts sciée et des vêtements de rechange se trouvaient dissimulés dans un buisson de roseaux en contrebas de la rivière...

– Je n'y entends rien, fit le routier. Tu avais prévu de les laisser filer ?

Dorius émit un ricanement sourd. La pointe de la dague lui avait entamé la peau, du sang coulait sur son cou gras ; il n'y prêtait pas attention.

– Tu es stupide, dit-il. Irana avait raison. Tu n'as donc pas encore deviné ? *C'est elle qui a tout arrangé depuis le début.* Elle et moi faisions semblant de nous haïr mais nous étions complices. C'est elle qui a conçu toute la machination... Nous avons travaillé en association, elle et moi. L'un pour l'autre.

– Tu mens pour sauver ta peau, rugit Jehan.

– Mais non, souffla le moine. Elle a une imagination diabolique. Tout a commencé le jour où je lui ai dit que le baron, fâcheusement impressionné par la mésaventure survenue à l'un de ses compagnons d'armes en Terre Sainte, redoutait d'avoir contracté la lèpre mais que l'affection dont il souffrait n'était qu'une banale maladie de peau... C'est là que l'idée lui est venue d'exploiter cette crainte. Elle m'a donné une pommade à base d'euphorbe qui a la propriété d'attaquer la chair et d'y faire naître des symptômes évoquant justement ceux de la lèpre. Pommade que j'ai aussitôt portée à Ornan de Guy. Le baron l'utilisait comme un remède sans savoir que chaque application renforçait l'illusion du mal. Partant de là, Irana a tout inventé : les fausses reliques... le poison... la mithridatisation de Gomelot. Elle avait réponse à tout. Elle m'effrayait parfois. Si elle n'était pas femme, elle ferait un grand stratège.

Jehan recula, abasourdi. Dorius en profita pour se redresser sur un coude. Il semblait presque heureux de soulager sa conscience.

– Elle m'a envoûté, dit-il. Elle parlait si bien. Elle me faisait miroiter les avantages que nous en retirerions.

– Mais quels avantages ? balbutia Jehan. C'est de la folie...

– Oui, sans doute, admit le moine. J'en avais assez d'être un pauvre abbé, elle le savait, elle a exploité mon orgueil. Elle m'a dit qu'en devenant le sauveur du baron je gagnerai de grandes récompenses. Et c'était vrai. J'ai échangé les reliques contre un parchemin signé ordonnant à l'évêque de me nommer prieur de Kandarec. Ornan avait assez de pouvoir pour cela...

– Mais elle ? s'impatienta Jehan. Irana... que gagnait-elle au complot ? Tout cela est absurde, tu vas me dire qu'elle voulait devenir Mère supérieure de ton foutu prieuré ?

– Non, cracha Dorius. Elle voulait Robert de Saint-Rémy. Tu ne t'en doutais pas, hein ? Elle est amoureuse folle du jouvenceau, amoureuse à en crever...

– Robert ?

– Oui, elle l'a entr'aperçu une fois qu'elle chantait chez les parents d'Aude. Lui ne l'a même pas remarquée. Il n'avait d'yeux que pour Aude. C'est là que l'amour a foudroyé notre belle Irana... Il lui fallait ce garçon. Elle ne pensait plus qu'à ça, mais le lourdaud ne vivait que pour Aude... Aude qui le considérait comme un petit frère encombrant.

Jehan écarquilla les yeux. La dague pesait trop lourd dans sa main. Dorius, constatant sa stupeur, eut un rire méchant.

– Pauvre niais, lança-t-il. Elle t'a bien entortillé toi aussi, la belle garce ! Je n'invente rien, elle se consumait pour Robert. Elle en était au point d'envisager d'en finir avec la vie. Elle s'est jetée dans ce complot comme on se jette d'une falaise. C'était sa dernière chance. Elle voulait pousser Aude au désespoir, la faire souffrir comme elle avait fait souffrir Robert en jouant les coquettes. C'est Irana qui, la nuit, se déguisait en bête torte pour venir raconter des horreurs à la damoiselle. Elle prenait un plaisir extrême à torturer cette rivale qui possédait le cœur de Robert mais s'en souciait comme d'une guigne. Elle l'a désespérée jusqu'à ce que la pauvre fille se jette dans le vide du haut du donjon.

– Mais le poison... bégaya Jehan. Les fruits vénéneux... Les mares empoisonnées ?

– C'était l'autre versant de son plan, répondit Dorius. Elle savait que Robert ne pourrait s'empêcher de se lancer à la poursuite de la bête pour en tirer gloire. Il fallait réduire à néant les espoirs du jouvenceau, lui ôter de la tête qu'il pourrait un jour devenir chevalier. Elle voulait le désespérer. Détruire l'objet de son amour et faire de lui un proscrit... Un proscrit qu'elle accompagnerait dans sa fuite, un proscrit dont elle deviendrait peu à peu la consolatrice. Et puis, ma gloire future dépendait elle aussi de l'ampleur du chaos. On ne devient pas saint Michel en tuant des souris.

– Oh... gémit le routier.

– Ah ! lança Dorius, tu commences à voir se dessiner les choses ? Tout était arrangé, son arrestation, les tortures. Elle voulait être réellement fouettée pour éveiller la compassion de Robert. J'ai dû donner des ordres au bourreau afin qu'on ne touche pas à son visage et que les plaies soient assez superficielles pour ne pas laisser de cicatrices. Il était également prévu que tu sois jeté à la rivière dans un sac bien serré. Tout seul. Elle voulait se débarrasser de toi... Tu ne lui servais plus à rien.

– Mais à quoi lui ai-je donc servi ? haleta Jehan.

– Tu étais là pour témoigner de son innocence et pour répandre le bruit qu'Ornan de Guy était lépreux. Nous avions besoin de toi pour installer cette idée dans l'esprit du père d'Aude, pour qu'il vienne en parler à la damoiselle... Il fallait porter les attaques de tous côtés afin d'être crédibles. Cette préparation spirituelle était nécessaire à la destruction morale de la jeune fille. Irana savait qu'Aude avait beau être croyante, elle s'écroulerait quand on lui dirait que les reliques étaient fausses et que son union avec Ornan l'avait contaminée.

– Et si elle avait réclamé du secours à l'évêché ?

– Je ne craignais rien de ce côté. La veille de l'union, j'ai fait examiné Ornan par trois mires. Ils ont signé un parchemin attestant de la parfaite santé du baron, ce que je savais déjà. Cet imbécile d'Ornan en a déduit que les reliques l'avaient miraculeusement guéri, et il m'a serré sur son cœur... Mais Aude n'assistait pas à cette petite scène privée.

– Pourquoi avoir tué le véritable ermite et enterré la fausse statue de saint Jôme ?

– Le vieux ne voulait pas nous laisser libre de jouer notre bouffonnerie dans l'ermitage. Il menaçait de se plaindre. Quant à la statue, je ne tenais pas à ce que Hugues de Chantrelle s'alarme trop vite et provoque un esclandre. Il valait mieux qu'il te prenne pour un menteur. Je savais, pour l'avoir approché, que le doute le travaillerait dans le secret de ses insomnies, et qu'il ne pourrait se retenir de venir en faire confidence à sa chère fille. Dans cette partie, le ricochet portait mieux ses fruits que le coup direct, comprends-tu ? Un ami d'Irana jouait le rôle du faux ermite. Un vieux troubadour trop content de gagner quelques sols. Il a récité les paroles qu'on lui avait écrites sans chercher à comprendre de quoi il retournait.

Jehan descendit du lit. Il se sentait soudain ridicule, la dague à la main. Dorius se leva, se saisit d'un linge pour éponger le sang qui coulait de son cou.

– En ce moment, dit-il, Irana est avec Robert en un repaire aménagé depuis longtemps. C'est une belle parleuse. Elle va commencer par pleurer Aude avec le jeune homme, elle écrira des chansons sur la Damoiselle de Chantrelle, et séchera les larmes sur les joues du jouvenceau. Des liens se créeront, comme cela arrive toujours. Elle finira par le consoler dans son lit. Elle a tout prévu. J'ai là-bas trois hommes qui ont l'ordre de faire semblant de battre la campagne pour maintenir les tourtereaux cloués au gîte le plus longtemps possible. Irana est très belle, et Robert sûrement puceau. Il ne faudra pas longtemps pour qu'elle le console à sa manière. C'était cela sa récompense : avoir Robert tout à elle, comme un seigneur s'offre un bel animal d'Orient. Elle va lui faire croire que sa tête est mise à prix, qu'il ne pourra jamais plus mettre le nez dehors sans courir le risque d'être aussitôt pendu... Le temps jouera en sa faveur. Aude est morte, Irana est vivante et elle connaît la science de l'amour. Elle saura se rendre indispensable.

– Elle s'est servie de moi... soupira Jehan anéanti.

– Elle s'est servie de tout le monde, dit sourdement Dorius. Il y a eu trop de morts. J'étouffe à l'idée du prix à payer. Je ne pensais pas que j'aurais tant de remords. Je me croyais plus endurci, cynique, prêt à tout pour devenir un prince de l'Église ; je me surprends à avoir honte de mes actes. J'augurais plus de joies de la place que j'occupe aujourd'hui.

Il marcha vers l'écritoire, tâtonna pour allumer une chandelle et désigna un parchemin.

– Regarde ! dit-il. C'est ma nomination au rang de grand prieur. L'archevêché se plie aux dernières volontés d'Ornan de Guy. Il va obtenir du suzerain que le château devienne la demeure d'un ordre de frères exorcistes auxquels j'enseignerai les finesses du combat contre le démon. J'ai aidé Irana, elle m'a rendu la pareille. Chacun des associés a obtenu ce qu'il voulait... et pourtant j'ai un goût amer dans la bouche.

– C'est donc toi qui a empoisonné le plat de marcassin ? lança Jehan.

– Oui, c'était facile puisqu'il entrait dans mes attributions de bénir la nourriture des festins. Je le faisais tous les jours et personne n'y prêtait plus attention. Lors du banquet, je suis arrivé volontairement en retard, et j'ai béni les plats dans l'escalier de la tour. J'ai choisi le plat de marcassin parce qu'il était porté par un jouvenceau inconnu, engagé pour la circonstance, et qui ne risquait pas de s'attarder au château sitôt son service achevé. J'ai levé le voile couvrant les viandes de manière à le tenir en écran devant les yeux du gamin, et j'ai jeté la poudre. Je portais des gants de cuir dont je me suis débarrassé aussitôt, car Irana m'avait prévenu que le poison était si violent qu'il pouvait pénétrer dans le sang par le véhicule de la sueur. Tout cela s'est passé très vite. J'ai béni les plats à la file, pour ne pas retarder le service. Personne n'a remarqué que je m'asseyais avec un peu de retard à la grande table.

– C'est également toi qui as tué Jacotte ?

– Oui... Je craignais qu'elle finisse par comprendre que je l'avais jouée. Mais c'était une pécheresse, une âme perdue qui jamais n'allait à la messe ni à confesse. Elle ignorait même que j'étais en charge au château... De plus, elle faisait partie de ces gens qui ont une mauvaise vue ; elle ne pouvait donc me reconnaître lors de mes apparitions en public dans la tribune d'honneur. C'est toutefois à cause de sa possible présence que je m'habillais de manière très différente, ainsi il devenait difficile de faire le rapprochement entre le pauvre moine qu'elle connaissait et ce directeur spirituel marchant dans l'ombre du baron. Elle représentait malgré tout une menace latente. Je ne pouvais la laisser en vie...

– Comment l'avais-tu approchée ?

– Oh ! Fort simplement... En jouant les apothicaires spécialisés dans les onguents d'amour. Elle n'était pas très intelligente. Elle me prenait pour un moine paillard... Te rappelles-tu quand j'ai feint de m'isoler pour prier lorsque le baron entrait en agonie ? En réalité j'ai quitté le donjon par un escalier dérobé et je me suis rendu au bourdeau pour tuer Jacotte. J'étais enveloppé dans un manteau à capuchon. Je l'ai attirée dans la ruelle sous prétexte de lui lire un message rédigé par Gomelot et de lui donner une bague à escarboucle... Elle m'a suivi sans faire de difficulté. Son exécution ne me tracasse pas outre mesure. Ce qui me fait horreur, c'est le poison répandu à travers la campagne, tous ces enfants morts...

– Était-ce bien nécessaire ?

– Il fallait que l'affaire ait un certain retentissement. Ma récompense était à ce prix.

– Qui empoisonnait les fruits, les mares ?

– Irana. Elle sortait la nuit par les souterrains que je lui avais indiqués. C'est pour cette raison qu'elle n'a jamais voulu coucher avec toi. Ta présence dans son lit l'aurait empêchée de se déplacer à sa guise. Il y a une mule dans le tunnel, qui permet de voyager vite, et de multiples sorties dissimulées.

– Irana n'a jamais cessé de t'accuser. C'était voulu ?

– Oui, en me désignant comme objet de suspicion, elle t'empêchait de trop réfléchir à son propre cas.

– Mais les loups, dans la forêt ? Cette fois il ne pouvait s'agir d'une mise en scène ! Ils ont bel et bien failli la dévorer, je le sais, j'étais là...

– Non, les loups l'ont vraiment attaquée... et ce n'était pas prévu, mais c'est là que son génie de trobairitz l'a inspirée. Elle a décidé d'exploiter ce hasard pour improviser une fable allant dans le sens de ses confidences. Elle a compris qu'en se présentant comme une victime de mes manigances, tu t'attacherais à elle. L'urine de chienne en chaleur ! Faut-il avoir l'imagination pervertie pour inventer une telle niaiserie !

Jehan s'approcha du moine.

– Alors, dit-il, tu n'es pas heureux ?

Dorius baissa la tête.

– Non, avoua-t-il. J'ai peur de m'endormir. J'ai peur que les enfants assassinés ne viennent me demander des comptes dans mes rêves. Quand j'ouvre les yeux, parfois il me semble voir Aude, tout ensanglantée assise à mon chevet.

– Où sont-ils ? demanda Jehan.

– Qui ? bégaya Dorius le regard perdu.

– Irana et Robert ! gronda le routier en lui étreignant l'épaule jusqu'à la douleur. Où se cachent-ils ?

– Dans un monastère en ruine de la forêt de Callouëc. Au lieu-dit *La bosse du géant endormi*... Une colline couverte d'une végétation inextricable. Un passage a été ménagé dans les épines, du côté du soleil levant. Personne ne va jamais par là, l'endroit est réputé maudit. Ils ont assez de poisson salé et de jambons pour tenir plusieurs mois. Je te l'ai déjà dit : Irana a tout prévu.

– Elle voulait que je meure, c'est vrai ?

– Oui. Elle a d'ailleurs essayé de te tuer à deux reprises sur la montagne, lorsque tu chassais la bête en compagnie de Robert. Elle était terrifiée à l'idée que tu puisses faire du mal au damoiseau. C'est pour cette raison qu'elle a souvent tenté de dévier tes soupçons sur une tierce personne : Hugues de Chantrelle, le père de Robert, moi... Il fallait protéger Robert. Le charmant Robert.

– J'ai bien envie de te tuer, marmonna Jehan en glissant la dague dans sa ceinture, mais quelque chose me dit que tu es presque mort... Je me trompe ?

– Peut-être pas, fit Dorius dans un souffle. Que vas-tu faire ? Aller là-bas pour la punir ?

– Je l'ignore, avoua Jehan. En tout cas je dirai la vérité à Robert. Ce sera la punition d'Irana. On verra après cela si le beau damoiseau accepte encore de se pâmer dans ses bras.

– Elle ne te laissera pas faire, dit Dorius. Dès qu'elle t'apercevra, elle saura que tu as tout deviné, elle essaiera de te tuer. L'amour l'a rendue folle.

– Adieu l'abbé, fit Jehan en se glissant dans le couloir. Je te laisse en tête-à-tête avec tes fantômes. Je pense que vous avez pas mal de choses à vous dire.

Il s'en alla, sachant qu'il ne reverrait jamais Dorius. Il ne savait pas ce qu'il éprouvait lui-même, il n'y avait que les clercs et les poètes pour disserter interminablement sur les tourments de l'âme.

Il sortit du château comme il y était entré. Ogier l'attendait de l'autre côté des douves.

– Alors, compagnon ? demanda-t-il en se penchant sur l'encolure de son cheval. Comment la chose s'est-elle passée ? Tu as l'air de n'avoir plus une goutte de sang dans les veines, à croire que c'est toi qu'on a saigné, et non Dorius.

Jehan mit le pied à l'étrier sans répondre ; il avait la gorge si serrée qu'il avait peur du son qu'aurait sa voix s'il tentait de parler. Pour le reste, Ogier ne se trompait guère. Il avait les mains et le cœur aussi froids que ceux d'un cadavre.

18

Le jugement

Il se sépara d'Ogier après lui avoir répété les révélations de l'abbé. Le vieux chevalier lui proposa de retrouver Irana et de lui trancher la tête, mais Jehan refusa. S'il fallait punir la trobairitz, il le ferait lui-même. Il déciderait le moment venu... si toutefois le regard de la jeune femme ne lui ôtait pas son courage...

Il emprunta donc le roncin de son compagnon et prit la direction de la forêt de Callouëc en évitant les grands axes. Il avait froid et, dépouillé de sa vieille broigne de cuir, se sentait nu.

La colline couverte de ronces apparut enfin à l'horizon. Une ruine habitée par les corbeaux se dressait à son sommet. Jehan attacha le cheval dans un bosquet et, seulement armé de sa dague, se mit en quête du passage dissimulé mentionné par Dorius. Il éprouva quelque difficulté à le localiser. Les buissons d'épines montaient haut et tissaient un enchevêtrement impénétrable où, à moins d'être habillé de fer, on avait toutes les chances de s'écorcher vif au bout d'une quinzaine de pas.

Il découvrit enfin le sentier, mince tunnel creusé au sein des ronces, et dans lequel il fallait progresser en rampant. Des morceaux d'étoffe accrochés aux épines prouvaient qu'on était passé par là peu de temps auparavant.

Lorsqu'il atteignit le sommet de la colline, il avait la tête vide. Tous les beaux discours préparés au cours de sa chevauchée s'étaient dissous pendant son escalade. Il émergea de la broussaille les coudes et les genoux lacérés, la chemise en lambeaux. L'ermitage ne tenait plus debout que par miracle. On avait dû l'incendier car les pierres en étaient noires. Le lierre recouvrait tout cela de son filet végétal, empêchant la caillasse de s'ébouler.

Jehan hésita. Il s'aperçut qu'il avait peur, en entrant par une fenêtre, de surprendre Irana et Robert enlacés, en train de faire l'amour. Quelque chose lui soufflait qu'il serait alors bien capable de les poignarder tous les deux... Oui, de les clouer là, sanglants, sur leur méchante paillasse...

– Oh, c'est toi... fit la voix de la jeune femme derrière lui.

Ses oreilles bourdonnaient de tant de rage qu'il ne l'avait pas entendue approcher. Elle était très pâle, les yeux rougis, les traits tirés.

– Oui, murmura Jehan. Tu vois, malgré toutes tes machinations je ne suis pas mort.

– Tant mieux, dit Irana. Je t'aime bien, cela m'aurait attristée.

– Attristée ? ricana le routier. Tu as tout de même tout fait pour que je finisse noyé au fond de la rivière... Je ne parle pas de ce qui s'est passé sur la colline, lorsque tu m'as poussé dans le vide, et que tu as tenté de me poignarder.

Irana haussa les épaules.

– J'avais peur pour Robert, dit-elle. J'étais persuadée que tu allais le tuer. Je savais qu'il ne pèserait pas lourd en face de toi. Je devais le protéger à son insu, car il croyait réellement avoir affaire à la bête torte, là-bas, sur la montagne. Il ne s'est jamais douté que je jouais les anges gardiens. Oui, il fallait que je le protège, mais je ne t'ai jamais haï... Non, je ne crois pas. Tu es si naïf que tu en deviens souvent attendrissant. Tu m'as plus d'une fois donné mauvaise conscience. J'avais l'impression de faire du mal à un chiot innocent.

– Tu t'es jouée de moi, grogna Jehan.

Irana haussa les épaules.

– Ne sois pas injuste, fit-elle avec une certaine irritation. J'ai essayé de t'offrir l'occasion d'échapper aux roues de la machine. Rappelle-toi la maison vide, au fond de l'impasse... La maison où t'avait mené la bête méhaignée, et où je dressais chaque soir un banquet en ton honneur.

– La maison des trois chats noirs ? souffla Jehan.

– Oui. J'y déposais des cadeaux volés au trésor d'Ornan de Guy. Un destrier, un haubert... C'était facile, il suffisait de puiser dans les réserves du château. J'essayais de me mettre à ta place, de choisir ce qui te ferait le plus de plaisir. J'espérais que tu t'en saisirais et que tu quitterais la ville sans demander ton reste.

– Ne te moque pas de moi, riposta Jehan. La nourriture était empoisonnée.

– *Pas par moi,* protesta Irana. C'est Dorius qui venait après mon départ. Il me l'a avoué par la suite... Il attendait que j'aie quitté la demeure pour assaisonner les plats avec son horrible venin. C'est lui, également, qui remplaçait les chats, pour te duper. Il me trouvait trop sentimentale. Il ne voulait prendre aucun risque avec toi.

Sa voix se cassa.

– J'étais en train de m'attacher à toi, avoua-t-elle. Oh ! Il ne s'agissait pas d'amour... mais de camaraderie. Je voyais venir le moment où tu deviendrais comme un frère. Je ne voulais pas être amenée à te faire du mal. C'est pour cela que j'espérais te voir partir. Je voulais que tu prennes l'armure, le cheval, et que tu quittes la ville sans te retourner. Ne me crois pas plus mauvaise que je ne suis. Tout aurait été plus simple si tu avais accepté le pacte.

– Alors c'est Dorius qui empoisonnait la nourriture ? balbutia Jehan.

– Oui, le subterfuge des chats remplacés, c'était également lui... Je te jure que je n'en savais rien. Je voulais vraiment t'épargner. Mais tu as refusé le traité, tu t'es obstiné à aller jusqu'au bout. Après je ne pouvais plus rien pour toi, il fallait que je protège Robert. L'amour me commandait tout entière. Tu ne peux pas comprendre... Il faut avoir connu une véritable passion pour découvrir que les lois ordinaires n'ont aucun sens. Je me moquais de tout. Les autres n'existaient plus. Seul comptait Robert. Je n'essaierai pas de t'expliquer, ce sont des choses qu'il faut sentir de l'intérieur. Une exigence du ventre, du cœur. Je ne regrette rien. Je n'ai pas de remords... Je suis même soulagée de voir que tu t'en es sorti.

– Mais le poison, souffla le routier. Tous ces gens qui sont morts, les entrailles pourries par le venin que tu as semé à travers la campagne...

– N'exagère pas, corrigea Irana. Je n'ai pas tant sévi, je ne pouvais pas être partout à la fois ! En vérité, ils se sont empoisonnés entre eux, pour la plupart. Je te l'ai déjà dit : ils ont mis l'épidémie d'empoisonnements à profit pour régler de vieux comptes. Je n'ai fait que leur montrer la méthode. Souvent, la nuit, il m'arrivait de les croiser, ces gentils bourgeois, se faufilant dans la campagne, la fiole de poison à la main. Ils m'imitaient. La bête torte leur offrait l'impunité. Ils empoisonnaient la mare d'un voisin détesté, l'herbe d'un pré qu'ils n'avaient pu acquérir. Ces mille petits méfaits étaient portés au crédit de la bête méhaignée... (Elle s'interrompit, regarda Jehan avec ironie et dit :) Je suppose que tu as tué Dorius ?

– Non, avoua le routier.

– Même pas ? fit la jeune femme en haussant les sourcils. Je te croyais plus impétueux. Que viens-tu faire ici ? Me trancher la gorge ?

« Je ne sais encore... » fut sur le point de répondre Jehan.

– Si tu veux me tuer, n'hésite pas, lança Irana avec une fièvre soudaine tandis que des larmes se mettaient à couler sur ses joues. Je m'assiérai sur cette pierre, je relèverai mes cheveux pour mieux t'offrir mon cou si tu le désires. Je suppose que tu fais cela très bien, en vrai guerrier. Va, n'hésite pas, tu me rendras service.

– Que s'est-il passé ? demanda Jehan. Où est Robert ? Il t'a quittée c'est ça ? Tu n'as pas su le retenir malgré tes ruses ?

– Oui, murmura Irana. Il m'a quittée.

Et, saisissant le routier par la main, elle le poussa vers l'ermitage en ruine. Jehan n'eut qu'à s'avancer sur le seuil pour apercevoir Robert de Saint-Rémy. Il s'était pendu à une grosse poutre à demi calcinée, et son charmant visage se trouvait tout déformé par une vilaine grimace.

– Tu vois, grinça Irana. Tu avais vu juste : je n'ai pas su le retenir. Il n'a pas pu survivre à la mort de sa chère Aude. J'avais tout prévu sauf cela. J'imaginais que je pourrais me substituer à elle à force de cajoleries. J'étais trop sûre de moi... J'ai cru avoir gagné la partie quand je l'ai attiré dans mon lit, mais au matin je l'ai trouvé ainsi. Lui qui était si beau, choisir une mort si laide...

– Tu as tué tant de gens pour une seule nuit d'amour ! hoqueta le routier.

– Oui, feula Irana. Mais si c'était à refaire, je recommencerais. Sans une hésitation. Je retournerais dans la campagne avec ma fiole de poison et mon petit pinceau, et je vernirais les fruits des arbres, et j'envenimerais les mares, les fontaines, pour qu'ils crèvent tous... Pour une seule nuit, comme tu dis.

Elle se mit à pleurer. Très droite, le visage plus blanc que la craie.

– Tue-moi, murmura-t-elle. Tue-moi, car je n'ai pas la force de continuer sans lui. Nous allons faire comme je t'ai dit. Je fermerai les yeux et tu me trancheras la gorge, ainsi nous serons tous les deux satisfaits. Veux-tu, Jehan ? Dis, acceptes-tu ?

– Non, grogna le routier. Je vais te laisser avec ta peine, elle te servira de punition. Si tu veux mourir, tu devras toi-même fabriquer le nœud coulant et y engager la tête. Mais je suis bien certain que tu ne le feras pas. Les femmes comme toi sont trop chevillées à la vie pour mettre fin à leurs jours. Trop de sang a déjà coulé, ne compte pas sur moi pour ajouter à la boucherie. Je vais partir, maintenant... Je ne sais pas ce que je ressens pour toi, mais je ne veux plus te voir. Essaye de ne jamais croiser ma route. Fais-toi moniale ou va soigner les lépreux.

Il en avait assez et se sentait si fatigué qu'il ne souhaitait plus que se remettre en route, et tout oublier.

– Je te pardonne, chuchota-t-il. Mais je ne parle qu'en mon nom.

– Fort bien dit, chevalier, fit une voix d'homme dans son dos. Quant à nous, nous ne serons pas aussi indulgents.

Jehan se retourna. Trois silhouettes vêtues de manteaux noirs se dressaient à l'orée du passage. Pierre le drapier, son frère et sa sœur. La famille du pauvre Gomelot. Trois hommes d'armes les accompagnaient, visiblement des mercenaires engagés pour servir d'escorte.

– Vous étiez là ? s'étonna Jehan.

– Nous avons toujours été derrière vous, dit calmement le drapier. Depuis que nous vous avons engagé. Nous savions que vous finiriez par découvrir la vérité. Vous nous avez menés à celle qui a causé la mort de Gomelot, c'est tout ce que nous désirions. Le reste ne vous regarde pas.

Comme Jehan se préparait à protester, le bourgeois leva la main.

– Allons, dit-il. Ne jouez pas les chevaliers servants. Nous ne sommes pas venus seuls, et je détesterais vous faire mettre à mal par les gens de mon escorte. Vous êtes brave et vous avez parfaitement rempli votre part du contrat. Ne prenez pas la défense de cette femme, elle ne mérite pas qu'on meure pour elle. Vous savez que je réclame justice, et que je suis dans mon droit.

– Je n'ai pas besoin d'avocat ! siffla Irana en s'avançant d'un pas. Je ne désire pas me soustraire à votre vengeance. Vous me tenez à merci, et je ne me débats point. Qu'on en finisse donc : ordonnez à vos hommes de me passer leur épée au travers du corps. Je n'implorerai pas votre pitié.

Pierre secoua négativement la tête.

– Très bien ma mie, dit-il d'une voix égale. Je suis heureux de vous découvrir dans de telles dispositions. J'avais peur d'être contraint de recourir à la force. Vous nous épargnez une scène désagréable. Mais il ne sera pas question de coup d'épée. Ce serait par trop expéditif. Mon souhait est que vous périssiez par où vous avez péché, en absorbant le poison dont vous avez été si prodigue, et que j'ai fait reconstituer par un alchimiste.

Il sortit la main de dessous son manteau. Une petite fiole noire occupait le centre de sa paume.

– Il en sera fait comme il vous plaira, lança Irana en s'emparant du flacon. J'ai déjà trop attendu. Si Jehan n'avait pas été aussi lâche vous n'auriez pas eu le plaisir de me voir écumer.

Le routier voulut saisir le bras de la jeune femme pour l'empêcher de boire la mixture, mais l'un des hommes d'armes lui barra le passage. Déjà, Irana avait débouché la fiole et avalé le breuvage.

– C'est une version diluée, expliqua Pierre. Je ne tenais pas à vous voir tomber foudroyée. Vous allez mettre 5 ou 6 heures à mourir, et nous allons assister à votre agonie jusqu'à la dernière minute. Je tiens toutefois à vous avertir que je n'enverrai pas chercher de confesseur, même si vous m'en faites supplication. Je tiens à ce que vous descendiez directement aux enfers.

Irana s'essuya la bouche. Elle était très pâle, ses lèvres bleuissaient déjà.

– Voulez-vous rester debout ? dit-elle crânement. Si le spectacle a quelque chance de durer nous serions mieux à l'intérieur.

– Comme vous voulez, mon enfant, fit le drapier conciliant. Vous êtes jeune et forte, il est possible que vous résistiez jusqu'à la nuit.

Irana lui tourna le dos pour entrer dans l'ermitage. Pierre fit un geste pour arrêter Jehan.

– Votre mission prend fin ici, dit-il. Le reste est affaire de famille. Mes hommes vont vous reconduire au bas de la colline. Ne vous étonnez pas si, dans quelque temps, vous apprenez que l'abbé Dorius a succombé lui aussi à un mal mystérieux. Comme tous les marchands j'aime que les comptes soient bien tenus.

Jehan ne trouva rien à répliquer. Déjà, les mercenaires le poussaient dans le tunnel d'épines.

Une fois au bas de la colline, celui qui semblait être le chef lui remit une grosse bourse remplie d'or.

– Pour toi, dit-il simplement. De la part des drapiers. Cela te revient, paraît-il.

Jehan prit la bourse et grimpa sur son cheval. Dès qu'il fut en selle, il s'enfonça dans la forêt pour ne pas être tenté de se retourner, et de contempler une dernière fois la colline.

Il se dit que Lancelot ou Perceval aurait refusé l'or des marchands, mais il n'était ni Lancelot ni Perceval. Il était Jehan de Montpéril, l'ancien bûcheron devenu chevalier errant par la force du fer et du sang.

Achevé d'imprimer en mars 2011 en Espagne par
Black Print CPI Iberica, S.L.
Sant Andreu de la Barca (08740)
Dépôt légal 1re publication : novembre 1998
Édition 08 – mars 2011
Librairie Générale Française – 31, rue de Fleurus – 75278 Paris Cedex 06

31/7055/2